그래도 오늘은 계속된다

그래도 오늘은
계속된다

배영란 옮김

베르나르 피보 장편소설

우
생각의닻

차
례

젊은 시절의 나는 늙은이처럼 살았다. … 나이와 함께 외려
젊어진 나는 삶의 행복을 알게 됐다. 기운이 넘치니 날마다
사는 맛이 난다.

— 샤를 쥘리에, 《일기9 : 감사》

건강 1

하루는 친구 녀석에게 이런 말을 했다. 우리가 건강 얘기를 너무 많이 하는 것 같다고. 물론 우리 나이쯤 되면 몸 구석구석이 고장 나기 때문에 건강은 매우 중요한 화두다. 자잘하게 고장이 난 곳도 많고, 간혹 눈앞이 아찔할 만큼 갑작스레 통증이 찾아오기도 한다. 나이가 들면 이렇게 서로의 몸에 생긴 변화를 함께 비교해봐야 한다. 단순히 몸이 노쇠한 것인지, 아니면 그 안의 기능이 정체된 것인지 같이 꼼꼼하게 따져보는 것이다. 하지만 그러다 보면 건강 자체가 대화에서 너무 큰 부분을 차지한다. 만나는 족족 건강 이야기만 해대는 것이다.

같은 80대인 옥토와도 그렇다(본명은 '블레즈 카라르'이지만 80대Octogénaire에 접어들면서 '옥토Octo'라고 부른다). 옥토는 시도 때도 없이 말썽을 부리는 전립선 이야기를 하고, 나도 질세라 위염으로 신물이 올라오는 얘길 늘어놓는다. 그래서 더는 안 되겠다고 생각했다. 건강에만 너무 집착하는 것도 '정신 건강'에 좋지 않으니까. 우리에겐 신체 건강뿐 아니라 정신 건강도 중요하다.

사실 친구와 만나면 으레 '잘 지내냐'는 안부 인사부터 건넨다. 그런데 80대 사이에서 '잘 지내냐'는 말은 그냥 예의로 건네는 인사가 아니다. 실제 건강 상태에 관한 질문이다. 따라서 대답 역시 대충 건성으로 "나야 잘 지내지. 그러는 자네는?" 정도로 끝나지 않는다. 생각 없이 안부를 물은 상대에게 기어이 내 몸 어디가 문제인지를 시시콜콜 이야기하며 잔인한 나이 탓을 하는 것이다. 그리고는 마지막에 이렇게 덧붙인다. "그것 빼고는 다 괜찮다네. 자네는 어떤가?"

더욱이 서로 죽이 잘 맞고 오래된 친구일수록 컨디션 브리핑은 더 길어진다. 같은 또래라면 말 못 할 비밀도 없다. 게다가 남의 속사정을 들어줬으니 자기 속내도 털어놓을 수 있다. 그래서 남의 고민 들어주기를 좋아하는 사람도 있다. 과부 설움은 과부가 안다고 하지 않던가.

그런데 가만 보니 옥토, 이 친구가 내 앞에서 부쩍 건강 얘기를 많이 하는 게 아닌가? 한번은 담석 얘길 꺼내더니 그다음 날인가는 대상포진 얘기를 하고, 또 그다음 날엔 이명 얘길 꺼냈다. 하지만 그의 건강 레퍼토리 가운데 가장 비중이 높은 건 단연 전립선이다. 물론 이에 질세라 나도 허약한 위 얘기를 꾸역꾸역 꺼내어 어느 정도 대화 비중을 맞추려고 한다. 그러나 결국 대화의 주도권을 가져오지는 못한다. 전립선이란 곳에서는 별별 희한한 증상이 다 나타나기 때문이다. 고작 위장장애 정도로는 대적할 수 없을 만큼 이곳의 증상은 뚜렷하고 다양하다.

옥토는 아랫도리 쪽의 불행 덕분에 언제나 대화의 우위를 점한다. 남자의 생식기에서 전해지는 소식은 언제나 극적이다. 항상 아찔하고 당혹스러운 양상을 띠기 때문이다. 응당 보여줄 일이 있는 사람 앞이 아닌 한 (상징적인 의미에서) 남자의 아랫도리 사정이 공개되는 건 생리적인 문제가 있을 때뿐이다. 전립선에 이상이 생기면 그만큼 화장실 출입이 잦아지므로 숨길 수도 없다. 여기에서 옥토는 또 한 번 유리한 고지를 점한다. 자기 집에서든 우리 집에서든 함께 식사하다가 이야기가 지루하게 늘어지면, 옥토는 갑자기 미안하다는 한마디를 내뱉고 화장실로 사라진다. 그리고 돌아오면 여지없이 전립선 이야기가 다시 대화에 끼어든다.

그래서 난 옥토에게 우리가 만날 때마다 하는 컨디션 브리핑을 최대 3분으로 제한하자고 제안했다. 그 이상이 되면 쓸데없는 신세 한탄으로 이어지기 때문이다. 계속 그렇게 건강 문제로 넋두리만 늘어놓다 보면 우리는 성숙한 어르신이 아닌, 그저 불평불만투성이의 걱정 많은 노인네가 될 뿐이다. 그러니 제발 체통 있는 사람이 되자는 게다.

옥토는 집에서 키우는 개 빅토리아와 오랜 지기인 내 앞에서만 할 말 못 할 말 가리지 않는다고 했다. 가족이나 주변 사람들에게는 최소한의 이야기만 털어놓는다는 것이다. 나하고는 서로 알고 지낸 시간이 꽤 기니까, 적어도 우리끼리는 별다른 걱정 없이 솔직하게 툭 터놓고 싶다고 했다. 이에 나는 반박하며 말했다. "솔직하게 툭 터놓는 것까진 좋네. 그런데 자네나 나나 서로가 쓸데없이 볼멘소리만 너무 반복하는 느낌 아닌가? 남 앞에서 그렇게 자신의 치부를 까놓는 데 재미가 들면 엉뚱한 데 가서도 괜한 헛소리를 늘어놓게 되지 않겠느냐 이 말일세."

우리 둘은 언젠가 고등학교 동창끼리 모여 누구 관절 상태가 제일 안 좋은지 각축전을 벌이며 시트콤을 찍었던 날을 떠올렸다. 누군가는 자기 무릎이 제일 아프다고 했고, 또 다른 친구 하나는 자신의 허리 통증이 단연 최고라고 항변했다. 누군가는 골반 통증을, 또 다른 누군가는 어깨 관절 통증을 이야기하며 경합이 한창인 가운데, 마사지와 주사 요법의 효능에 대한 평가가 이어졌다. 관절의 문제로 어떤 애로사항이 생겼는지 이야기를 늘어놓다가 관절 전문병원은 어디가 좋은지 품평회가 시작되었고 각자 자기가 다니는 병원이 제일 믿을 만하다고 우겨댔다. 열띤 토론의 막바지에 골반 환자가 우세하던 상황에서 무릎 환자가 이야기했다. 자기 와이프는 골반과 무릎 둘 다 안 좋다고. 그러자 모두가 동시에 유감을 표했다. 통증이 팀을 이루면 그 누구도 당할 자가 없다.

그날의 관절 성토회를 떠올리자니 오래전 여자 대여섯 명이 모여 차를 마시면서 출산의 고통에 관해 이야기했던 게 생각난다. 그때는 진통이 심했던 파와 맹장보다는 덜 아팠다는 파로 나뉘었다. 진통이 심했던 쪽에서는 오만 가지 증상을 다 대면서 동정표를 끌어모았다. 그러자 입에 험한 말 한 번 올리지 않고 수월하게 아이를 낳았던 반대파 쪽에서는 그 정도야 다들 거치는 통과의례 아니냐며 이죽거렸다.

산고가 심했던 우리 어머니는 힘겨운 난산 끝에 3.9킬로그램의 남아를 낳았다. 그게 바로 나다.

2센티미터의 자존심

노인에게 건강검진 결과는 학창 시절 성적표와 비슷하다. 건강검진 결과가 좋다는 건 혈액 및 소변검사에서 적어도 평균치가 나왔다는 뜻이다. 한층 까다로운 항목인 콜레스테롤이나 혈당, 요소 수치 등에서 좋은 점수를 받으면 훨씬 더 만족도가 크다. 심지어 자부심도 느껴진다. 나이가 많을수록 우수한 건강검진 결과는 응당 칭찬받아 마땅하다. 이제 우리는 '초고령'에 속하는 나이라, 그만큼 위험 요인도 많다. 따라서 신체 기능도 부실하고 불안감도 크다. 새로운 약이 개발되었다는 소식이 들리면 월드컵에서 골이 들어간 것만큼이나 기쁘다. 지난번 검진 때 나는 좋은 콜레스테롤이 높아지고 나쁜 콜레스테롤은 낮아지는 '쾌거'를 거둬 샴페인을 터뜨리며 자축했다.

　주치의도 함께 축하해주었다. 나는 운동선수가 금메달을 따고 코치에게 감사하는 것처럼 이 기쁜 결과를 의사의 공으로 돌리며 인사했다. 실제로 의사가 음식과 관련해 내게 해준 건강상의 조언은 상당히 유익했다. 나는 매일은 아니지만 이따금씩 의사의 조언을 따른다. 햄과 소시지를 잔뜩 곁들여 먹는 슈크루트(양배추 초절임)나 콜레스테롤 함량이 높기로 유명한 카술레(콩 스튜)를 부득이하게 먹어야 하는 상황이 오면, 음식을 주문하고 기다리는 순간부터 식사가 마무리될 때까지 양심의 가책이 발동해 자동으로 콜레스테롤 억제제 역할을 한다.

지나치게 까다로운 내 위의 성질을 돋우지 않기 위해 자극이 심한 양념이나 육류, 식초가 많이 들어간 요리, 화이트 와인과 도수 높은 술도 가급적 자제하는 편이다(다만 발포성 화이트 와인 샹파뉴는 나쁜 콜레스테롤을 줄여준다는 명목으로 내가 마음대로 금기목록에서 제외했다).

알고 보니 내 위는 월등히 좋아진 혈액 상태와도 알게 모르게 손발을 맞추고 있었다. 우리 몸은 하나의 작은 사회를 이루고 있어서 그 안의 구성원과 각 기관은 서로 상호 의존하며 살아간다. 따라서 그 안의 공생 관계에 따라 이롭거나 해로운 결과가 초래된다. 마치 한 건물 안에 모여 사는 사람들의 관계와 꽤 비슷하다.

그런데 지난번 진료 때는 (부정적인 쪽으로) 놀라운 사실 하나가 날 기다리고 있었다. 늘 그랬듯이 의사는 일단 내 체중부터 쟀다.

- 85킬로그램이네요.

- 몸무게는 뭐, 별 차이가 없더라고요.

옷을 다시 챙겨 입으며 이렇게 말하고는 의사의 표정을
살폈다. 내 키가 180센티미터인데 이 정도 체중이면 괜찮지
않나?

- 이 정도면 적정 체중이죠. 이번에는 신장을 한 번 재볼게
  요. 똑바로 서시고요. 머리 뒤쪽으로 딱 붙여주세요. 턱 똑
  바로 하시고요. 네, 좋습니다. 178센티미터네요.

- 아니, 그럴 리가 없는데. 180 아니오?

- 178입니다, 선생님. 나이가 들면 약간 쪼그라드는 게 정상
  이에요. 노화에 따른 골격의 변화로 몸이 다소 처지니 키도
  몇 센티미터가량 줄어들죠. 심각하게 생각하실 필요 없어
  요. 2센티미터 줄었다고 무슨 큰일이 나는 건 아니니까요.

아니, 이 양반이 지금 미쳤나? 내게 이건 굉장히 큰일이
라고! 나는 항상 내 키가 180센티미터라는 데 자부심이 있
었다. 사람들이 내 키를 묻거나 대화 중 키가 화두가 되었
을 때, 나는 언제나 자신 있는 목소리로 당당하게 내 키가
180이라고 말했다. 내 기준에서 180은 키가 큰 사람과 작은
사람을 나누는 경계다. 나는 딱 '키 큰 사람'이 시작되는 그

경계에 있었다. 그런데 2센티미터가 작아지면 나는 키가 작은 사람 축에 속하게 된다. 키가 170센티미터인, 아니 어쩌면 그보다 더 작을 수도 있는 옥토랑 내가 같은 그룹에 속한다는 게 말이 되나? 아마 옥토도 나이 들어 허리가 굽었을 테니 원래 키보다는 더 작아졌을 게다. 다음에 만나면 물어봐야지.

사실 60년쯤 전에도 비슷하게 불쾌한 경험이 있었다. 병무청에서 신체검사를 받을 때였다. 그때도 난 맨몸으로 신장계에 올라 몸을 똑바로 세웠다.

- 179, 다음.

키가 작은 편이었던 군의관이 말했다.

- 아뇨, 180일 텐데요.

나는 키 판정에 반발하며 말했다.

- 정확히는 179.5센티미터네. 소수점 이하는 잘라서 내렸어.

- 왜 위로 반올림하지 않는 거죠?

- 거기서 더 크지는 않을 게 아닌가. 나중에는 외려 더 줄어
  들 수도 있고.

- 아뇨, 선생님. 저는 180센티미터로 해주셨으면 좋겠는데요.

군의관은 당혹스럽다는 듯 나를 쳐다봤다.

- 군대에서 '~했으면 좋겠다'라는 건 없네. 그렇다면 그런 것

이지, 다른 선택지는 없어. 자기 하고 싶은 대로 하는 군대 봤나? 군대에서 개인의 선택이나 선호도 같은 건 존재하지 않네.

결국 내 병영 수첩에는 키가 179센티미터로 기록됐다. 나는 화가 나서 이 수첩을 서랍 깊숙한 곳에 처박아두었다. 그리고 이사할 때만 꺼낸다.

고작 키 몇 센티미터에 연연하는 내 모습이 우스워 보일 수도 있다. 하지만 이건 내 소소한 자존심이다. 의사 두 명과 몇몇 가까운 사람을 빼면 나밖에 모르는 자존심의 영역이다. 남자든 여자든 다들 저마다 한 가지씩 별것 아니지만 집착하는 그런 부분이 있지 않나? 수염이나 귀걸이, 손뜨개, 넥타이, 머플러, 펜던트, 액세서리, 장식품, 어릴 적 좋아하던 자장가, 만년필, 컨닝페이퍼 등에 자기만의 고집이 있을 수 있고, 어떤 이는 자격증이나 학위 증서를 꼭 액자에 넣어 걸어두는가 하면, 또 어떤 이는 자신이 태어난 날짜의 신문을 고이 간직하기도 한다. 나이가 들수록 이런 소소한 것들에 더 집착하게 마련이다. 어쩌면 나는 그 대상을 잘못 택했는지도 모르겠다. 하필이면 그게 내 키였던 탓에 나이가 들면서 작아질 수밖에 없는 고약한 숙명에 처한 게 아닌가. 나는 정말로 한없이 작아지는 느낌이었다.

그리고 당혹스러웠다. 나 역시 원래는 시간이 흐름에 따라 모든 문제가 압축되고 (의사 선생 말마따나) '쪼그라들어' 자연스레 해결된다고 생각하는 사람이었기 때문이다. '쪼그라든다'는 건 기세가 약화된다는 뜻이고, 이런 식으로 나는 무언가 느슨해지고 누그러진다는 식의 표현을 좋아한다. 자세를 '누그러뜨린다'거나 감정을 '누그리다', 혹은 어조를 '완화하다' 등과 같이 갈등 상황 앞에서 분기탱천하지 않고 원만하게 대처하거나, 또는 기만당한 과거를 떠올리며 분통을 터뜨리지 않는 모습을 나타낸 그런 표현들이 좋다. 지난 불화나 반목에 대해서도 시간이 흐르면 마음을 내려놓고 단념하며, 배신당한 과거도 누군가로 인해 마음 상했던 일도 때가 되면 다 잊히기 마련이다. 기만당한 옛일도, 다 돌려받지 못한 빚도 언젠가는 잊힌다. 망각은 복수의 마지막 과정이다. 사안에 대한 흥분을 가라앉히고 좀 더 가벼운 마음으로 상황을 판단해야 한다. 우리는 살아남았고, 심지어 잘 살고 있기까지 하다. 모든 것은 애초에 생각했던 것만큼 그렇게 심각하지 않다. 마음을 내려놓고 순리대로 흘러가게 내버려두자. 그리고 한 발 물러서 문제를 바라보자. 그럼 아마 우리 몸과 마찬가지로 모든 문제가 압축되고 '쪼그라들어' 저절로 알아서 해결될 것이다.

TV 뉴스를 대할 때도 마찬가지다. 보도되는 내용과 어느 정도 거리를 두면 그만큼 지혜로워질 수 있다. 스무 살에는 사실 모든 것에 연연한다. 확신이 있기 때문이다. 그러나 여든 살에는 모든 것에 거리를 둔다. 현명해졌기 때문이다.

물론 그렇다고 현재에 무심하거나 현실에서 도피하면 곤란하다. 외려 세상일에 항상 호기심을 가져야 한다. 새로운 데 관심을 기울이고 과거의 기념일을 챙기되, 다만 이 모든 것으로부터 약간의 거리가 필요하다. 오랜 경험을 바탕으로 섣부른 확신을 경계하는 이의 여유 있는 미소와 함께 한 발 멀리 떨어져서 상황을 지켜보는 것이다. 나는 관망과 열중 사이에서 중도를 지키고자 노력한다. 나이는 들었어도 이성적 동물로 남을 수 있도록 부단히 애를 쓰는 것이다.

예전이 더 나았을까?

손녀들은 내게 예전이 더 좋았는지 묻는다. 물론이다. 예전에는 나도 젊었고, 잘생겼었고, 꿈과 포부도 컸다. 내 앞에는 마치 산마루에서 내려다본 햇살 가득한 시골 마을 풍경처럼 화사하게 빛나는 미래가 펼쳐졌다. 단언컨대 나는 좋은 시절, 좋은 곳에서 태어났다고 생각한다. 과거를 돌이켜보건대 분명 남부럽지 않은 삶을 살았던 건 사실이다. 하지만 내 뒤로 흘러간 세월이 80년 있는 것보다 내 앞으로 남은 생이 100년이면 좋겠다.

사실 개인으로서의 삶을 빼고 보면 내가 살았던 과거가 지금보다 나을 건 없다. 아니, 외려 더 끔찍했다. 히틀러와 스탈린, 마오쩌둥, 피노체트, 폴 포트 등이 무대 위에 등장하고 2차 세계대전과 알제리전쟁, 냉전 등으로 전 세계가 몸살을 앓았기 때문이다. 물론 지금도 전쟁은 있지만, 멀찍이 떨어진 나라들의 일이다. 폭탄 세례를 받는 것보다야 난민을 받아들이는 편이 훨씬 낫지 않은가.

과학 분야의 발전도 상당해서 시대가 바뀐 수준이 아닌, 아예 세상이 달라진 느낌이다. 걱정되는 부분이 전혀 없는 건 아니지만, 그래도 이제는 의료 혜택을 받는 사람이 더 많아지고 어느 정도는 살 만한 세상이 되었다. 문화 수준도 높아지고, 대외적으로도 더 많이 개방되었다. 간혹 도가 지나쳐 신경에 거슬리거나 피곤할 때도 있지만 어쨌든 요즘 세상에는 재미있는 사람, 이상한 사람도 넘쳐난다.

요즘 젊은 친구들에게 내 대입 당시 이야기를 하면 다들 깜짝 놀라는 모습이 참 재미있다. 대학 입학시험 결과가 나오던 날, 당시에는 합격 여부를 인터넷이나 스마트폰으로 확인할 수가 없었다. 그 시절엔 이런 문물 자체가 존재하지 않았기 때문이다. 그래서 학교로 직접 가서 게시판에 붙은 합격자 명단을 확인해야 했다. 그리고 다시 집으로 돌아가 가족들에게 시험 결과를 알렸다. 당시 내가 다니던 토크빌 고등학교 인근에는 카페가 두 곳 있었는데, 그중 한 군데만 공중전화가 있었다. 따라서 시험 결과 발표일이 되면 이곳 공중전화 앞에서 긴 줄을 서고 난 후에야 공중전화용 '토큰'을 넣고 집에 전화를 걸 수 있었다. 그나마도 전화가 토큰만 먹고 먹통일 때가 많았다. 그래서 공중전화 앞에서 화내고 소리치고 항의하는 일이 다반사였지만, 카페 주인은 음료를 만드는 게 자기 일이지, 공중전화는 자기 책임이 아니라고 했다.

지방 유학생일 때는 상황이 더 복잡했다. 시골집 부모님께 시험 결과를 알리려면 중앙우체국에 가서 시외전화를 걸어야 했기 때문이다. 따라서 우체국 역시 이런 학생들로 북적댔다. 시외전화를 걸려면 우선 전화교환원이 수첩에 상대방 전화번호를 받아 적는다. 헤드폰을 쓴 전화교환원은 통화 연결 보드에 플러그를 꽂은 뒤 다이얼을 돌린다. 이후 교환원은 (간혹 30분이나 걸리기도 하는) 얼마간의 대기 시간이 지난 후에야 신청자에게 통화가 가능한 부스 번호를 알려준다. "레 자르디야 신청자분, 3번 부스로 가세요", "라타무슈-쉬르-세르 지역 신청자분, 1번 부스입니다." 같은 식으로 부스 번호가 지정되면 신청자는 해당 부스로 가서 통화를 했다. 물론 어렵게 연결된 번호가 통화 중이거나, 혹은 통화 상대가 전화를 받지 않을 때도 있었다. 그럴 때면 번호를 잘못 돌린 건 아닌가 의심스럽기도 했다. 대학 입학시험 결과 발표일에 멀리 계신 부모님과 통화가 닿지 않아 속이 타는 건, 물론 시험을 못 본 학생보다는 합격 소식을 한시라도 빨리 집에 알리고 싶은 우등생 쪽이다.

예전이라고 더 나을 건 없었다. 그 시절 노인들은 자기

네들 젊었을 때가 더 낫다고 했고, 또 그 이전 세대 노인들은 다시 자기네들 젊은 시절을 그리워했다. 이런 식으로 계속 시대를 거슬러 올라가다 보면 결국 호모 사피엔스가 살던 원시 시대에 이른다. 그리고 또 그 시절 어른들은 이렇게 이야기할 테지. 지금보다 팔팔했던 호모 에렉투스 시절이 더 나았다고. 물론 태초의 인간들이 살았던 그 시절이 나쁘다는 건 아니다. 다만 그 시절엔 이 땅에 터 잡은 선조들이 꿈꾸었을 그런 발전과 진보는 없지 않나.

여느 장사치들과 마찬가지로 서점 주인들이야 오프라인 서점이 주를 이루었던 예전이 그리울 수 있겠다. 당시엔 책을 한 권 사려고 해도 고객이 직접 서점 문을 열고 찾아왔기 때문이다. 컴퓨터나 스마트폰에서 클릭 몇 번만으로 편하게 집에서 책을 받아볼 수 있는 지금과는 사뭇 다른 풍경이었다. 하지만 출판사는 불평할 만한 상황이 아니다. 출판업계는 내가 출판사를 시작했던 오십 년 전과 마찬가지로 여전히 흥미롭고 수익성이 좋은 분야다. 내가 세운 출판사는 지금도 굳건히 업계에서 자리를 보전하고 있다. 그렇게 크지도 작지도 않은, 딱 적당하고 알맞은 규모와 위상을 보전하고 있다. 그래서인지 내가 5년 전 출판사를 팔려고 내놓았을 때, 업계의 중견들이 서로 인수하려고 치열한 각축전을 벌였다. 출판사도 중요한 건 매출인데, 우리 출판사 매출이 그리 나쁘지 않았다는 뜻이다.

내가 그렇게 업계를 떠난 지도 어느덧 5년이 지났다. 지금 나는 누군가의 책을 직접 출간하진 않지만, 예전에 우리 출판사를 통해 입문한 작가들이 가끔 헌정사와 함께 책을 보내준다. 나를 잊지 않고 챙겨주는 작가들이 고맙기도 하고, 한편으론 뿌듯하기도 하다. 이제 다들 60대, 70대에 접어든 작가들이지만, 마치 내가 키워낸 아이가 번듯한 어른이 되어 돌아온 느낌이다. 다만 내가 술자리에서 원고를 놓고 술하게 해주었던 조언 가운데 일부를 지금까지도 착실히 따르는 작가들 때문에 내가 괜한 착각에 빠지지 않았으면 좋겠다.

그렇다면 곱게 나이 든 이 늙은이가 바라보는 지금의 세상은 모든 게 최상인 유토피아일까? 물론 그렇지는 않다. 빈곤과 폭력, 불의가 판을 치는 절망적인 세상이니까. 내 또래의 다른 사람들과 마찬가지로 나 역시 현재의 처참한 상황에 일말의 책임감을 느낀다. 자선단체에 기부하여 양심의 가책을 조금이나마 덜어보려는 것도 이런 책임감 때문이다. 힘들게 살아가거나 내 도움이 필요한 주변의 몇몇 사람들에게 손을 빌려주기도 한다. '온정의 식당'을 통해 노숙자들에게 무상으로 식사를 챙겨주었던 코미디언 콜뤼슈는 교회 밖에서 배고픈 이들을 보살피는 오늘날의 수호성인이다. 그러니 각 시도 청사마다 세워진, 프랑스혁명의 상징 마리안 동상 옆에 콜뤼슈 동상도 만들어야 하지 않을까? 혼자 서 있느라 지루했던 마리안도 콜뤼슈 덕에 미소 지을지 모를 일이다.

선택받은 사회에서 선택받은 삶을 살았던 내게, 일상의 몇몇 부분들은 예전이 더 나았던 게 사실이다. 예의라는 것도 예전이 더 깍듯했고, 여성에 대한 배려 역시 섣불리 남성 우월적 행동으로 치부되지 않았다. 느릿느릿 움직이는 사려 깊고 신중한 태도 또한 단순한 시간 낭비로 여겨지지 않던 시절이다. 성공한 사람에 대한 질투와 시기의 눈길도 그리 많지 않았으며, 외국어의 남용도 그리 심하지 않았다. 불량식품도 어느 정도는 통용되었으며, 노인에 대한 공경심도 지금보다는 높았다. 아마 전쟁을 겪은 세대여서 그랬을 것이다. 어쩌면 지금보다 짧은 수명 탓에 노인이 적어 그랬을 수도 있고. 어쨌든 그 시절만 해도 젊은 게 유세는 아니었고, 나이로 인한 차별도 없었다.

과거 기억을 소환하면 그리운 게 한두 가지가 아니다. 예전에는 곡식이나 포도를 수확하는 일이 온 마을의 잔치였고, 무도회가 열리면 서로 얼싸안고 춤을 추며 술잔을 들었다. 하지만 요새는 샤를 트르네의 음악도 모두 지나간 옛 추억이고, 시골 마을의 작은 협궤열차도, 교차로에서 신호를 주는 교통경찰과 이들이 수신호할 때 쓰던 하얀 곤봉도 더는 찾아보기 힘들어졌다. 독일에 저항운동을 벌이던 결사조직 레지스탕스나 갱단이 즐겨 타던 시트로엥의 검은색 트락시옹 아방도, 서부 영화나 중절모자 신사도 모두 지나간 과거의 문화다. 장례식 때 제비꽃을 들고 있던 여인들, 잉크를 담아두던 용기, 잉크를 흡수하던 압지, 재단이 안 돼 한 장 한 장 독자가 직접 뜯어보던 책, 하나씩 더 얹어주는 덤 문화도 더는 보기 힘들다. 수예용품점과 잡화점, 돌아다니면서 칼 갈아주는 사람, 주황색 옷차림으로 북을 치고 돌아다니며 시끄럽게 포교하던 크리슈나 사이비 신도들, 그리고 아몬드 크림이 든 미니 파이 '콩베르자시옹'도 모두 과거에만 존재했던 것들이다.

하지만 우리의 삶을 완전히 뒤바꿔놓은 각종 발명품과 각계의 발전, 무수한 혁명과 진보를 열거해보면 과거의 이 모든 것들은 한낱 보잘것없는 옛 유물에 지나지 않을 수도 있다. 과거에 비하면 현재는 대체로 좋게, 아니 더 나은 방향으로 달라졌다. 사상과 행동의 자유가 확대되었으니 예전보다 더 나은 삶이 될 수밖에 없잖은가? 물론 지금도 사상적으로 옳고 그름에 대한 압박은 존재하지만, 전보다 더 자유롭게 생각하고 행동하는 것만은 분명하다.

내 또래 사람들이 요즘 세상을 한탄하며 50~60년대를 그리워하고, 심지어 1940년대에 대한 예찬론을 늘어놓는 것을 보면 나도 기가 막힌다. 당시는 전쟁 중 아니었나? 단언컨대 지금보다 당시 상황이 나았을 리 만무하다. 이는 결국 자신을 좀 먹는 불평만 늘어놓으며 쓸데없이 생애 끝자락을 허비하는 꼴이다. 걱정이 많을수록 시대에 대한 비판도 많아진다. 심지어 해가 뜨는 것조차 불편할 수 있다. 이들은 현재가 아닌 과거에서 살아간다. 과거의 시간이 더욱 생생하고 따스하게 느껴지는 것이다. 덕분에 이들은 과거의 그늘에서 헤어나지 못한다.

현재가 탐탁지 않으니 이런 노인들은 현재의 삶 속에서 살아가는 젊은이들과도 가까워질 수가 없다. 젊은이들 역시 골치 아프긴 마찬가지다. 뭔지 모를 과거와 비교되며 끊임없이 지적을 받는데 질리지 않겠는가? 노인들이 이렇게 볼멘소리할 때는 나조차도 자리를 피한다. 그렇게들 한탄을 늘어놓으면서 자신의 젊은 시절을 회고하는데, 추억으로 자리 잡은 과거는 늘 새로운 색을 입고 아름답게 미화된다.

언젠가 여럿이 모인 자리에서 누군가 휴대폰에 대한 불평을 늘어놓았다. 늘상 휴대폰 찾는 게 일이고, 애먼 상황에서 시도 때도 없이 벨이 울리며, 배터리도 걸핏하면 나가는 데다 신호가 약한 곳에서는 자리까지 옮겨서 전화를 받아야한다는 것이다. 게다가 잃어버릴 것도 걱정, 만만치 않은 요금도 불만이란다. 그러자 아흔이 넘은 노나가 재빨리 이 친구의 말을 가로막으며 일침을 놓았다. "그럼 토큰 넣고 공중전화 걸던 시절로 돌아가면 되겠구려. 우체국 가서 시외전화 한 통화 하겠다고 몇 시간씩 기다리며 부스 들어가서 전화 걸던 그 시절로 돌아가면 되지."

프랑스에서는 서머타임 제도가 시행되는데 여름과 겨울, 두 차례에 걸쳐 한 시간씩 시간을 조정해야 한다. 그런데 스마트폰을 쓰기 시작하면서부터는 일일이 시계를 맞출 필요가 없다. 밤에 자는 동안 알아서 시간이 변경되니까. 노나는 기술의 발전에 따른 이 같은 편의를 언제나 긍정적으로 받아들인다. 그리고 이렇게 편리한 세상을 만들어준 것에 대해 신에게, 그리고 관련된 모든 이에게 똑같이 감사한다.

아름다운 그녀

40대의 나는 70세 정도는 되어야 늙은 것으로 생각했다. 70세가 된 후에는 이 고령의 기준을 80세로 미뤘고, 80세가 되자 다시 90세로 미뤘다. 95세의 노나처럼 나도 90대가 되면 또 한 번 이 나이를 100세로 미룰지 모르겠다.

'노나Nona'라는 별명(90대를 뜻하는 nonagénaire에서 따온 말이다)으로 불리는 쉬잔 블로는 이 까마득한 나이에 꽤 평온하게 안착했다. 언제나 의욕적으로 살아가는 노나의 모습은 보기만 해도 즐겁다. 노나는 고령의 기준이라는 게 따로 없다고 했다. 신체 건강이 무너지거나 총기가 떨어지면, 혹은 머릿속이 바보 같은 생각으로 가득하면 그건 나이와 상관없이 이미 늙은 것이라고 말이다.

사랑하던 남편과 일찍 사별한 노나는 꽤 오래전부터 혼자 산다. 노나는 항상 이 나라 프랑스의 돌아가는 상황에, 그리고 이 나라의 사람들에 관한 관심의 끈을 놓지 않는다. 매일같이 일간지를 읽고 정오 뉴스와 저녁 뉴스도 빠짐없이 챙겨

보며, 특히 아침이면 라디오와 함께 눈을 떠서 나라 안팎의 소식을 접하고는 분개하거나 흥분한다.

노나는 선거 때 투표를 거른 적이 한 번도 없다. 노나의 부모님 세대 때만 해도 여성에게는 참정권이 없었다. 그 때문에 선거철에도 투표를 못 하는 어머니를 보면서 노나는 여성의 비참한 현실에 분개했다. 여성에게 참정권이 주어지고 처음 실시된 1945년 4월 29일 선거에서 노나는 어머니와 함께 팔짱을 끼고 맨 먼저 투표소를 찾았다. 두 사람은 다른 수백만 프랑스 여성과 마찬가지로 자부심을 느꼈다. 프랑스의 반쪽짜리 민주주의 역사가 드디어 청산됐기 때문이다.

노나는 요즘 젊은 여성들이 투표를 회의적으로 바라보는 세태를 이해하지 못한다. 지난 대선에서 한 여성 유권자가 "투표가 다 무슨 소용이냐"며 자신은 일절 투표하지 않는다고 떠벌린 적이 있었는데, 노나는 그 여자에게 "왜 소용이 없냐, 투표는 여자라는 데 자부심을 가질 수 있게 해주는 행위"라고 쏘아붙였다. 여성이 투표를 할 수 있게 된 역사적 배경에 대해 알지 못하는 그 젊은 여자가 이 90대 할머니의 말뜻을 과연 제대로 알아들었을지는 잘 모르겠다.

노나는 20대 때나 지금이나 여전히 멋스러움을 잃지 않았다. 어쩌면 그때보다 더 멀끔하게 잘 차려입고 다니는 것 같다. 아마 이젠 대충 손에 잡히는 대로 챙겨 입고 시장 가서 장 볼 일 같은 게 없어서 그런지도 모르겠다. 곱게 화장하고 머리도 가지런히 하나로 묶은 뒤 향수를 뿌린 노나는 언제나 '칼주름'을 유지한다.

'칼주름'이라는 표현이 나왔으니 하는 말인데, 노나는 우리가 흔히 쓰던 이런 관용적 표현들이 불가피하게 하나둘 사라지는 것을 안타까워했다. '차 치고 포 친다'거나 '주머니가 두둑하다', '가랑잎에 불붙듯 화를 내다', '교태를 부리다' 등 예전에는 종종 쓰이던 관용적 표현들이 요즘은 찾아보기 힘들다. 노나의 멋스러운 외양에 대해 칭찬하던 맥락이니 누군가의 겉모습을 수식하는 관용적 표현을 몇 개 소개하자면, 초췌한 모습으로 비굴하게 돌아다니는 사람을 두고 '상갓집 개 같다'는 말을 쓰기도 했고 옷차림이 우습거나 요란하면 '팔선녀를 꾸민다'고 표현하기도 했다. 머리가 정신없이 흐트러졌을 때는 '역적 대가리 같다'는 비유도 썼다.

어쨌든 한결같이 멋스러운 스타일을 유지하는 노나는 딸들과 함께 오후 내내 쇼핑을 다니기도 한다. 옷 가게에서 원피스나 정장을 입어보고 거울에 비친 모습이 자기 마음에 들거나 딸의 OK 사인이 있을 때만 그 옷을 산다. 그렇게 딸과 함께 줄기차게 쇼핑하는 날은 차나 콜라를 마실 때 정도만 잠깐 쉴 뿐이다. 가끔 지팡이를 들고 나설 때도 있는데, 걸을 때는 거의 사용하지 않기 때문에 그냥 옷차림에 맞는 액세서리 정도로 지팡이를 들고나온 게 아닌가 하는 생각이 들기도 한다.

노나는 손자들에게도 인기가 많다. 스무 살에서 서른 살 남짓한 손자들은 몽파르나스의 테라스나 지중해의 해변 레스토랑에서 노나와 함께 식사하는 걸 그렇게 좋아할 수가 없다. 여름이면 지중해 작은 항구 도시의 언덕 한편에 자리한 노나의 고향집으로 각자 여자친구와 함께 찾아오기도 한다.

만약 노나가 잔소리 많고 성미 고약한 할머니였다면 과연 손자들이 그토록 반가운 얼굴로 할머니를 찾아와 자신들의 화려한 차에 태워 드라이브를 시켜주었을까? 물론 얼마 전까지만 해도 노나는 자신이 직접 운전을 했다. 하지만 행여 사고가 날까 걱정한 손자들이 더는 할머니가 운전대를 못 잡게 했고 노나도 그런 손자들의 마음을 받아들였다. 5단 기어를 넣고 달리기보다는 수호천사 같은 어린 손자들의 보호를 받는 편이 훨씬 더 즐겁다고 생각했기 때문이다.

약해진 마음을 우정으로 달래기 위해 만들어진 우리 모임에서도 노나는 가장 인기가 많다. 다들 유쾌하면서도 통찰력 있는 노나와 이야기를 나누려고 난리다. 언제나 뇌가 반

짝이는 노나는 예전처럼 말을 빨리 하진 못하지만 우리 중 몇몇과 달리 말이 어눌해지지는 않았다. 시간을 허투루 쓰지도 않는다. 비록 카드놀이가 오래된 신경 세포를 활성화하는 데 탁월한 효과가 있다지만 그렇다고 한나절 내내 카드놀이를 하며 허송세월하지도 않는다. 대신 노나는 남는 시간에 영화나 전시를 보러 다니며, 산책하고 병원일 보고 점심 약속을 잡거나 티타임을 가진다. 식전에 가볍게 술을 한 잔 즐길 때도 있다. 나이 들어 혼자 사는 여자라면 대부분 사람 만날 일이 극히 드문데, 노나는 여전히 활발한 사교 활동을 즐긴다. 그런 노나가 어느 날 세상을 떠나면 그녀가 주축이었던 모임들이 죄다 뿔뿔이 흩어지지 않을까 싶다.

내가 봤을 때, 특히 노나가 신기한 부분은 다소 허황되면서도 꽤 독실한 신앙이 있다는 점이다. 노나는 일단 자신이 분명 내세에 남편과 재회하리라 확신한다. 아울러 누군가를 위해 기도하면 -당사자는 모를지라도- 확실히 묵주 기도의 효과가 있다고 단언한다. 나와 옥토는 노나보다 열세 살이나 적어서 그녀 입장에서 보면 '영계' 축에 속하는데, 우리 둘 중 특히 옥토의 전립선 치유를 위해 간절히 기도하고 있다. 내 위 건강에 대해서는 따로 기도까지 해주진 않는데, 옥토의 전립선은 자신의 의지로 해결할 수 없는 문제인데 반해, 내 위 건강은 음식을 조금만 천천히 먹어도 쉽게 나아질 수 있기 때문이란다. 노나는 이제 아무도 살지 않는 고향 마을의 사제를 이따금씩 초대해 식사 대접을 하며 사기를 북돋워주기도 한다.

또한 노나는 직접 극장에 가서 할리우드 누아르 영화를 감상하기도 하고, 인터넷으로 구입한 영화를 보기도 한다. 인터넷 서명에도 여러 번 동참했는데, 특히 도축장의 고통 없는 존엄사를 위한 탄원서에 서명한 적도 있었다. 동물의 끔찍한 살상 현장을 담은 다큐멘터리를 본 후에는 채식주의자가 되겠다고 결심하기도 했다.

노래를 부를 수 있는 환경이 되면 식사 모임 말미에 종종 자클린 프랑수아와 바르바라 노래를 부르며, 자식과 손주들을 데리고 카지노에 가서 돈을 쥐여주며 룰렛 게임을 제안하기도 한다. 보나 마나 잃을 게 뻔한 게임이지만 별로 개의치 않는다.

승부 근성이 있는 노나는 −옛날 방식이나마− 여전히 내기를 즐긴다. 프랑수아 올랑드 대통령의 대선 재출마와 관련해서도 우리와 내기를 했는데, 나와 옥토는 올랑드가 재출마할 것이라고 주장한 반면, 노나는 그가 재선에 도전하지 않으리라 확신했다. 결과는 노나의 승리였다. 이때 내기의 벌칙을 노나가 제안했는데, 지는 쪽이 팔에 작은 문신을 새기는 것이었다. 나와 옥토는 문신을 끔찍이도 싫어한다. 특히 옷깃 밖으로 문신이 삐져나오는 것을 보면 그렇게 꼴 보기 싫을 수가 없다. 하지만 우리는 내기에서 졌고, 결국 그 대가를 치러야만 했다.

아베스역 인근에서 피지 출신의 타투이스트에게 옥토는 왼쪽 팔뚝에 법무사의 상징인 해시계 그노몬의 조개 문양 문신을 새겼고, 나도 팔뚝에 펼친 책 모양을 새겼다. 타투이스트는 가격을 두 배로 불렀는데, 노인이라 피부가 약하고 주름이 많아 위험 부담이 따르는 데다 작업 시간도 더 오래 걸리기 때문이라고 했다. 내기에서 진 것도 억울한데 늙은이 피부까지 인증받아 이중으로 굴욕을 겪은 날이었다.

그 후 이어진 점심 식사 모임에서 우리는 소매를 걷어 올리고 옷 속에 감춰두었던 문신을 만천하에 공개했다. 친구들은 모두 환호했고, 노나는 샴페인을 들었다. 남편과 사별하고 과부가 된 후로 노나는 같은 '과부Veuve'가 만든 샴페인만 마신다. 노나처럼 언제나 톡톡 터지는 거품이 살아 있는 '뵈브 클리코Veuve Cliquot'다.

과부 이야기가 나와서 하는 말인데, 나는 고인이 된 친구나 동료의 배우자 예닐곱 명을 불러 일 년에 한 번씩 (요리와

서빙은 따로 사람을 써서) 점심 식사를 대접한다. 착한 일 하는 셈 치고 벌이는 연례행사인데, 준비하는 입장에서야 쉽지 않은 일이지만 다들 만나면 서로 무척이나 반가워한다. 사별한 남편들은 모두 성격이 좋아 내가 늘 곁에 두려 했던 사람들이다. 서로 식사 초대도 주거니 받거니 하며 각 부부들과 잘 지냈다. 하지만 주로 남자들끼리 어울렸기 때문에 남편들이 세상을 떠나면서 모임도 흐지부지됐다. 그러다 문득 다 같이 함께했던 그 자리가 그리워졌다. 그렇게 만들어진 과부들과의 자리는 즐거웠던 예전의 점심 식사에 대한 내 그리움을 달래기 위한 모임에 더 가깝다.

노나는 이 모임의 멤버가 아니다. 내가 좋아하는 건 노나 본인이지 노나의 남편이 아니기 때문이다.

노인으로서의 몇 가지 이점과 특권

다른 건 몰라도 전철이나 버스를 탔을 때만큼은 나도 모르게 특이한 반응이 나온다. 이 상황도 나름대로 재미있긴 한데, 대신 (말 그대로) 얼굴을 붉혀야 한다는 맹점이 있다. 아는 사람은 알겠지만 나이가 들면 사실 얼굴이 쉽게 붉어지지 않는다. 남자보다 상대적으로 쉽게 얼굴색이 변하는 여자들 역시 상황은 마찬가지다. 나이가 많을수록 감정의 변화도 조금씩 더뎌지고, 혈액순환도 예전보다 느려지니까.

만약 버스나 전철에서 내 앞에 앉은 사람이 자리를 양보하지 않는다면 그에 대한 내 반응은 크게 둘로 나뉜다. 첫 번째는 크게 흥분하며 분개하는 것이다. 나같이 주름이 자글자글하고 백발이 성성한 늙은이가 피곤한 모습으로 축 처져 있는데 자리를 양보하려는 사람이 아무도 없다? 그럼 여기 있는 사람들은 다들 나처럼 엉덩이가 무거운 노인네란 말인가?! 두 번째는 내가 꽤나 정정한 노인네로 보여서 자리를 양보받지 않았음을 자축하는 것이다. 아무렴 나 정도면 아직 팔팔하지. 사람들의 동정을 사지 못할 만큼 내 겉모양이 멀쩡해 보였다면 그건 오히려 기뻐할 일 아닌가. 그런데 젊은 여자나 남자가 내게 자리를 양보할 경우, 노인으로서 내가 이들의 호의를 받아들이는 방식 또한 크게 둘로 나뉜다. 첫 번째는 거듭 감사 인사를 하며 자리 양보를 거절하는 여유를 보이는 것이다. 물론 겉으로는 그렇게 말했어도 속내는 그리 좋지 않다. 이 젊은 애송이가 자리를 양보하겠다고 나서는 통에 사람들의 이목이 온통 이 늙은이에게로 집중돼 굴욕을 당하지 않았나? 당황한 청년이 멋쩍은 모습으로 다시 자리에 앉으면, 그를 보는 주변의 시선도 그리 곱지만은 않다. 청년의 행동이 옆에 가만히 앉아 있던 사람들에게 괜한 양심의 가책을 불러왔기 때문이다. 내가 자리 양보를 거절한 덕에 필경 저들이 느끼던 불편한 마음도 가라앉았으리라.

두 번째는 상대의 호의를 기꺼이 받아들이는 것이다. 물론 겉으로는 감사를 표하며 양보받은 자리에 앉으면서 속으로는 공개적으로 내 얼굴에 먹칠한 상대를 원망한다. 타인에게 도움의 손길을 내미는 것은 상대에게 열등감을 주는 동시에 스스로 위신을 더 높이는 행위다. 그러니 저 청년은 내가 그의 호의를 받아들인 것에 대해 응당 고마워해야 한다. 청년이 내준 자리에 앉은 나는 자존심 대신 편안함을 추구한 것 때문에 진작부터 스스로를 책망하고 있다.

그렇다면 자리 양보를 받았을 때 나의 행동이 둘로 나뉘는 것은 그때그때의 기분이나 컨디션에 따라 다른 걸까? 아니다. 그보다는 버스나 전철을 타고 이동해야 하는 거리가 더 중요하다. 만약 두세 정거장 후에 내리는 상황이라면, 온화한 미소를 지으며 자리를 거절한다. 그럼 사람들에게 내가 보기보다 그렇게 골골거리는 노인네가 아니라는 인상까지 줄 수 있다. 하지만 정거장이 열 개 정도가 남은 상황이라면, 두 다리가 보내는 최후통첩 앞에 내 정신력은 무릎 꿇을 수밖에 없다.

이런 날 보며 교활하고 추잡한 노인네라고 생각할 수도 있다. 실제 내 성격이 그런 것은 아니다. 하지만 노인이 되고 나면 몇몇 특정한 상황에서 까다롭고 고약한 성미를 드러내며 치사하게 연장자로서 유세를 떤다. 예전에 힘과 권력을 갖고 영향력을 미치던 시절, 생각 없이 그 힘을 휘두르던 시절의 습관을 버리지 못한 것이다. 가끔은 화려했던 그 시절에 대한 기억으로 어깨가 으쓱하기도 하지만, 그것도 정도껏 해야지 과해서는 안 된다.

사실 대부분의 사람들은 우리가 나이를 이용해 특권을 누린다고 생각한다. 노인의 고착화된 이미지가 때에 따라 유리하게 작용한다는 뜻일 터. 얼굴 가득한 주름은 이 사회의 어르신이라는 신분증이며, 노약자라는 신분은 무적의 통행증이다. 우리는 사람들의 관심과 배려를 받으며, 노인이라는 이유로 공경의 대상이 된다. 노인 복지카드가 주는 특권은 말할 것도 없다. 하지만 이런 어르신 카드는 법과 제도에 따른 노인 우대의 방식이다. 물론 유용한 제도임에는 분명하다. 모두가 응당 받아야 하는 권리다. 하지만 어르신 카드를 갖고 있다는 것과 실제 어르신으로서의 대우를 받는 것은 별개의 문제다. 사람들로 붐비는 버스나 전철에 탔을 때처럼 노인으로서 우리의 외양이 미치는 영향력을 실감하는 순간의 느낌은 단순히 어르신 카드를 갖고 있을 때와 사뭇 다르다.

우리 같은 노인이 있는 모임에서 회의가 열리면 사람들은 우선 우리의 의견부터 묻는다. 우리를 대할 때면 깍듯이 예의를 갖추고, 심지어 존경의 마음을 가질 때도 있다. 우리가 농을 건네면 다소 과하다 싶을 정도로 크게 웃어주고, 우리가 무언가를 지적하면 크게 고개를 끄덕이며 수긍한다. 우리가 한 얘기를 먼저 인용해주며, 이따금씩 우리를 돌아보고는 언짢아하는 부분은 없는지 살핀다. 조금만 호응하고 칭찬을 해줘도 크게 기뻐하며, 번잡한 식사 자리에서도 알아서들 예쁘게 음식을 갖다준다. 코트룸에 맡겨둔 외투도 알아서 찾아주고, 가끔은 택시까지 대신 잡아준다.

이 모든 상황이 꽤나 편리하긴 하지만, 노인에 대한 이 같은 사회적 배려를 제대로 인식하고는 있어야 한다. 나이 든 키케로 또한 마찬가지 생각이었다. "노인을 향한 몇 가지 공경의 표시가 때로는 하찮아 보일 수도 있다. 하지만 저들 나름으로는 우리를 위해 꽤 신경을 쓰고 있는 것이다. 굳이 우리를 찾아와 굳이 곁에서 함께해주고, 우리가 지나갈 땐 굳이 또 길을 비켜주며 때로는 자리까지 양보한다. 우리를 보면 자리에서 일어나 예를 갖추고, 곁에서 에스코트도 해준다. 굳이 우리를 찾아와 자문을 구하는가 하면 우리가 자리를 뜰 땐 또 굳이 배웅까지 마다하지 않는다."(《노년에 관하여》, 기원전 45년)

나는 '나이보다 젊어 보인다'는 말을 좋아한다. 진심이 아닌 듣기 좋은 말이라도 계속해서 듣다 보면 나중에는 정말 그런 게 아닐까 하는 생각까지 든다. 물론 매일 아침 거울 속에 비친 나는 영락없는 노인네다. 하지만 빵집 여자가 "어젯밤에도 남편한테 얘기했다니까요? 쥐뤼스 씨 정말 나이보다 젊어 보이지 않느냐구요"라고 말해줄 때면 조금은 어깨가 으쓱한다.

이제 나는 연애와 꽤 거리가 먼 연령대에 속한다. 기적이 일어나지 않는 한, 내 나이에 새로이 고백을 들을 일은 없을 것이다. 일 잘했다고 칭찬을 들을 일도, 정치나 예술 분야, 혹은 스포츠 경기에서 큰 성공을 거두고 환호를 받을 일도 없다. 내 나이 또래 사람들은 그저 예의를 갖춘 공손한 말 몇 마디 정도에 만족해야 한다. 그래서 나도 이런 말들을 기쁘고 감사하는 마음으로 받아들인다. 나를 젊게 봐주는 빵집 여자가 건네주는 빵이 왠지 더 바삭하고 맛있다.

나는 확실히 내 친구들보다는 좀 더 천천히 늙는 것 같다. 물론 친구들 역시 자기가 나보다 더 젊다고 확신한다. 예전에는 남보다 더 똑똑하고 영민하면 마음이 놓였다. 주변 친구들보다 더 과감하고 패기 있게 행동하면 좋은 것이라 생각했다. 하지만 이제는 나이의 고약한 공격을 노련하고 재치 있게 받아칠 줄 아는 '어르신'이 된 것에 위안을 얻는다.

지금의 우리에게 가장 좋은 건 무엇보다도 아직 살아 있다는 것이다. 먼저 저세상으로 간 사람들도 많으니까. 이 친구들이 우리보다 잘나서 먼저 간 것도, 못나서 먼저 간 것도 아니다. 그저 이들에게 주어진 인생이라는 티켓이 남들보다 더 짧았던 것뿐이다. 가방에서 하차 명령서를 발견했을 땐 모든 게 이미 너무 늦어버린 후다. 아직 살아남은 우리는 어찌 됐든 잘된 것이다. 무언가 일이 생길 때마다 옥토는 내게 번번이 액땜하자는 말을 한다. 아직 건재한 우리 모임 사람들은 남자든 여자든 여전히 두 다리로 걸어다니는 행운아들이다. 침대에 갇혀 살지도 않고, 휠체어를 타고 다니지도, 의자에만 앉아서 생활하지도 않는다. 물론 다들 알게 모르게 고질병 한두 개씩은 갖고 있다. 어딘가 불편하거나 거동이 쉽지 않은 사람도 있다. 눈에 잘 띄지 않는 숨은 장애가 있을 때도 있다. 하지만 다들 두 다리로 멀쩡하게 돌아다니며 여전히 목숨은 부지한 상태다. 삶이 지속되는 한, 우리는 무엇이든 할 수 있다. 친구들 대부분은 죽는 것보다 꼼짝 않고 지내며 재미난 일 하나 없이 위축된 삶을 사는 게 더 무섭다고 한다. 낮이나 밤이나 별 차이가 없어져 낮도 밤처럼 어둠이 가득한 세상이 될까 두려운 것이다. 주어진 시간을 재미있게 쓸 수만 있다면 그것만큼 좋은 게 없다.

불현듯 질문 하나가 떠오른다. 우리 모임에서 과연 누가 제일 먼저 세상을 떠날까? 물론 나만 이런 질문을 하는 건 아닐 게다. 남들과 비교하고, 평가하고, 가늠하고 추정하며 예상하는 것. 바보 같고 헛된 일이지만 앞으로 일어날 일을 생각해보는 건 나름대로 묘미가 있지 않나.

80대 파리청년회

그저께부터 우리 모임에도 이름이 생겼다. 이른바 'JOP'로, 80대 파리청년회란 뜻이다. 모임 이름에 대한 아이디어를 낸 사람은 장폴 블라지크였다. 처음에 그는 '**경**쾌한 **노**인들'이란 뜻에서 '경로'라고 짓자고 했으나, '경로'라는 말만 들으면 곧 인생 여정이 떠올랐다. 나이 팔십 이상 먹은 우리에게 남은 경로랄 게 뭐가 있겠나? 무덤밖에 더 있나? 따라서 이건 바로 탈락했다. 이어 '**발** 빠른 **액**티브 **시**니어들'이란 뜻에서 끝에 복수형의 's'를 붙여 '바랙시스'라 지어볼까도 생각해봤지만, 우리들 가운데 누군가 다리를 못 쓰게 되면 이름을 다시 바꿔야 하지 않겠느냐는 의견이 제기됐다. 그래서 이 이름도 탈락. 그다음에 나온 게 80대 파리청년회Jeunes Octogénaires Parisiens를 뜻하는 'JOP'였고, 만장일치로 이 이름을 채택했다. 줄임말로 모임 이름을 짓고 나서 우리는 왠지 모를 뿌듯함에 아이처럼 즐거워했다.

JOP 모임에는 부부가 두 커플 있다. 다들 여든 살을 꽉꽉

채운 사람들로, 모임 내에서는 '블라지크 부부'와 '게르미용 부부'로 통한다.

블라지크 부부는 예전에 왁스칠 한 마룻바닥에서 걸레처럼 생긴 슬리퍼를 신고 행여 미끄러질까 조심조심 발을 내디딜 때처럼 신중하게 살아가는 조용한 사람들이다. 남편 장폴 블라지크는 알페린-카민스키 번역상을 수상할 만큼 뛰어난 실력을 지닌 영어 번역가다. 은퇴 전에는 나도 영미권에서 사들인 판권 중 굵직굵직한 작품의 번역을 그에게 맡겼다. 장폴은 지금도 내 후임자들과 함께 쉬엄쉬엄 번역일을 하고 있다. 크로아티아계인 장폴 블라지크는 나이가 들수록 백발의 호리호리한 신사 이미지가 강해진다. 옥스퍼드 신사의 기품이 흐르고, 행동이나 몸짓도 고상하고 세련됐다. 40년 전에 만났던 그는 지금보다 덜 다듬어진 느낌이었지만, 영국 소설과 어휘를 접하면서 나날이 멋스러워져 갔다. 원문의 의미를 어떻게 옮겨야 할지 고민될 때는 가끔 내게 전화를 걸어 특정 단어나 표현에 관한 이야기를 주고받기도 한다. 장폴 블라지크는 몸이든 머리든 별 불평불만 없이 곱게 나이 드는 사람 중 하나다. 운이 좋아서 불평할 만큼의 문제는 생기지 않는 건지, 아니면 문제가 생겨도 의연하게 받아들이는 건지는 모르겠지만.

아내인 마틸드 블라지크는 평생 파리시 공무원으로 복무했다. 은퇴하기 전 마지막 보직은 노인 부서 담당이었다. 은퇴한 지 20년 가까이 됐건만 마틸드는 아직도 일에 대한 미련이 남았는지, 지금도 그때 일을 마치 어제 일처럼 이야기한다. 나랏돈이 현장에서 어떻게 사용되는지 금방이라도 알아보러 갈 것 같은 사람이다. 육체적으로나 정신적으로 어려움을 겪는 노인들을 많이 접하다 보니 마틸드는 뒤늦게 사람에 대한 공감 능력이 높아졌다고 했다. 지금도 여전히 개인적인 차원에서 어려운 노인들을 돕는데, 주로 복지수당 신청에 필요한 잡다한 서류 작업을 대신 처리해주는 식이다. 이렇게 사람들 일을 도와줄 때도 마틸드는 개개인의 사적인 부분에 대해 철저히 함구하며, 일처리도 굉장히 꼼꼼하다. 온화하고 점잖은 성품의 남편과 영락없는 짝이다.

언젠가 옥토는 나에게 블라지크 부부를 한마디로 표현해보라고 했다. "얌전하고 기품 있는 부부지." 내가 이렇게 답하자 옥토는 "현명한 사람들이기도 하고"라고 말했다.

반면 게르미용 부부에 관해서는 별로 얘기를 나누지 않는다. 두 사람은 언제나 티격태격하고, 서로 빈정대며 싸우는 게 일이다. 다 같이 모여 이야기를 나눌 때도 두 사람은 항상 의견이 엇갈리거나 부딪힌다. 둘은 남들 앞에서 서로 욕하고 싸우는 데 전혀 거리낌이 없다. 외려 즐기는 것 같기도 하다. 둘이 집안에서 다툴 때는 느끼지 못했던 흥분과 자극이 있는 모양이다. 두 사람이 서로 폭언을 퍼부을 때 보면, 원래 나이 같지 않다. 입을 삐죽거리며 서로를 비아냥거리는데도 얼굴이 흉하지 않고, 입 밖으로 욕지거리를 내뱉는 두 사람은 외려 더욱 기세등등해져 낯빛까지 밝아진다. 이렇듯 시빗거리를 찾는 것은 이 부부의 흔한 루틴이다. 둘은 알콩달콩 지내기보다 아웅다웅 싸우는 게 으레 당연하다는 듯 살아간다. 대신 불편한 건 이 모습을 주위에서 지켜보는 우리다. 이제는 너무 익숙해져서 우리도 알게 모르게 같이 즐기는 볼거리가 되었지만, 그래도 불편한 건 불편한 거다.

싸움은 항상 한쪽이 다른 쪽의 말을 끊으며 치고 들어갈 때 시작된다. 무언가 틀린 이야기를 하면 꼬투리를 잡기도 하고, 보다 자세한 설명을 하거나 황급히 의견을 덧붙일 때 끼어들기도 한다. 우리는 게르미용 부부 중 한 사람이 자기 이야기를 끝까지 마무리하는 걸 거의 본 적이 없다. 조리 있게 설명하더라도 느닷없이 끼어든 남편, 혹은 아내 때문에 이야기가 갑자기 중단되기 일쑤다.

언젠가 한번은 카트린 드뇌브 얘기가 화근이었다. 남편인 제라르 게르미용은 뛰어난 실력의 소목장으로, 책장 제작 전문가다. 지난 40년간 내가 써온 집과 사무실 책장은 모두 제라르가 손수 만들어 설치해주었다. 제라르와 내가 자연스럽게 친해진 계기였다. 지금도 여전히 사람들은 제라르에게 전화를 걸어 자문을 구한다. 무수한 거래처가 적힌 수첩은 제라르의 자랑거리다. 그날도 제라르는 내로라하는 인맥과 관련한 이야기를 꺼냈다.

  − 변호사 톨레다노 알지? 그 왜, 공쿠르 아카데미 변호사 있잖아. 내가 그 사람 집에 갔었거든? 예전에 책장을 만들어준 게 인연이 돼서, 일 년에 한 번씩은 그 집에 가 커피 한잔을 한단 말이지. 그날도 그 집에 가서 커피를 마시기로 했는데, 간 김에 내가 만들어준 책장 상태가 어떤지 점검해줄 요량이었지. 참나무, 아카시아나무, 티크나무, 파라고무나무, 밤나무 같은 나무도 시간이 지나면 노화되거든. 나이 드는 건 비단 우리만이 아니야. 그런데 이 친구가 생쉴피스 거리에 살다 보니 그 집 가려면 광장을 지나야 했어. 그리고 거기에서 내가 누굴 본 줄 아나? 카트린 드뇌브를 봤다고!

그러자 아내인 마리테레즈가 말했다.

  − 그 여자라면 나도 본 적 있어. 거기가 어디였냐면……

  − 당신이 카트린 드뇌브 만난 이야기는 이미 나한테 했잖아!

- 그치만 여기 이 사람들은 그 얘기를 모르잖아!
- 대관절 당신이 어디에서 카트린 드뇌브와 마주쳤는지 여기 있는 사람들이 궁금할 거라고 생각해?
- 그럼 당신은 생쉴피스 광장에서 당신이 그 여자와 마주친 걸 이 사람들이 궁금해할 거라고 생각해?
- 당연하지, 난 그 여자한테 가서 말도 걸었다고. 그리고 지금 우린 서로 아는 사이가 됐으니까. 그런데 당신은 뭔데? 지나가는 걸 그냥 바라본 것뿐이잖아? 그리고 그 쓸데없는 얘기 몇 마디 나불거리겠다고 사람 말 좀 끊지 마!

듣고 있던 우리는 아무런 대꾸도 할 수가 없었다. 굳은 표정의 사람들은 말 한마디 입 밖에 내지 않았고, 숨죽인 채 눈앞의 광경을 지켜봤다. 마리테레즈의 카트린 드뇌브 얘기에는 관심이 있든 없든 둘 중 하나는 속상하게 마련이다.

- 그럼 어디 한 번 계속 얘기해봐. 당신이 카트린 드뇌브에게 뭐라고 말했는지. 아니, 당신이 그 여자한테 한 얘기보다는 그 여자가 당신한테 한 얘기가 더 재밌겠네.
- 아니, 당신은 다 알면서 뭘 물어? 이 얘긴 내가 당신한테도 전에 했었잖아!
- 아~무리 들어도 질리지가 않네?
- 또 또 또. 괜히 비꼬면서 사람들 앞에서 날 망신주려고

그러지.

– 왜? 계속 얘기해 봐! 카트린 드뇌브가 어디 나같이 평범한 여편네랑 같나? 그 대단하신 카트린 드뇌브랑 서로 알지도 못하는 사이인데! 하지만 나는 무려 카트린 드뇌브랑 안면도 트고 책장까지 팔아먹은 한 남자 이야기를 댕강 잘라먹은 사람이긴 하지!

– 내 일을 모욕하지 마!

– 그럼, 그럼. 할 줄 아는 거라곤 꼴랑 책장 만드는 거 하나인데, 내가 그걸 어떻게 비웃겠어?

– 이번에는 말이 좀 심한 것 같은데……

싸움이 선을 넘는다 싶을 때쯤이면 우리 중 누군가가 끼어들어 두 사람을 말린다. 게르미용 부부가 이런 중재자의 개입을 좋아하는지 싫어하는지, 그건 잘 모르겠다. 다만 두 사람 얼굴에는 조금 전까지 싸웠다는 기미가 전혀 느껴지지 않는다. 마치 아무 일도 없었던 것처럼 두 사람은 평소대로 돌아간다.

허구한 날 이렇게 싸우고 서로 끊임없이 으르렁대는데 둘이 40년째 계속 같이 사는 이유가 무엇인지 의아할 것이다. (참고로 두 사람 다 이혼하고 다시 가정을 꾸린 경우다.) 두 사람은 집에서든 밖에서든 이렇게 싸우면서 관계가 더욱 돈독해진다. 싸우기 때문에 노부부의 따분하고 기운 빠지는 객설이 끼어들 계제가 없는 것이다. 싸우고 경쟁하고 도발하고 입씨름을 벌이면서 서로 간에 애착이 생기는 만큼 둘 사이는 더욱 끈끈하게 이어진다. 이런 관계에서 한 쪽이 사라지면 삶은 밋밋하고 무미건조해진다. 서로 부딪히고 싸우는 게 삶이니까.

누군가는 조용한 것을 좋아하듯, 두 사람은 서로 싸우는 걸 좋아한다. 화가 치밀어 오른다는 것은 곧 상대에 대한 관심의 표현이다. 둘은 서로에게 결코 무관심할 수 없으며, 외려 상대에게 지대한 관심을 두고 늘 일거수일투족에 촉각을 곤두세운다. 언제라도 상대의 말을 받아칠 준비가 된 상태다. 따라서 두 사람의 짧고 가벼운 말다툼은 서로에 대한 애정의 증거다. 처음에는 우리도 왜 저렇게 싸우나 싶었다. 그런데 시간이 흐르고 보니 언젠가 둘 중 하나가 먼저 세상을 떠나면 남은 사람도 그리 오래 살지는 못하겠구나 싶었다. 다른 부부 같았으면 헤어졌을 이유가 두 사람에겐 관계를 이어주는 버팀목이기 때문이다.

게르미용 부부의 말다툼이 시작될 때 다른 사람들보다 조금 더 불편해하는 사람들이 있다. 노나와 블라지크 부부다. (게르미용 부부는 보통 모임이나 식사 자리에서 한 번은 꼭 싸운다.) 노나와 블라지크 부부는 나나 옥토, 그리고 '외눈박이'라

불리는 70대의 코코보다 둘의 싸움을 더 불편해한다. 한때는 게르미용 부부를 모임에서 뺄까도 했지만 그건 불가능하다. 두 사람이 우리 모임에 없어서는 안 될 인재이기 때문이다. 제라르는 비단 나무만 잘 다루는 것이 아니라 수도와 전기, 가스, 관련 장비와 도관에도 능통하다. 어딘가 고장이나 누수가 생겼을 때 우리가 부르면 언제든 달려와 공짜로 고쳐주는 믿을 만한 기술자가 또 어디 있는가. 마리테레즈 역시 전직 간호사라 주사를 놓거나 붕대를 감는 일에 익숙하고 마사지도 잘한다. 우리 중 누군가가 잠시 거동이 불편해지면 기꺼이 집까지 찾아가 병문안도 해주고 소소한 의료 처치도 마다하지 않는다. 10월이 되면 집집마다 돌면서 독감 백신도 놔준다. 결코 놓쳐서는 안 되는 황금 같은 기회다.

다만 마리테레즈의 주사를 원치 않는 사람이 하나 있다. 남편인 제라르다. 마리테레즈가 아무리 백신의 필요성을 역설해도 제라르는 들은 척도 안 한다. 매년 겨울이면 알프스에 눈이 내리듯 두 사람도 으레 백신 문제로 언쟁을 벌인다. 어떨 때 보면 제라르가 굳이 주사를 맞지 않는 게 아내와의 싸움거리 하나를 잃지 않기 위해서가 아닐까 하는 생각마저 든다. 위험을 무릅쓰고라도 아내와의 소소한 언쟁을 이어가는 것이다. 그러니 결과적으로는 이 또한 사랑의 증표다.

외눈박이 코코

우리 모임의 마지막 여덟 번째 멤버는 70대Septuagénaire라 '세튀Septu'라고도 불리는 일명 '외눈박이 코코Coco Bel-OEil' 귀스타브 조르당이다. 모임 인원 가운데 젊기도 가장 젊고 기력도 제일 왕성하다. '외눈박이'라고 별명이 붙은 건 진짜 눈이 한쪽밖에 없어서가 아니라 눈이 가거나 몸이 반응하는 여자만 있으면 항상 한눈을 파느라 정신이 없기 때문이다. 분위기가 좀 좋다 싶으면 코코는 이를 놓칠세라 기회를 잡으려 노력한다.

아직 남자로서의 매력도 간직하고 있고 언변도 좋아 헛수고를 하는 경우는 별로 없는데, 본인 말에 따르면 대부분 그의 수법이 잘 먹혀들어 간단다. 때로는 본인도 놀랄 만큼 말도 안 되는 논리로 여자들을 꾀어낸다. 물론 한창때보다 여자들 환심을 사는 게 어려워진 것도 사실이고, 성공률도 전보다는 낮아졌다. 하지만 그의 달변은 여전히 효과가 있다. 코코는 자신의 배짱과 용기가 상대의 마음을 사는 데 꽤 도

움이 된다고 확신한다. 과감하게 다가가서 적당한 술책으로
결국 상대를 낚아올리는 것이다.

　항상 한눈을 파는 '외눈박이' 코코는 여자와 있었던 일들
을 하나하나 우리에게 다 이야기해준다. 안타깝게도 끝이
좋았던 적은 한 번도 없다. 출장에 갔던 남편이 예정보다 일
찍 돌아오기도 하고, 아이가 다쳐서 여자가 갑작스레 아이
를 데리고 응급실에 가야 했던 적도 있다. 갑자기 편두통이
심하게 와서 산통이 깨지는가 하면 아직 여자가 다 넘어오지
않았는데 갑자기 남자친구에게 연락이 올 때도 있었다. 운도
지지리 없는 코코의 이야기는 일단 우리의 부러움을 사다가
곧이어 동정심을 유발한다. 한편으론 대단하기도 하고, 또
다른 한편으론 안타깝기도 한 그의 이야기를 들으면서 -비
웃음까지는 아니지만- 중간중간 터져 나오는 실소를 애써
감추고 있다.

　최근 상대는 여성 변호사였다. 여자는 자신의 최후 변론
으로도 남편을 붙잡을 수 없었고, 같은 변호사였던 남편은
젊고 잘생긴 도둑놈과 떠나버렸다. 남편은 이 범죄자를 바
른길로 인도하는 대가로 성의 새로운 영역에 발을 들여놓은
모양이다. 성의 세계는 그의 생각보다 훨씬 넓었다. 코코는
그 여자와 만났던 날의 이야기를 풀었다.

- 브리스톨 바에서 서로 이야기를 나눈 지 한 30분쯤 됐을 때인가, 이 여자가 대뜸 나한테 이렇게 묻는 거야. 지금 자기한테 작업 거는 거냐고. 여자들이 대부분 나보다 나이가 한참 어리니까 내가 이런 말 들은 게 한두 번이 아닌데, 나한테 적당히 경고하는 것일 수도 있고 농담 반 진담 반으로 의아하게 질문을 던지는 것일 수도 있지, 뭐. 그래, 내가 뭐라고 답했게? 이런 질문 들을 때가 많아서 나도 꽤 요령 있게 답했거든. "제가 여성분께 지금 작업을 걸고 있는 거냐구요? 만약 그렇다고 하면 그건 너무 사기꾼 심보일 거고, 만약 아니라고 한다면 아름답고 매력적인 숙녀분에 대한 모욕 아닐까요?" 어때, 이 정도면 썩 괜찮은 답이지? 아무리 말 잘하는 변호사라도 이 정도면 넘어갈 수밖에 없다고. 그래서 내 쪽으로 유리하게 상황을 계속 밀고 나가다가 우리 집에 가서 마지막으로 한 잔 더 하자고 했지.
- 여자가 받아들이던가?
- 그야 물론이지! 여자가 나한테 확실히 넘어왔다니까. 여자가 소설 같은 사랑을 믿는 그런 타입이었던 것 같아. 아마 속으로 이렇게 생각했을걸? '상황이 어디까지 가는지 한번 지켜보자' 이렇게. 여자들은 생각보다 모험심이 많아. 나같이 나이 많은 사람은 여자들한테 궁금함의 대상이지. 어떤

사람인지 한번 알아보고 싶다, 그런 생각이 드는 존재라 이 말이야. 나이 많은 사람의 연륜 같은 것도 여자들에겐 매력 포인트라고. 말도 잘 통하고, 호기심도 자극되고 그러니 상대가 궁금한 거야. 나는 내가 오래된 아르마냑 같은 존재라고 생각해. 누군가는 이런 술을 좋아하기도 하잖아. 물론 난 이런 브랜디를 좋아하는 여자는 싫지만.

- 그래, 호기심 많던 그 여자는 그래서 어떻게 됐나?

- 우리 집까지 내가 곱게 모시고 갔지.

- 그리고 집까지 다 가서 뭔 일이 생긴 거구먼.

- 그걸 어찌 아셨수?

코코는 깜짝 놀란 듯 날 바라보며 물었다.

- 뭐, 그냥 대충······ 막연한 감이지.

- 대문 앞에 도착했는데, 글쎄! 빌어먹을 열쇠를 집에 두고 그냥 나온 거야, 내가!! 이런 낭패가 있나! 뭐, 종종 있는 일이기는 한데, 하필이면 이럴 때 또 깜빡할 건 뭐람? 우선 열쇠 고치는 사람한테 전화를 걸었더니 한 시간쯤 걸린대. 물론 기슬렌은, 참 여자 이름이 기슬렌이었어. 이 여자는 그때까지 기다려주지 않았지. 그 여자가 계단에서 나랑 같이 쪼그리고 앉아 한 시간씩이나 기다려줬겠어, 어디? 그 다음이야 뭐 안 봐도 비디오지. 여자는 내 뺨에 작별 인사

를 하고 그 길로 가버렸다고.

- 이 사람, 참 운도 없구먼.

나는 못내 안타까운 척하며 위로했다.

코코가 친구들 사이에서 비운의 카사노바 행세를 하는 이유는 뭘까? 간혹 이야기에 살을 좀 붙이기는 해도 코코가 항상 뻥을 치는 건 아니다. 실제로 두세 번인가 어떤 근사한 여자랑 함께 가는 것을 내가 직접 봤기 때문이다. 달변가에 쇼맨십도 좋은 코코는 분명 사람 마음을 쉽게 사는 타입이다. 노력하면 때때로 그 결실을 거두는 게 당연지사거늘 코코는 왜 그 수확을 거두지 않는 걸까? 그리고 왜 그 이야기를 우리에게 낱낱이 털어놓는 걸까? 자기는 그렇게 호색한 이 아님을 보여주기 위해서? 상열지사의 마지막 관문은 -이 또한 하나의 수확이긴 하지만- 넘기 힘들 것이라 생각해서? 그것도 아니면 시도는 해봤지만 결국 성공하지 못할 바에야 차라리 최종 문턱을 넘지 못한 '비운의 남자'로 남는 편이 더 낫다고 생각해서? 하지만 작업을 거는 과정뿐 아니라 실제 침실 안에서의 화려했던 행적을 떠벌려도 문제될 건 없었다. 우리 중 누가 그 진위를 확인하겠는가?

코코의 이러한 면이 종종 신기하다고 생각했던 나와 옥토는 나름대로 고민을 해보다가 한 가지 결론을 내렸다. 그가 예전에 일하던 시절의 성취를, 연애라는 무대 위에서 재현하려는 게 아닐까 하는 것이었다. 예전에 부동산 중개인으로 일했던 코코는 집을 잘 팔기로 정평이 나 있었다. 고객이 아무리 고민하고 망설이며 경계심을 높여도 코코는 특유의 언변으로 상대를 설득했다. 그 집만 사면 밤이든 낮이든 편하고 안락한, 나아가 황홀하기까지 한 최고의 보금자리를 마련할 수 있으리라는 생각을 굳게 심어주었다. 가격도 적당히 낮출 줄 알아서 사는 사람은 자신이 흥정을 매우 잘한 듯한 느낌까지 받는다. 그의 이런 탁월한 언변은 동료 업자나 경쟁 업체 사이에서도 유명했다. 심지어 코코라면 엘리베이터 없는 아파트의 꼭대기 집을 앉은뱅이한테도 팔 수 있을 것이라는 소문까지 있었다. 평균치를 훨씬 웃도는 거래 실적은 단연 코코의 자랑거리였다.

그런데 코코의 역할은 대개 거기까지였다. 집을 사겠다는 확답을 받으면 코코는 해당 건에서 손을 떼고 나머지는 함께 일하던 동업자가 일을 마무리했다. 계약서에 서명하고, 관련 서류를 모으고, 서류 작업을 마무리한 뒤 이를 공증인에게 보내는 모든 과정은 전부 동업자의 몫이었다. 계약 진행과 관련한 후속 과정에는 일절 관심이 없었던 것이다. 만약 고객이 집을 사기로 했다가 다시 구입을 망설일 경우에만 코코가 개입하여 구매 욕구에 불을 붙였다. 그렇지 않은 경우, 실제 계약서에 서명을 받는 일은 전부 동업자가 진행했다.

나와 옥토는 코코가 영업점을 넘기고 현역에서 은퇴한 후 과거의 영광을 그리워하는 게 아닐까 생각했다. 한 시간가량 달변을 늘어놓고 난 뒤 결국 고객의 결심을 끌어냈을 때 차오르는 아드레날린의 느낌이, 승리의 전리품을 안고 돌아온 개선장군처럼 집을 사기로 한 부부를 모시고 사무실로 돌아와 동업자와 비서에게 인도했을 때의 그 자부심이 그리운 것이다. 뿐만 아니라 새로운 매물이 들어왔을 때, 아파트 문을 열고 들어가며 어떤 말로 고객의 마음을 살까 생각하던 순간의 희열도 그리웠을 게다.

즉, 우리가 찾아낸 답은 '승부욕'이었다. 코코는 승부욕에 불타오르는 타입이다. 자신이 지금도 여전히 언변과 논리로 상대를 설득할 수 있음을 보여주기 위해, 아울러 감언이설로 사람을 녹이는 재주가 여전히 건재함을 보여주기 위해 그는 승부를 걸 대상을 부동산에서 여자로 바꾼 것이다. 본인 스스로 별로 걸림돌이 되지 않는다고 생각하는 나이는 -비록 신경을 아주 안 쓰는 것은 아니지만- 하나의 제약이라기보다 외려 이점으로 작용한다.

게다가 코코는 지금도 한창때처럼 최종 낙찰 직전에 일에서 손을 뗀다. 상대를 넘어오게 하는 과정이 중요할 뿐, 도장을 찍는 건 그의 관심 밖이다. 상대를 설득하는 작업이 끝나면 이제 그 누구의 손도 필요 없이 모든 게 순조롭게 성사될 것이기에 코코는 가장 어려운 걸 자신이 해냈다는 기쁨을 맛보며 일에서 손을 뗀다. 상대를 설득하고 상대의 마음을 사는 자기 실력이 죽지 않았음을 다시 한번 확인하고 스스로 뿌듯해하며 돌아서는 것이다. 과거 그와 함께 일하던 영업점의 직원들은 이제 은퇴 후 노년을 함께하는 친구들로 대체됐다. 자신이 여전히 건재하다는 사실을, 그리고 어떻게 그 어려운 걸 해내는지를 우리에게 이야기해주며 자부심을 느끼는 게 아닐까.

하지만 그 정도에서 그칠 뿐, 선을 넘어가지는 않는다. 있지도 않은 잠자리 무용담을 지어내며 우리를 속이기보다는 갑작스러운 반전이나 예기치 않은 사건으로 상황을 마무리하는 것이다. 그렇게 여자들을 낚은 이야기로 우리를 놀라게 하다가 이후에는 자신의 기구한 운명으로 우리의 동정심을 사는 게 고정된 패턴이다. 어쩌면 잠자리 무용담보다는 기구한 작업 실패담이 더 신빙성이 있어서 그럴 수도 있고, 우리의 부러움과 동정심을 동시에 사려는 의도가 있는지도 모르겠다.

어쨌든 우리는 여자에게 한눈 파는 '외눈박이' 코코를 무척이나 좋아한다. 톡톡 튀는 개성을 지닌 코코는 자칫 단조로울 수 있는 우리 모임에 활기를 불어넣는다. 사실 나이가 들면 사람은 어느 한 유형으로 고착화되는 경향이 있다. 수십 년에 걸친 삶이 그 사람의 얼굴에 새겨지기 때문이다. 따라서 나이가 들면 들수록 누구는 A유형의 사람이고, 누구는 B유형의 사람이라는 식으로 굳어져 대체로 예측이 가능하고, 자신의 원래 모습에서 벗어나는 일이 별로 없다. 그런데 우리의 이 한눈팔이 친구는 지금도 여전히 어디로 튈지 모르는 이야기를 즉흥적으로 지어낸다. 진지한 생각들로 여념이 없었던 우리들의 머리는 그 덕에 새로운 상상의 세계로 자극을 받는다.

건강 2

알고 보니 옥토와 나는 둘 다 이따금씩 근육 경련을 앓고 있었다. 증상은 주로 밤에 많이 나타났는데, 갑자기 한쪽 다리가 끊어질 듯이 아픈 것이었다. 뼈마디를 타고 올라오는 만큼 고통은 더욱 강렬했다. 그럴 때면 곧바로 자리에서 일어난 뒤 바닥에 발을 대고 열심히 눌러준 뒤 경련이 풀어질 때까지 걸어야 한다. 그럼 갑작스레 왜 생겼는지 모를 경련이 또 갑작스레 말끔히 사라진다. 테니스 선수와 마찬가지로 우리도 각자가 좋아하는 바닥 표면이 있는데, 옥토는 마루판을 좋아하고 나는 차가운 바닥 타일을 좋아한다.

우리는 각자 갖고 있던 알약과 물약을 서로 교환했다. 사실 의사가 지어주는 약은 옥토에게도, 나에게도 별 효과가 없었다. 암에 관해서는 정통한 의사들도 쥐에 대해서는 잘 모른다. 민간요법을 신봉하는 친구들은 침대 바닥에 무언가를 가져다 놓아보라고 조언했다. 그래서 옥토와 나는 각각 털실 뭉치와 세숫비누를 갖다 놓아봤다. 처음에는 우리의 민음이 강했기 때문인지 신통할 정도로 효과가 있었다. 그런데 우리의 믿음이 점점 약해진 탓인지 아니면 털실과 비누의 효력이 다한 탓인지 또다시 노인네들 다리통에 쥐가 나기 시작했다.

드물긴 하지만 전립선 쪽에서 다급한 신호가 다리 경련과 함께 올 때도 있어 옥토는 밤새 대여섯 번씩 깨는 경우도 적지 않다. 기분 좋으면 자신을 항구 보초병에 비유하고, 귀찮고 성가실 때면 뒷골목 감시하는 짭새와 비교한다.

열 받는 건 원래 아프던 부위 말고 다른 곳들이 속을 썩인다는 점이다. 작가 클로드 루아도 언젠가 암 투병 시절의 《일기》에서 독감에 걸린 게 놀라웠다는 이야기를 쓴 적이 있다. 이 말인즉슨 우리 몸에 병이 두세 가지가 중첩되어 나타날 수 있다는 게 아닌가? 어찌 보면 우리 몸도 자동차와 비슷하다. 헤드 개스킷이 부러졌다고 해서 브레이크 패드 바꿀 일이 생기지 않는 건 아니라는 말이다. 고장은 연쇄적으로 일어난다. 책장의 책이 연달아 쓰러지듯 하나가 무너지면 다른 곳도 함께 무너진다.

원래 있던 지병과는 상관없이, 뜬금없이 생긴 몸의 문제들이 외려 만성으로 발전되는 경우가 적지 않다. 번외로 발생하는 이 새로운 질환들은 종잡을 수도 없고 돌발적으로 증상이 나타나서 더욱 피곤하고 거슬린다. 잊을 만하면 한 번씩 그 존재감을 드러내니, 심각한 중병보다 더 이야기를 많이 꺼낼 수밖에 없다. 항상 있는 지병이야 어느 정도 익숙해져서 진작에 삶의 일부가 되었지만, 갑작스러운 불청객처럼 찾아오는 질병들은 도통 당해낼 재간이 없다.

옥토와 내가 서로의 고질병에 대해 3분 이상 언급하지 않기로 한 뒤로는 외려 자잘한 건강 문제에 대한 말이 더 많아졌다. 메인을 패스하자고 했더니 디저트를 메인만큼 먹고 있는 격이었다. 근육 경련뿐 아니라 옥토는 코피 문제를, 나는 입술 물집 문제를 늘어놓았다.

옥토는 자는 동안 손가락으로 코를 후비기라도 하는 걸까? 아니면 잘 때 코가 베개에 심하게 눌리나? 내 친구 옥토는 자다가 코피가 나서 깰 때가 한두 번이 아니고, 피도 항상 오른쪽에서만 난다. 이비인후과 의사 말에 따르면 연골이 약하고 점막이 말라서 그렇단다. 그래서 옥토는 코에 오렌지와 레몬 엑기스가 들어간 비강 오일을 바른다고 했다. 코피는 콧물과 다르다면서 만약을 대비해 자기는 주머니에 항상 지혈용 습포나 면포를 가지고 다닌다고 했다. 시도 때도 없이 터지는 코피를 막기 위해서. 내 앞에서 옥토가 지혈 도구를 꺼낸 것도 한두 번이 아니다.

– 그럼 자네는 밤에 자다가 한꺼번에 다리에 쥐도 나고, 코
피도 터지고, 소변도 마렵고 한 적이 있나?

그러자 옥토가 답했다.

– 아직 그 모든 증상이 한꺼번에 온 적은 없었어. 다만 그런
일이 생길 수도 있겠지. 그런데 생각해보니 너무 웃긴 거
야. 한밤중에 잠옷 차림으로 화장실을 가는데 한쪽 다리
는 절고, 코는 피가 나서 손수건으로 틀어막고 하는 모습
을 상상해보게.

옥토는 그런 일이 있을까 걱정하기보다는 그런 상황 자체
가 웃긴다고 받아들이는 듯했다. 옥토의 코피가 예고 없이
터지기는 해도 문제가 될 만한 상황에서 느닷없이 터져 곤
란했던 적은 별로 없다. 그를 진료했던 이비인후과 의사들에
따르면, 여자랑 입맞춤하려는데 갑자기 코피가 터져 난감했
다는 이야기는 들어보지 못했다고 한다. 면접을 볼 때도 기
침이나 재채기 발작, 심한 편두통이 오는 경우는 봤어도 코
피가 나는 경우는 없었다고 한다. 영화나 공연을 볼 때도 갑
자기 코피가 터져 봉변을 당했다는 사람은 없었다. 코는 조
용한 기관이다. 소동을 피울 때도 소리 없이 조용히 사고를
친다. 한밤중에 혹은 욕실이나 사무실에서 아무도 없을 때
몰래 코피 발작을 일으키는 것이다. 자전거나 자동차를 타

고 갈 때 코피가 터지기도 한다. 나름대로는 사려 깊게 행동하는 느낌인데, 혹시 부끄러움이란 걸 아는 걸까? 하지만 옥토와 의사들은 그렇게 생각하지 않았다. 상태가 안 좋은 코라도 당당하게 얼굴의 한 가운데 자리를 차지하고 있기 때문이다.

옥토의 오른쪽 콧구멍이 말썽인 것처럼 내 아랫입술도 간간이 물집이 잡히고 부르터서 속을 썩인다. 입술 주위에 포진이 생기는 빈도는 일 년에 두세 번 정도지만, 두세 번도 적은 것은 아니다. 더욱이 이 나이에 지저분하게 입술이 부르트는 것 자체가 상당히 웃긴 일이다. 어딘가 호르몬 균형이 안 맞는 것인지, 내가 여드름이 날 정도로 아직 혈기 왕성한 나이인지, 그도 아니면 내가 내뱉는 단어에 독성이 있는 것인지 알다가도 모를 일이다.

구순포진이 생기고 나면 그 꼴이 너무 볼썽사나워서 연고가 다 떨어지지 않는 한 절대 집 밖으로 나가지 않는다. 지금 만나고 있는 여자친구 마농에게도 구순포진이 전염성 질환이라 입맞춤을 해줄 수 없으니 당분간은 함께 있지 않는 게 좋겠다고 이야기한다. 지인이나 친구들과도 거리를 두는데, 서로 볼꼴 못 볼꼴 다 본 옥토만은 예외다. 그런데 이 친구가 내 입술 뽀루지 놀리는 일에 재미를 붙인 것 같기도 하다.

옥토는 입술 주위에 뽀글뽀글 올라온 이 뾰루지를 화산 분화구에 비유하는가 하면, 마마꽃 같다고도 했다. 악취미로 예전 여자친구의 클리토리스를 입술에 박아둔 게 아니냐며 빈정대기도 했고, 얼굴에 악마의 뾰루지가 난 것이라며 놀리기도 했다. 옥토는 법무사 출신인데, 일할 때나 지금이나 비유가 출중하다. 고객들에게 법무 관련 이야기를 할 때도 탁월한 비유로 이해를 도왔고, 덕분에 그의 고객들은 법문의 미묘한 뉘앙스 차이나 자신들에게 유리한 법 조항을 더욱 쉽게 알 수 있었다.

사춘기 때는 주로 이마와 뺨에 뾰루지가 났었다. 고등학교 때만 해도 학급 친구들이 내 여드름을 두고 놀리면 견딜 수 없을 만큼 부아가 치밀었다. 심지어 그것 때문에 주먹다짐까지 한 일도 있다. 여드름이 난 내 얼굴을 측은하게 쳐다보는 부모님 시선도 마음에 안 들었다. 만약 그 당시의 나였더라면 친한 친구가 건네는 농담도 쉽사리 받아들이지 못했을 것이다. 요즘의 나는 주위의 놀림이나 농담에 좀 더 여유가 생긴 편이다. 나이가 든 후의 일반적인 성격 변화하고는 다소 거리가 있다. 노인들은 대개 웃고 사는 맛을 쉽게 잃어버리기 때문이다. 몰리에르의 희극은 물론, 채플린이나 자크 타티 같은 희극 배우의 작품에도 예전만큼 재미를 느끼지 못한다. 요즘 유머의 적나라한 풍자도 대개들 듣기 거북해한다. 물론 진짜 재미있는 것들도 일부 있지만, 지루하거나 거슬리는 개그가 많다. 어쩌면 그래서 입술에 물집이 잡히는 게 아닐까?

나도 그렇지만, 나이가 들면 모든 걸 진지하고 심각하게만 받아들이려 한다. 남자든 여자든 인생이라는 무대에서 퇴장할 날이 점점 가까워지는 탓이다. 하지만 난 그러면 안 되겠다는 생각이 들었다. 고인이 된 내 오랜 친구 레몽 L.이 특유의 경쾌하고 위트 있는 유머로 마지막 순간까지 웃음을 선사하며 세상의 이치를 일러준 덕분이기도 하고, 웃음이 그 무엇보다 뛰어난 특효약이라 여기는 탓도 있다. 웃는다고 돈이 드는 것도 아니고, 때와 장소를 가려야 하는 것도 아니니 웃음은 언제 어디서든 활용할 수 있는 좋은 치료제다. 풍자와 해학의 시선으로 나와 남을 바라보며 웃으면서 기분 좋게 사는 것은 삶을 연장시켜주는 묘약이다. 걱정과 불안을 덜어내고 인생을 더 가볍게 만들어주는 장치이기도 하다. 자신을 낮추어 웃음의 소재로 삼는 것은 유쾌한 삶을 만들어가는 편리한 방식이다.

나이 든 사람의 앞날에 비극적 결말이 기다리고 있다는 사실은 나도 잘 안다. 비극은 우리를 지켜보며 묵묵히 기다린다. 어쩌면 이미 어딘가에 함정을 만들어놓고 있을지도 모른다. 이따금 우리 앞의 비극을 떠올리는 것은 어쩔 수 없겠지만, 그와 관련한 생각을 너무 많이 해서는 안 된다. 주기적으로 찾아오는 인생의 이 독소에 맞서 해학과 유머라는 해독제를 챙겨둘 필요가 있다.

느리게 사는 삶

왕년에는 나도 거뜬히 세 가지 일을 동시에 해냈다. 지금의 나는 두 번째 일을 손에서 내려놓고 첫 번째 일에 몰두하지 않는 한 첫 번째 일도 제대로 해내지 못한다.

이제 나는 모든 일을 정확하고 확실하게 속전속결로 처리할 수 있는 나이가 아니다. 신속한 판단으로 민첩하고 효율적으로 움직이며 아버지와 남편으로서, 그리고 한 나라의 국민이자 한 조직의 책임자로서 여러 가지 역할을 동시에 해내던 시절은 지나갔다. 예전의 나는 "이 정도 일쯤이야 금방 처리할 수 있지"라고 쉽게 말했지만, 지금의 나는 그저 굼뜬 노인네일 뿐이다.

느려진 내 생활 패턴을 지켜보면서 내가 이렇게 느린 인간이 된 이유를 세 가지로 정리해보았다. 우선 첫 번째는 신체 기능이 떨어졌기 때문이다. 전보다 힘도 달리고 무기력해졌다. 내가 내 몸에 명령을 내리는 속도는 전과 똑같은데, 몸이 이 명령을 실행하는 속도가 더디다. 마치 체질에 맞지 않는 일을 억지로 하는 양 맥없이 서툴게 행동하는 것이다. 점잖고 고상한 기품 따위는 이제 내 사전에 존재하지 않는다.

거의 모든 부분에서 속도가 느려졌는데, 아침에 자리에서 일어나고, 면도와 세면을 하고, 옷을 챙겨 입고, 계단을 오르내리고, 장을 보고 걷고 하는 모든 게 한 박자씩 느려진 것이다. 심지어 유모차를 밀고 가는 여자에게 추월당하는 수모까지 겪는다. 보폭을 더욱 크게 해서 여자를 따라잡은 뒤에는 왠지 모를 승리감에 으스대는 눈길로 여자를 힐끗 쳐다본다. 움찔한 여자는 다시 선수를 빼앗고, 여자가 좀 더 속도를 내면 나도 다시 그 뒤를 따라잡는다. 그러면 어느 순간 여자는 나를 쳐다보지도 않은 채 먼저 가라는 듯 멈춰 서서 길을 양보한다. 유모차와 그 안의 아기하고 싸우려 했던 나는 그렇게 두 배의 굴욕을 맛본다.

평소의 동작들도 대략 0.1초씩 느려졌다. 몸 전체를 움직이거나 다소 무리한 행동을 할 때는 속도가 훨씬 더 떨어진다. 바지나 팬티, 잠옷을 입을 때도 행동이 굼떠졌고, 바지에 다리를 끼우다가 바닥에 넘어지는 일도 허다하다. 욕조에서 나올 때나 소파를 벗어날 때도 느릿느릿 움직이며, 몸을 일으키다가 어딘가 삐끗해서 오만상을 쓰는 일도 많다. 자세를 굽힐 때도 행동이 굼뜨며, 몸을 일으키려다 잘못하면 뒤로 넘어지기도 한다. 길 가다가 신발끈이 풀리면 이걸 묶는

데도 한나절, 그러다 바닥에 엉덩방아를 찧기도 수차례, 차를 오르고 내릴 때도 굼뜨게 움직이다 어딘가를 삐끗하기 일쑤다. 타고 내릴 때의 충격으로 관절에 무리가 가기도 하거니와 발판 위치가 높은 차는 타기 힘들고, 문이 비좁을 때는 애들처럼 엉덩이부터 뒤로 빼며 조심해서 내려야 한다. 이를 지켜본 사람들은 내 우스꽝스러운 모습에 웃음보를 터뜨리거나 상황이 안 좋을 땐 구급차를 불러준다. 가끔 드는 생각인데, 뚱뚱한 사람들은 사는 게 보통 일이 아닐 것 같다.

지난 80년간 나를 위해 애써온 몸뚱이도 이젠 지친 모양이다. 수십 년간 같은 동작을 하고 또 하는데 이력이 났을 테지. 그래서 속도를 늦추고 싫증을 내며 미적거리는 게 아닐까 싶다. 심지어 상처가 남을 만큼 심한 고통에는 좀처럼 말을 듣지 않는다. 이제 내 몸은 시간을 더 주고 느릿느릿 움직이면서 살살 다뤄야 한다. 마치 내 몸이 '급할 거 뭐 있나, 이 친구야'라고 말하는 느낌이랄까? 아무리 지치고 힘들어도 지혜를 뽑아낼 정도의 힘은 있나 보다.

노쇠한 백전노장의 행동이 느려지는 두 번째 이유는 손놀림이 둔해져서다. 주위를 돌아보면 손동작이 둔해진 노인들이 집안 수리는 젬병이라는 핑계로 전구 하나도 손수 교체하지 않으려는 경우가 종종 있다. 관절염인지 관절증인지 정확한 명칭은 알 수가 없지만, 어쨌든 손가락 관절에 뭔가 문제가 생기면 그다음엔 총체적 난국이다. 검버섯으로 얼룩덜룩해진 손은 보기에도 흉할뿐더러 생리적인 기능도 퇴화한다. 이제는 정교한 작업이나 힘이 요구되는 작업을 능숙하게 수행하지 못한다. 따라서 손이 제자리에서 한결같이 본연의 업무를 다해주는 것에 만족해야지 그 이상을 바라선 안 된다.

다행히 나는 관절염이든 관절증이든 관절에 문제는 없다. 그럼에도 내 손은 이전처럼 능숙하게 조작하거나 확실하게 움직이질 못한다. 말하자면 주름도 많이 늘고 움직임도 좀 둔해졌다고 할까? 손가락이 도통 예전처럼 민첩하게 움직여지지 않는다. 뼈가 굳어 삐걱거릴 정도까진 아니지만 손놀림은 약간 부자연스럽다. 가령 종이에 연초를 넣고 돌돌 마는 작업같이 세밀함이 요구되는 일은 이제 불가능하다. (대학 때는 담배 종이에 연초를 넣고 말아 담배를 피웠으나, 결혼과 함께 담배를 끊었다. 아내가 내 입에서 나는 냄새를 워낙 싫어했기 때문에.) 식료품점에 가서 반투명의 얇은 종이 봉투 하나를 제대로 열지 못해 쩔쩔맬 때는 그야말로 신경발작이 올 것 같다. 보일러 나사못 하나 돌리지 못하는 건 예사고, 꽉 잠긴 주스 마개를 딸 힘도 없다. 몇몇 비닐봉지는 왜 그렇게 죽어라 입이 벌어지지 않는지 모르겠고, 와이셔츠 회사에선 왜 그렇게 단추

구멍을 작게 만드는 건지 모르겠다. 나 같은 노인네가 단추 구멍 맞춰서 단추 하나 잠그는 데 얼마나 땀이 뻘뻘 나는지 아나? 컴퓨터나 아이패드, 휴대폰 자판을 두드릴 때도 예전만큼 손가락이 빠르게 움직여주지 않고, 버튼도 잘못 누르기 일쑤다. 글씨를 써도 전처럼 힘이 들어가지 않는 건 물론이고, 양손에 서너 가지 물건을 한꺼번에 쥐고 있으면 십중팔구 그중 하나를 떨어뜨린다. 떨어진 물건이 신문이면 그나마 낫다. 신문을 줍겠다고 몸을 숙이는 순간 우유나 달걀을 놓쳐버려 일이 더 커진다.

서두를수록 실수는 더 늘어난다. 늙은 손에다 화를 내면 낼수록 내 덤벙거림도 더 심해진다. 느리게 행동한다고 해서 문제가 해결되는 것도, 짜증이 덜 나는 것도 아니지만 천천히 움직이면 손이 엉뚱한 짓을 저지르지 못하도록 미리 예방할 수 있다.

마지막 세 번째 이유는 언젠가부터 느리게 사는 편이 더 좋아졌다는 것이다. 개인적으로는 이 마지막 이유가 제일 놀랍다. 그간 살아오면서 나는 항상 가급적 빨리 움직여 일을 처리하려고 노력했다. 그런데 뒤늦게나마 느리게 움직이는 매력을 깨달았다.

빨리빨리 살았던 것에 대한 반동 같기도 하고, 그러한 삶으로부터의 해방인 듯하면서도 동시에 급하게 살았던 삶에 대한 보상 같기도 하다. 수십 년간 과도하게 힘을 주었던 근육을 편하게 풀어주는 느낌이다. 이 느림이란 삶의 지혜가 뜻하지 않게 찾아와서 더 마음이 끌렸는지도 모르겠다. 만약 이를 예상할 수 있었더라면 내가 서둘러 밀어내지 않았을까?

여유 있게 천천히 아침 식사를 한다는 건 더 없는 축복이다. 전에는 선 채로 밀크커피 한 사발을 들이켜고 아내가 차려준 토스트를 욱여넣거나 미리 뚜껑까지 따준 요구르트를 떠먹었다. 지금은 식사도 자리에 앉아서 여유롭게 즐긴다. 자리에서 일어나는 경우는 오븐에서 토스트가 다 구워졌을 때나 주스나 커피를 가지러 갈 때, 달걀이 냄비에서 다 삶아졌을 때 정도다. 라디오 볼륨을 높이고 방송도 차근차근 듣고, 테이블 위로 길게 다리를 뻗는 여유까지 생겼다. 버터를 바른 빵에 약간의 꿀도 넣어 먹어보고, 음식도 천천히 맛을 음미하며 꼭꼭 씹어 먹는다. 그동안 급하게 음식물을 소화하느라 정신없었던 내 병약한 위도 이런 변화에 적잖이 놀랐을 게다.

지금도 정해진 일상적인 일들은 여전히 빠르게 처리한다. 하지만 좀 더 집중해서 완벽하게 처리해야 하는 일은 굳이 서둘러 마무리하지 않는다. 여유를 가지고 완벽하게 처리하는 그 자체에서 쾌감을 느끼기 때문이다. 마농과 노나, 옥토를 위해 식사 준비를 할 때도 비슷하다. (나는 일대일로 마주 앉아 식사하는 것을 좋아하는데, 두 사람이 넘어가는 식사 자리라면 우리 출판사에서 책을 낸 요리사에게 음식을 부탁하거나 음식점에 가서 식사 대접을 한다.) 책장을 정리하고 신문을 읽을 때도 전처럼 급하게 서두르지 않는다. (심지어 예전에는 뉴스 헤드라인만 보는 수준으로 빨리 읽고 넘어가기도 했다.) 아침마다 운동을 할 때도, 마농과 관계를 할 때도 조급하게 굴지 않는다. 마농 역시 이 느린 리듬을 결코 싫어하지 않았다.

재미나게도 우리 앞에 남은 생이 길 때 우리는 시간 부족을 우려하며 열심히 달려간다. 하지만 남은 시간이 한정되어 있고, 그 시간 또한 하루하루 점점 줄어가며 조금만 손을 내밀어도 인생의 끝자락에 닿을 듯한 상황이 되면, 우리는 —피치 못할 상황에 의한 것이 아닌 한— 느리게 사는 삶의 매력을 만끽한다.

이제 나는 '천천히 여유 있게 하라'거나 '충분한 시간을 내라', '여유 시간을 가지라'는 등의 표현을 싫어하지 않는다. 길게 봤을 때 내겐 남은 시간이 별로 없다. 하지만 짧게 봤을 때 내겐 무엇이든 할 시간이 있다. 한참을 곰곰이 생각한 끝에 내린 모순적인 결론이다.

그리운 권력의 맛

예전에 누리던 힘과 지위가 그립다. 물론 이전에 내가 가졌던 힘이 그리 대단한 건 아니었다. 내가 운영한 출판사라고 해봐야 직원 스무 명을 넘어본 적이 없었으니 앙투안 갈리마르나 로베르 라퐁 같은 대형 출판사에 비하면 구멍가게 수준이다. 그래도 우리 몬테노테는 나름대로 권위와 명성이 있었다. 나폴레옹의 이탈리아 전투 승전지이자 초창기 사무실이 있던 거리의 이름이기도 한, 몬테노테는 38년간 회사를 이끌어온 내 역량을 바탕으로 이름값을 유지했다.

그곳에서 나는 직원을 통솔하고 의사 결정을 내리며 사업 방향을 이끌었다. 지킬 것과 수정할 것, 조정과 혁신이 필요한 것을 구분하며 적절한 추진력을 부여했다. 그러자면 수요와 판매를 예측할 수 있어야 했고, 적절한 기획력과 판단력을 겸비해야 했으며, 인재를 가릴 줄도 알아야 했다. 명령과 지시, 칭찬과 보상, 질책과 비판, 투자와 냉철한 판단을 통해 사업을 번창시켜야 했다. 으레 사장이라면 요구되는 덕목이다.

그 래 도
오 늘 은
계속된다

직원들에게 지시를 내릴 때도 나는 제법 요령 있게 명령했다. 내가 결정한 사항이라도 마치 조언하는 듯한 어조로 결국 따를 수밖에 없도록 만들었다. "내 생각엔 지금 자네가 ○○하는 것이 좋을 것 같은데"라거나 "우리가 단기적으로 성장을 하려면 여러분이 ○○하는 것이 필수적이고, 더없이 중요합니다", "우리 회사에서 자네가 얼마만큼 성장할 수 있느냐는 ○○를 하겠다는 자네의 뚜렷한 의지에 달린 게 아닐까?"라는 식으로 이야기하며 직원들을 움직인 것이다. 그래서인지 영업팀장은 내게 '돌려 말하기의 달인'이라 말하곤 했다. 그가 은퇴할 나이가 되었을 때, 나는 회사에서 준비한 선물에 개인적으로 낚싯대 하나를 더 끼워주었다.

가끔은 예전에 누리던 힘과 지위가 그립다. 마치 더 이상 무대 위에 오르지 않는 배우가 무대를 그리워하는 마음과 비슷하다. 그나마 친구들이 내게 모임을 이끌고 주도해가는 역할을 부여해준 덕에 이런 아쉬움이 적잖이 상쇄되긴 했다. 사교 모임에는 회장이나 대표 같은 자리가 딱히 없지만, 만나는 시간과 장소, 대화의 주제를 정하는 건 내 몫이다. 또한 사람들에게 정보나 조언을 제공하는 것도, 문제가 생겼을 때 이를 중재하는 것도 나의 역할이다. 따라서 내가 모임의 대표로 선출되거나 한 건 아니지만, 모임에서 나는 자연스럽게 리더 역할을 맡게 됐다. 출판사를 운영했던 경력 때문에 사람들은 내가 의견을 제안하고 의사 결정을 주도하며 모두의 흥미를 돋우는 게 타당하다고 생각했다.

가령 매년 봄 유럽 인근 지역으로 사오 일간 다녀오는 여행도 내가 추진한다. (안타깝게도 노나는 여행 후의 피로감이 부쩍 늘어서 2년 전부터 참석하지 못하고 있다.) 음식점을 고르고, 가서 자리를 잡고, 샴페인과 보르도 와인을 준비하고, 극장이나 공연 티켓을 끊는 것도 모두 내 몫이다. (게르미용 부부의 경우, 잡다한 오락물을 즐길 수 있는 뮤직홀 스타일의 공연장을 좋아한다.) 전시회 단체 예약도 내가 잡는데, 예술 작품을 수집하는 옥토는 우리 중 근대 미술 쪽 지식이 가장 해박하다.

물론 내가 친구들에게 명령을 내리는 일 따위는 절대 있을 수 없다. 나는 그저 제안을 할 뿐이다. 솔깃한 정보를 흘리거나 해석의 방향을 짚어주고 인터넷에 떠도는 의견들을 알려주지만, 판단은 친구들의 몫으로 남겨둔다. 하지만 친구들이 내 말에 따라주지 않는 경우는 많지 않다. 모임에서 내가 가진 힘이란 것도 보잘것없는 수준이고 그저 은근한 영향력을 미칠 뿐이지만, 그래도 항상 모두가 만족하고 각자에게 진정 유익하다고 생각하는 방향으로 모임을 이끌어갈 정도는 된다.

반면 스스로에게는 훨씬 더 권위적이다. 다른 사람에게 더는 미치지 못하는 힘을 자신에게 휘두르는 것 같다. 11년 전 아내가 세상을 떠난 후 나는 쭉 혼자 살았다. 간간이 여자 친구를 만난 적은 있다. 주말에만 잠깐 본 여자, 한 달, 혹은 1년 정도 만난 여자도 있었지만 지나다 잠깐 들르는 정도였을 뿐, 집안으로 사람을 들이지는 않았다. 그런데 지금 만나는 마농하고의 관계는 좀 더 깊은 편이다.

마농과 교제를 시작한 건 2년 반쯤 전이다. 마농을 좋아하긴 하지만 살림을 합치진 않았다. 그래야 서로의 곁에서 오래도록 함께 나이들 수 있을 것 같았기 때문이다. 나보다 나이가 열여덟 살이나 적긴 하지만 그것과 별개로 마농은 독신 생활에 더 익숙하다. 전 남편과 이혼한 후로는 오랫동안 쭉 혼자 지내온 탓이다. 따라서 마농과 함께 살 경우, 서로의 생활 습관 때문에 부딪힐 수 있다. 우리는 함께 사는 것보다 서로의 집에 놀러 가는 걸 더 좋아한다. 각자의 집에 가서 초인종을 누르고 상대가 문 열어주길 기다리는 동안 심장이 두근거리는 게 좋다. 그래서 여벌 열쇠로 직접 문을 따고 들어가기보다는 안에서 문 열어주길 기다린다.

하나 있는 아들 녀석 파트리스는 뉴질랜드에서 대형 농장을 운영하는데, 일 년에 한 번 일을 접고 프랑스에 올 때만

일주일 정도 얼굴을 본다. 아들놈에게는 딸이 셋 있는데, 모두 제 어미처럼 프랑스어를 못한다. 그래서 일 년에 한 번 온 가족이 모이면 센 강변에서 함께 영어로 이야기를 나누어야 한다. 평생 프랑스어로 책을 냈던 나로서는 참으로 얄궂은 상황이다.

그래서 결국 나는 혼자 살고 있는데, 신기하게도 둘이 산다는 느낌을 받을 때가 많다. 나이가 많아서 그런 건지, 아니면 외로워서 그런 것인지는 모르겠다. 나는 끊임없이 내 자신을 관찰하고 감시하며 내 행동에 토를 달고, 속으로 생각했던 것을 간혹 큰소리로 입 밖에 내기도 한다. 혼자서 연기도 하고 비평도 하며, 실험 대상도 되었다가 동시에 그에 대한 설명도 늘어놓는 1인 2역을 하고 있다. 여기에서 내 쌍둥이 자아는 거칠게 직언을 쏟아낸다. 일할 때의 내 완곡한 어법은 물론, 친구들 사이에서의 능변도 쌍둥이 자아에게는 먹히지 않는다. 녀석이 야박한 사장처럼 꼬치꼬치 따지며 거친 화법으로 막말을 늘어놓기 때문이다.

'아니, 이런 낭패가 있나! 약국에다 또 신문을 놓고 왔어? 대체 네 머릿속엔 뭐가 든 거야? 뇌가 텅텅 비어버렸나? 머릿속에 똥물만 가득 채우고 사는 거지? 이 정도면 덤벙대는 게 아니라 아예 노망이 나버린 거라고. 그렇게 약국 들어갈 때 내가 뭐랬어? 나오기 전에 손에 쥐고 있던 게 뭔지 생각하라고 했어, 안 했어, 이 얼간아! 그게 그렇게 어렵냐? 세 살 난 어린애도 그 정도면 알아먹었겠다. 그렇게 정신 놓고 살 만큼 늙어버린 게야? 그 정도도 기억 못 하는 인간이 된 거냐고! 야속해도 할 말은 다 해야지. 현실을 직시하기가 힘들겠지만, 사실이 그런 걸 어떡하냐고. 넌 노망난 늙은이야! 어디 신문만 문제겠어? 네가 약국에 신문을 놓고 나오지 않았다면 신문 사러 간 길에 약봉지를 놓고 나왔겠지. 아님 서점에 빵을 놓고 나오던가! 네가 늘 속상해해서 나도 그동안은 봐줬는데, 아니 봐주는 것도 한계가 있지. 네가 이 정도는 아니었잖아? 이렇게까지 자주 물건을 잃어버리진 않았잖아! 지금 내가 하는 말이 심해? 내가 너 바보짓 하는 걸 한두 번 봤어? 외출하다가 놓고 온 물건 찾으러 집에 돌아와 신발을 몇 번이나 신었다 벗었다 한 줄 아느냐고! 어쩌면 엘리베이터 탓인지도 모르지. 그 많은 계단을 다 오르락내리락했으면 좀 더 정신을 바짝 차리지 않았겠냐? 그럼 노망도 좀 더 천천히 들었겠지.'

종종 약속을 깜빡할 때면 내 안의 이 또 다른 자아가 튀어나와 고래고래 소리를 지르며 독설을 퍼붓는다. TV 방송 시간을 놓쳤을 때, 마농의 심기를 건드렸을 때, 가보로 내려오던 도자기를 깨뜨렸을 때, 건강보험증을 잃어버렸을 때, 과음이나 과식을 했을 때, 위염이 도졌을 때, 악몽을 꿨을 때도 빠짐없이 호되게 꾸지람을 한다. 생각 없이 너무 막말을 내뱉는 것 같아 발끈하면 오히려 두 배로 화살이 되어 돌아온다.

그럼 결국 나도 우리가 젊었을 때는 이 정도로 호되게 꾸짖지는 않았다고, 감히 그렇게 큰소리를 내지도 않았다고 항변한다. 녀석은 내가 나이 든 것을 빌미로 막말을 늘어놓으며 나를 들들 볶는다. 버르장머리 없이 노인 무서운 줄 모르고.

그래도
오늘은
계속된다

혀끝에서 빙빙 도는 고유명사

게르미용 부부가 나와 옥토, 노나를 점심 식사에 초대했다. 그 자리에서 우리는 '부적절함'과 '무례함'을 주제로 이야기를 나누었다. 부적절함과 무례함의 경계는 무엇인지, 둘을 구분하는 차이점은 무엇인지를 두고 갑론을박이 이어졌다. 먼저 옥토가 말했다.

- 부적절한 게 도를 넘어서면 무례한 게 되는 거지.
- 반대로 도를 넘어서지 않은 무례함이라면 부적절한 수준으로 볼 수도 있고.

내가 이렇게 말하자 노나가 같이 거들었다.

- 예를 들어, 왜 그 기자 있잖아. 자기 책상 위에 걸터앉아서 대통령 인터뷰했던 그 사람. 이름이 뭐였더라?
- 미테랑 대통령 때?
- 맞아, 미테랑 대통령 때. 그런데 그때 그 기자 양반 이름이 뭐였더라?
- TF1 채널에서 오후 1시 뉴스 진행했던 사람인데, 이름이

기억 안 나네.

- 나도 생각 안 나는데.

제라르도, 나도 결국 그 기자 이름을 떠올리지 못했다.

옥토는 그 사람이 담배를 많이 피웠다며 범위를 좁혀주었고, 노나는 그 사람의 "시청자 여러분, 안녕하십니까"라는 인사말이 유독 특색 있었다고 했다.

- 같이 진행하는 여자도 꽤 괜찮았는데. 여자 이름이 왜, 마리로르 오그리였잖아요.

마리테레즈가 거들었다.

- 왜 쓸데없는 여자 이름을 얘기하고 있어? 옆에 있던 여자가 마리로르 오그리였다는 게 뭐가 중요해? 우린 지금 그 남자 기자 이름을 알고 싶은 거잖아!

제라르가 아내 면전에 대고 쏘아붙였다.

- 그 여자 이름을 떠올리면 같이 그 기자 이름도 생각날 수 있잖아!

- 그것 때문에 점점 더 오리무중이 되어가는 건 생각 안 해?

- 그게 아니지. 남자 기자도 마지막 모음이 'ㅣ'로 끝나는 이름이었다고.

- 브랑쿠시! 아닌가?

제라르가 이름 하나를 떠올리며 큰소리로 외쳤다.

- 그건 조각가 이름이고.

옥토와 내가 함께 반박하며 말했다. 간혹 그렇게 우리의 교양 수준을 드러낼 때면 나도, 옥토도 은근히 뿌듯했다. 호두를 곁들인 상추 샐러드를 앞에 두고 우리는 기자 이름 찾기 삼매경에 빠졌다.

- 로제 직켈!
- 직켈은 아니지. 그렇게 분위기 무겁고 딱딱한 사람은 아니
  었어.
- 참, 'ㅣ'로 끝나는 이름이라고 했지. 그럼 장 란치인가?
- 근접하긴 한데, 그 친구도 아니었던 것 같아.
- 피에르 데그로프인가?
- 아니, 데그로프는 굉장히 조심스러운 타입이라고. 미테랑
  하고 관계가 좋진 않았지만 대통령 앞에서 책상 위에 걸터
  앉아 있다가 그렇게 된 건 아니야.
- 에스케나치인가?
- 그건 또 누구야?
- 나도 몰라. 그냥 떠오르는 대로 아무 이름이나 던져봤어.
- 당신이 아는 이름 가운데 'ㅣ' 발음으로 끝나는 이름은 다
  던져볼 셈이야? 어디 왜, 무솔리니, 판자니, 레오나르도 다
  빈치 같은 이름도 다 던져보지 그래.

이번에는 마리테레즈가 남편을 쏘아붙였다.

우리의 기억력으로 문제의 그 기자 이름을 떠올리는 건 결국 무리였다. 하지만 그가 미테랑 대통령 앞에서 보였던 행동이 결례였다는 데는 모두가 동의했다. 자기 윗사람이나 여자와 함께 있을 때 책상에 걸터앉았다면 이는 부적절한 행동으로 볼 수 있지만, 상대가 대통령이라면 이는 굉장한 결례다. 누가 봐도 잘못한 게 분명한, 무례한 행동이었다. 게다가 이게 그리 대수롭지 않은 행동이었다면 모두가 기자의 그 행동을 여태 기억하고 있었겠나? 신기한 건 당시 굉장한 화젯거리였던 이 기자의 무례한 태도는 다들 기억하는데, 정작 그 기자의 이름은 아무도 기억하지 못한다는 점이다.

고유명사를 까먹기 시작한 건 꽤 오래전 일이다. 이전에는 잘 알고 있던 숱한 고유명사들이 마치 미사가 채 끝나기도 전에 살금살금 빠져나가는 신도들처럼 내 머릿속에서도 소리 소문 없이 사라졌다. 갑자기 그 단어를 떠올려야 하는 상황에서는 아무리 애를 써도 좀처럼 떠오르질 않는다. 머릿속에는 그 흔적조차 남아 있지 않다. 진짜 작정하고 머리를 쥐어짜면, 얼굴도 곰곰이 살펴보고 이전의 소소한 기억이나 함께 알고 있는 것들, 관련된 작품이나 작업을 다시 떠올려보면 문제의 그 단어가 생각이 날 때도 있다. 빠르면 몇 분 만에 떠오르기도 하고, 다음날 떠오를 때도 있다. 제일 편한 건 옆에 아직 젊은 친구가 있거나 그 일을 정확히 기억하는 사람이 지워진 내 기억을 복원해주는 것이다.

우리 모임에서는 번역가 장폴 블라지크의 기억력이 제일 좋아서 보통은 그가 답을 바로 알려준다. 장폴이 함께 있을 땐 우리 모두 일제히 그를 돌아보며 우리의 답답함을 풀어 주길 바라고, 장폴 역시 보란 듯이 답을 제시한다. 우리보다 열 살쯤 아래인 70대 코코 역시 기억력은 아직 쌩쌩한데, 기본 상식이 평균보다 모자라는 게 흠이다. 코코가 무지함 때문에 기억력이 힘을 못 쓴다면, 장폴은 르네상스 시대의 박식한 철학자 피코 델라 미란돌라 뺨치는 비범한 기억력을 자랑했다. 그런데 그날 게르미용 부부와의 식사 자리에는 장폴이 없었다. 그러니 눈에 보이지도 않는 새 한 마리를 잡겠다며 무턱대고 총을 쏘아대는 늙은 포수들처럼 우리는 그렇게 우스운 촌극을 벌일 수밖에 없었다.

대구살을 채소와 함께 익혀서 으깨 만든 대구 퓨레는 대구를 잘게 썰어 우유나 크림, 오일, 빻은 마늘과 섞어 만든 대구 브랑다드보다 짠맛이 덜하고 식감이 부드럽다. 이 대구 요리에서 시작한 우리의 대화는 노래에 관한 이야기로 이어지면서 저마다 랩 음악에 대한 혐오감을 성토했다. 제라르의 아내 마리테레즈만 예외였는데, 마리테레즈는 매일 아침 랩 음악을 들으면 기력이 다시 충전되는 느낌이라고 했다. 우리는 일제히 불같은 성미의 남편을 쳐다봤다. 매일 아침 이 끔찍한 음악을 들어야 하는 그가 아내에게 어떤 독설을 던질지가 초미의 관심사였다. 평생을 우리 세대의 음유시인 피에르 페레 팬으로 살아온 그였지만 제라르는 그저 귀를 틀어막는 시늉을 하는 선에서 끝냈다.

나는 흘러간 옛노래를 틀어주는 노스탤지어 라디오 방송에서 샤를 트르네 노래는 왜 안 틀어주는지 모르겠다고 툴툴거렸다. 옥토는 조르주 브라상 노래가 나오지 않는 것에 대해 아쉬움을 토로했다. 그러자 노나는 자클린 프랑수아와 바르바라를 제일 좋아하지만 쥘리에트와 들레름 같은 가수의 노래도 무척 좋아한다고 했다. 그리고 예나 지금이나 〈작은 개양귀비꽃처럼Comme un petit coquelicot〉이란 노래를 좋아한다고 덧붙였다. 그때 옥토가 물었다.

– 누가 부른 노래였더라?

– 이름이 기억 날랑말랑 하는데 안 나네. 정말 좋아했던 사람인데도 나이가 드니 영 기억이 가물가물해.

노나가 떠오르지 않는 기억을 아쉬워하며 말했다.

– 보리스 비앙 아닌가?

- 그 사람이 보리스 비앙 노래를 부르긴 했었지만 부른 사
  람이 보리스 비앙은 아니야.
- 그것 참, 이름이 입가에서 맴도는데 정확히 떠오르질 않네.

옥토가 갑갑해하며 말했다. 그래서 나는 다음과 같이 설
명했다.

- 누군가의 이름이 떠오르지 않을 때 나는 중간에 그와 비슷
  한 다른 사람 이름이 끼어 있어서 그런 거라고 생각해. 분
  명 다른 무언가가 끼어 있어서 기억에 혼동이 생기는 거라
  고. 내게 보리스 비앙이 생각났다는 건 보리스, 보리스, 그
  사이에 뭔가가 있는데 그 이름 때문에 막혀서 도무지 생각
  이 안 나네.
- 아! 생각났다!

노나가 외쳤다.

- 누군데요?
- 물루지! 물루지 때문에 헷갈린 거야!

곧이어 게르미용 부부와 옥토, 나는 대번에 이마를 치며
한목소리로 외쳤다.

- 기자 이름! 무루지잖아, 무루지! 이브 무루지!!

천만다행으로 가수 이름 '물루지'와 기자 이름 '무루지'가
서로 발음이 비슷하여 우리는 노화로 흐릿해진 기억의 한 구

멍을 가까스로 메울 수 있었다.

　－ 내 말이 맞잖아. 마지막 모음이 'ㅣ' 발음으로 끝나는 사람
　　이라고. 이 사람 이름도 마리로르 오그리처럼 마지막이 'ㅣ'
　　발음으로 끝난다고 내가 말했어, 안 했어?

　마리테레즈가 보란 듯이 말하자 남편이 "오그리Augry는 i
가 아니라 y로 끝나잖아"라고 트집을 잡았다.

　－ y든 i든 'ㅣ' 발음 나는 건 똑같구만 괜한 생트집이야!

　－ 생트집이건 아니건 'ㅣ' 발음으로 마지막 모음을 쓰니 싸움
　　은 여기서 그만둡시다.

　나는 게르미용 부부의 싸움을 말리고 나섰다.

　식사가 끝나고 치즈와 사과 타르트, 커피로 디저트 타임
을 가지면서도 우리는 영화 제목이나 책 제목, 연극 작품명
등 머릿속에서 슬그머니 사라진 또 다른 고유명사 이름을
생각해내느라 또다시 골머리를 앓았다.

　우리 중 누군가가 기억에 구멍이 생겨 사람 이름이 떠오르
지 않아 설명이 막힐 때면, 다른 친구들도 다 같이 달려들어
그 이름을 찾아내려 애쓴다. 이것저것 질문도 쏟아내고 각자
가 아는 정보와 기억을 모으면서 사소한 것 하나하나 대중
없이 모으다 보면 때로 엉뚱한 방향으로 빠질 때도 있고 솔
깃한 정보가 나올 때도 있다. 다들 보란 듯이 답을 찾아내려

애를 쓰는데, 정답을 찾아내는 영광을 얻는다면 그건 뇌가 점점 굳어가는 다른 사람에 비해 아직 머리가 잘 돌아간다는 뜻이므로 그만큼 값진 승리다. 하지만 아무리 용을 써도 머릿속에선 고유명사가 하나둘 야속하게 사라지므로 결국엔 어쩔 도리가 없다. 손에 쥐었다 싶으면 어느 순간 나비처럼 날아가버리니 그만큼 화도 나고 속상하기도 하며, 원망스럽고 기분도 나쁘다. 한창 대화를 나누다가 갑자기 80대 노인들의 퀴즈로 분위기가 바뀌는 우스꽝스러운 상황을 깨달을 때면 더더욱 속이 쓰리다.

화제가 바뀌어 다른 이야기로 넘어갔는데 갑자기 예기치 않게 작품 이름이나 사람 이름이 튀어나올 때도 있다. 불현듯 문제의 고유명사가 떠오른 그 누군가가 허겁지겁 그 단어부터 내뱉으며 사람들에게 정답을 알려주는 것이다. 조금이라도 지체하면 다시 까먹을 수도 있으므로 대개는 맥락 없이 단어부터 내뱉고 본다. 진행 중인 대화의 내용이 무엇인지보다는 머릿속에 떠오른 그 단어가 더 중요하다고 생각하는 것인데, 특히 문제의 그 이름이 떠오르지 않아 대화의 흐름이 막혔을 때는 이야기 그 자체보다 이 이름을 떠올리는 것이 더 중요하다.

어딘가 기억에 구멍이 생겼을 때 모두가 힘을 합쳐 이걸

메우기까지는 몇 분, 혹은 한 시간이 걸리기도 한다. 심지어 기억의 조각을 하나 혹은 그 이상 맞추지 못한 채 헤어질 때도 있다. 옥토는 인터넷을 뒤진 뒤 그날 저녁이나 다음날 우리에게 당당히 퍼즐 조각을 맞춰주곤 한다. "샤chat로 시작하는 단어와 함께 고양이chat를 그려 넣은 접시의 제작자는 바로 아티스트 '시네siné'였어. 베를리오즈가 개통식 음악을 작곡했던 기차역은 노나 말대로 릴이야. 리옹이 아니라 릴이라고. 그리고 곡명은 〈철도의 노래〉였지."

이럴 거면 다 함께 스마트폰으로 인터넷 정보를 찾아보는 게 낫지 않았을까? 그럼 고유명사를 까먹어서 생긴 갑갑함의 시간이 단축될 것이다. 그런데 우린 왜 그때 진작 스마트폰 찾아볼 생각을 하지 않았을까? 그건 아마도 다 같이 모여서 식사를 하거나 이야기 나눌 때는 스마트폰을 사용하지 않는 게 예의라는 서로 간의 암묵적인 룰 때문일 것이다. 나이 먹은 우리가 모범을 보이지 않으면 누가 예의범절을 지키겠나? 게다가 마틸드와 마리테레즈는 그런 기계에 의지하기보다 우리 스스로 머리를 써야 하지 않겠느냐는 이유도 덧붙였다. 현대의 통신기술이 뛰어난 것은 사실이지만 그만큼 신경세포를 게으르게 만든다. 여럿이 함께 있을 때 지켜야할 휴대폰 예절도 예절이지만, 무엇보다 중요한 건 우리의 정신이 건강한 상태를 유지하는 일이다.

　무언가 단어가 떠오르지 않거나 서로의 지식 수준으로는 문제가 해결되지 않는 상황에서 우리가 굳이 스마트폰을 쓰지 않는 것을 두고 가끔 문제 삼는 사람이 있다면, 그건 70대 코코 정도다. 뭘 알아서가 아니라 단순히 그냥 재미 삼아 끼어들었던 논쟁판에서 우리가 꽤 오랜 시간 동안 답을 찾지 못한 채 전전긍긍하면 잠시 화장실에 다녀온 코코가 예의상 5~6분쯤 참았다가 우리에게 답을 알려준다. 물론 그가 화장실에 무엇을 했을지 모르는 사람은 아무도 없다.

공공의 적, 알츠하이머

나이 든 사람에게 알츠하이머는 어린아이들의 도깨비 같은 존재다. 마음속에 들어앉아 혼쭐을 쏙 빼놓는 무시무시한 괴물이다. 자식이 태어나는 족족 집어삼킨 크로노스나 전설의 살인마 푸른 수염, 비디오 게임 속 식인귀 등은 막연히 무섭기만 한 게 아니라 재미를 선사하기도 하지만 알츠하이머는 실제로 온 집안에 두려움을 퍼뜨린다. 예측이 불가능한 병이라 누가 언제 걸릴지 전혀 종잡을 수가 없다. 어쩌면 내일은 내가 알츠하이머의 희생양이 될지도 모를 일이다.

의사들이 하는 말도 그렇고, 겪어본 가족들이 하는 말도 그렇고, 알츠하이머를 예방하기 위한 최고의 방법은 정신을 건강한 상태로 유지하는 것이다. 계속해서 두뇌 회전을 하고 신경 세포가 움직일 수 있도록 지적인 자극을 주며, 매일매일 머리로 생각할 무언가를 제공해주는 것이다. 책이나 잡지에서는 노인들이 지적 트레이닝을 받을 수 있는 수백 가지 방법을 제시한다. 남은 건 매일같이 꾸준히 훈련을 지속하는 일뿐이다.

우리 모임에서도 알츠하이머는 모두에게 두려움의 대상이다. 예외가 있다면 90대 중반의 노나 정도일까? 나이로 보아 노나는 이제 알츠하이머에 걸리지 않을 게 확실하다. 그런데 노나는 '입이 방정'이라고 행여나 우리가 알츠하이머라는 이 저주받은 이름을 입에 올리다 진짜로 화를 당하지는 않을까 걱정했다. 그래서 내가 '알츠하이머'는 병을 발견한 의사 이름이 아니라 독일의 올림픽 해머 챔피언 이름일 수도 있지 않냐고 농을 건네자 노나도 웃음을 지었다.

만약에 두뇌 활동을 늘리는 것으로 알츠하이머를 피할 수 있다면 옥토는 사실 걱정할 일이 전혀 없다. 하루에도 몇 시간씩 낱말 퍼즐과 숫자 퍼즐을 맞추기 때문이다. 옥토는 신문과 잡지를 사서 머리기사를 다 챙겨 읽은 뒤엔 어김없이 게임이나 퀴즈 페이지를 열어 문제를 푼다.

십자말풀이야 워낙 자신이 있으니까 볼펜으로 하지만, 스도쿠를 풀 때는 지우개가 달린 연필을 사용한다. 옥토는 굉장히 빠른 속도로 빈칸을 채워가는데, 단어와 숫자에 일가견이 있는 그는 함정을 피해 뜻에 맞는 낱말을 능숙하게 집어넣고 적절한 수의 조합도 직감적으로 찾아낸다. 옥토는 "십자말풀이의 경우, 그냥 재미로 하는 거고 스도쿠는 알츠하이머 예방을 위해 하는 것"이라며 매일같이 하는 이 두 가지 트레이닝이 뇌 건강과 정신적 균형 유지에 도움이 된다고 확신한다.

제법 규모가 큰 사무실을 운영했던 법무사이자 두 자녀의 아버지였지만 옥토는 항상 시간을 내서 로베르 시피옹, 미셸 라클로, 조르주 페렉, 막스 파발렐리, 로제 라 피에르테, 필리프 뒤퓌, 루이폴 스멘 등 십자말풀이의 대가들이 낸 문제를 풀었다. 이들과 직접적인 안면은 없었지만, 지면에서는 숱하게 마주친 사이였다. 일도 하지 않고 애들도 없이 혼자 살고 있는 지금은 언제든 시간에 대한 압박 없이 예전의 고전적인 문제를 풀거나, 새로운 문제 푸는 데 더 많은 시간을 할애하기도 한다.

옥토는 워낙 십자말풀이를 좋아해서 병원에 들를 때마다 진료 대기 시간에 펜을 들고 잡지를 펼친다. 우리랑 만날 때도 식사 중 잠깐이라도 틈이 생기면 어김없이 낱말 퀴즈를 들이댄다.

독서는 알츠하이머 예방에 도움이 될까? 나는 그렇다고 생각한다. 지금은 출판사 대표로 있을 때보다 책이나 신문을 덜 읽지만, 그래도 프랑스 평균보다는 더 많이 읽는 편이다. 소설이나 전기도 보고 학술서도 이것저것 찾아보는데,

이제는 정보와 흥미도가 내 유일한 도서 선택의 기준이 됐다. 은퇴 후, 일을 그만두고 나서는 다시금 순수한 의미에서 애서가가 된 셈이다. 가끔 일할 때 습관이 남아 나도 모르게 제목이나 표지에 관해 고민하거나 서체, 조판의 형태 같은 것을 생각할 때도 있다. 그래도 전보다는 독서 그 자체에 치중한다. 언젠가 하루는 옥토에게 이런 말을 한 적이 있다. "꽤 오랜 기간 책을 펴내기 위해 독서를 했는데, 이제는 생각에 잠기기 위해 독서를 한다네." 나는 윙크까지 해가면서 뻐기듯이 말했다.

책도 많이 보고 번역 작업도 지속하는 장폴 블라지크도 여전히 두뇌 회전이 왕성하다. 이 친구 두뇌 수명은 아마 10년은 족히 연장됐을 것이다. 아내인 마틸드도 찾아오는 노인들에게 도움을 주고자 새로운 노인 관련 복지 규정을 꾸준히 공부한다. 행정 문건을 다루는 것도 고도의 인지 능력을 요구하는 작업이다.

게르미용 부부는 말싸움에서 서로 주도권을 잡으려고 항상 경쟁을 하다 보니 자연히 뇌가 게을러질 틈이 없다. 불시에 공격하고 잽싸게 반격하는 것은 부부간의 피 튀기는 싸움을 넘어서서 알츠하이머 발병을 늦추는 훌륭한 무기다.

마지막으로 70대 코코는 집 밖에 나갈 때 항상 카메라를 들고 다닌다. 그는 니콘 쿨픽스A1000 모델을 쓰는데, 인물 사진의 타이밍을 잘 잡는 아마추어 사진가다. 예전에 일할 때도 어떤 매물에 관심을 보이는 부부가 있으면 마음에 드는 집이나 아파트 안에 있는 모습을 사진으로 찍어 보여주곤 했다. 그러면 부부는 코코가 찍은 매력적인 사진을 보며 자신들이 이미 그 집에 사는 듯한 느낌을 받았다.

그런데 여자들을 공략할 때 카메라는 상대의 우려를 살 만한 물건이다. 음흉한 관음증 할배로 찍히면 절대 여자의 환심을 살 수 없다. 그래서 코코는 여자를 만나러 갈 때만큼은 카메라를 집에 두고 나간다. 대신 우리와 만날 때는 항상 카메라를 손에서 놓지 않는다. 사진 찍히는 걸 꺼리는 마틸드만 빼면 나머지는 모두 코코가 사진 찍어주는 것을 좋아한다. 그가 우리를 추하고 못 생기게, 우스꽝스러운 모습으로 찍는 게 아니라 주름마저도 아름다운 모습으로 카메라에 담아줄 것을 알기 때문이다. 지난번에 세비야 여행을 다 같이 다녀왔을 때는 여행 사진을 모아 기념 앨범으로 만들어 모두에게 나눠주기도 했다. 심지어 여행에 함께하지 못했던 노나 앨범까지 챙겨주었다. 그의 배려 깊은 행동에 노나 역시 무척이나 고마워했다.

우리 모임 사람들은 다들 각자의 방식으로 알츠하이머 예

그 래 도
오 늘 은
계속된다

방을 위해 노력한다. 저마다 자신의 두뇌 건강을 유지하기 위해 나름의 노력을 기울이며, 좋은 방법이 있으면 다른 사람에게도 함께 공유하려 든다. 암은 예방하는 방식이 사람마다 달라 함께 대비하기에는 무리가 있다. 언제, 어디에서, 어떻게 무슨 방법을 써야 할지가 정해져 있지 않기 때문이다. 반면 정신질환 쪽은 발병 부위가 한정되어 있고, 다 같이 힘을 합쳐 막지 않으면 우리 중 누군가가 걸리는 건 시간문제다. 그렇다고 우리가 알츠하이머를 항상 심각하게만 받아들이지는 않는다. 깜빡깜빡하고, 황당무계한 짓을 하고, 덤벙대며 실수를 하면 우리는 이를 다 알츠하이머 때문으로 넘겨버린다. 자기합리화를 하거나 주위 사람들에게 사과하는 하나의 방식인 셈이다. 진짜 알츠하이머로 인한 문제가 아님을 알기 때문에 알츠하이머 탓을 할 수 있는 것이다. 어찌 보면 일종의 예방성 유머이자 주술적 장난이다. 알게 모르게 불안감을 안고 있으면서도 귀엽게 허세를 부리는 것과 비슷하다.

과학적인 근거가 있는 건 아니지만 나는 알츠하이머가 기억의 구멍을 통해 들어온다고 확신한다. 빈자리가 있으니까 그 자리로 비집고 들어오는 것이다. 무슨 물건을 찾으러 방에 들어갔다가 찾으러 온 물건이 뭐였는지 까먹었을 땐 약간 당혹스럽다. 그럴 때면 가만히 멈춰 서서 몇 초간 '이 망할 알츠하이머 같으니, 내 곁에서 알짱거리지 좀 말아!'라고 말하며 곰곰이 생각해본다. 그리고 물건을 찾으러 방에 들어가기 전 상황을 떠올리고 무엇 때문에 내가 여기에 왔는지 생각하면 다시 정신이 맑아지기도 한다.

누군가에게 전화를 하기로 했는데, 한 시간쯤 후에 그 사실이 떠올리고도 정작 누구에게 전화하기로 했는지조차 기억이 나지 않을 때가 있다. 아침에 약을 챙겨 먹었는지 안 먹었는지 기억나지 않거나 아니면 세금을 분명 냈다고 생각했는데 내지 않았을 때도 있다. 앞사람 이야기가 끝나면 내 이야기를 하려고 했는데 정작 그 사람 말이 끝났을 때 내가 무슨 이야기를 하려고 했는지 생각나지 않을 때도 있다. 분명 재미있게 봤던 영화임에도 채 한 달이 안 돼 내용과 등장인물을 떠올리기 위해서 머리를 있는 대로 쥐어짜야 한다. 그런데 본 지 몇십 년이나 지난 〈독재자〉, 〈돌아오지 않는 강〉, 〈멜랑콜리아〉 같은 영화는 또 장면 하나하나가 생생하게 기억난다. 중요한 서류나 집안의 보물 같은 것을 따로 잘 챙겨두었다가 그게 어디 있는지 백날 찾아도 못 찾을 때가 있는데, 그럴 때면 알츠하이머가 슬슬 발동을 거는 건가 싶기도 하다.

물론 이런 예감이 실제로는 맞지 않길 바라지만 기억에 빈 틈이 생길 때마다 알츠하이머 생각을 하지 않을 수가 없다. 돈도 부자에게만 빌려준다고, 알츠하이머가 워낙 다양한 신경 증상을 포괄하고 있으니 다들 크건 작건 문제만 생기면 다 알츠하이머 탓을 한다. 그렇게 우리는 알츠하이머 때문에 울고 알츠하이머 때문에 웃는다.

뭐 하나 문제가 생기면 그게 무엇이든 알츠하이머 탓을 하며 병을 쫓는데, 그렇게 하면 기분이 좋아진다.

알츠하이머 따위, 내 곁엔 얼씬도 하지 마라!

뿌리 깊은 고질병

나이가 들면 염세적인 사람은 더 염세적인 성깔이 되고, 이기적인 사람은 더욱 이기적이 되며, 허영심 많은 사람은 허영심이 더욱 강해진다. 나이가 들면서 원래의 성격이 더욱 강화되면 강화됐지, 완화되는 경우는 별로 없다. 성격상의 결함은 나이가 들면서 점점 더 악화되고, 이를 겉으로 드러내는 데도 점점 거리낌이 없다.

다행히 좋은 성품도 점점 더 좋아진다. 이타적인 사람은 보다 너그러워지고 현명한 사람도 점점 더 현명해지며 인도적인 사람은 더욱 관대해진다.

물론 예외도 많다. 젊었을 때의 자기 성격을 끔찍이 싫어하는 사람도 적지 않기 때문이다. (정치적으로 젊었을 당시의 진영과 반대되는 쪽으로 당적을 바꾸는 사람도 있는데, 이는 그 사람의 생각이 바뀐 것이지 성격이 바뀐 것이라고 보기는 힘들다.) 노년에 접어들면서 고약한 성격을 더 솔직하게 드러내는 이유는 대개 행동이 전보다 자유로워졌기 때문이다. 체면이나 평판 따위에 더는 개의치 않는 나이가 된 것이다. 말하고 싶은 게 있으면 말하고, 하고 싶은 게 있으면 하면 그만이다.

소설에서도 인색함을 나타내는 인물은 보통 나이 든 사람이다. 나이가 들수록 금전에 대한 집착이 심해지는 탓이다. 몰리에르 희곡의 수전노 아르파공이나 발자크 소설 속 펠릭스 그랑데 영감, 벤 존슨이 희곡으로 그려낸 구두쇠 볼포네가 모두 젊은 청년으로 그려졌더라면 그렇게 우스꽝스럽고 이상한 구두쇠 영감의 모습은 아니었을 것이다.

나이가 들면서 고약한 성미가 한층 더 심해지는 윗세대 노인들을 보면서 나는 그러지 않겠노라 다짐했다. 옥토하고도 이 얘기를 좀 했는데, 서로의 문제점을 감시해주자는 쪽으로 결론이 났다. 나는 옥토의 다혈질을 감시하고, 옥토는 내 조급한 성미를 감시하는 것이다. 다혈질이든 조급한 성미든 고약한 성미인 건 둘 다 비슷하니까.

지금 옥토에게는 사무실에서 같이 일 봐주는 사람도 없고, 같이 사는 아내도 자식도 없다. 아내와 황혼 이혼을 해서 적잖은 값을 치렀고, 아이들도 이제는 모두 오십 줄에 접어들어서 손주들까지 다 장성한 상태다. 따라서 이젠 집에서든 회사에서든 크게 화낼 일이 거의 없다. 그러나 건물 관리인은 왜 그리 오지랖이 넓은지 모르겠고, 이웃들은 보통 시끄러운 게 아니며, 뭐 하나를 사러 가도 다정하고 살갑게 손님을 맞아주는 가게가 별로 없다. 수공예품 가게에 가봐도 사장이든 직원이든 솜씨가 별 볼 일 없으니 옥토에게 세상은 여전히 뒷목 잡을 일투성이다. 옥토는 화가 나면 겉으로 거칠게 표현할 때도 있고, 말없이 속으로만 분개할 때도 있다. 하지만 다혈질 노인네 취급은 받고 싶지 않다고 했다. 걸핏하면 삐치는 멍청한 영감탱이 소리도 듣고 싶지 않다고. 그래서 점점 더 화내는 걸 관리하려고 노력 중이다.

　나도 워낙 성미가 급해 옥토 못지않게 도를 넘어설 때가 많다. 하지만 타고난 기질상 겉으로 크게 표출하지는 못한다. 대신 투덜대고 불평하고 구시렁대거나 얼굴을 붉히고 깐죽거리고 비꼬면서 까는 스타일이다. 그래도 요즘에는 -비록 쉽진 않을지언정- 참아보려고 노력은 한다. 누군가 약속시간에 심하게 늦을 때, 내려야 할 결정을 빨리빨리 내리지 않을 때, 혹은 행동거지가 지나칠 정도로 늦을 때면 이 악물고 주먹을 꽉 쥔 채 그저 서너 마디 정도로만 나무라는 선에서 그친다. 어떨 때는 잘 참아지기도 하지만 그렇지 않을 때도 있다. 그래도 확실한 건 내가 예상보다는 그렇게 시종일관 조급하고 성마른 늙은이가 되지는 않았다는 점이다. 친구들하고의 사이에서도 어느 정도는 냉정하고 침착함을 유지하고, 지금 여자친구인 마농을 대할 때도 교황청을 지키는 굳건한 스위스 용병처럼 인고의 미덕을 발휘한다. 먼저 저세상으로 떠난 마누라가 이런 내 모습을 봤더라면 아마 두 눈을 의심했을 것이다. 어쩌면 저 하늘에서 이런 날 보고 질투하고 있을지도 모르겠다.

내게는 조급한 성미 말고도 고질병이 하나 더 있다. 성격이 급한 건 통제라도 가능하지만, 이건 어떻게 할 수도 없다. 게다가 나이가 들수록 정도도 더 심해진다. 한창 일할 때에 비해 부쩍 줄어든 감정 표현이 그나마 덕분에 좀 살아나서 마음대로 끊지도 못하겠다. 바로 내가 미신을 믿는다는 거다.

이건 사실 우리 어머니 탓이 크다. 어머니는 1937년 7월 7일 7시에 나를 낳으셨다. 이쯤 되면 내가 행운의 숫자 7에 집착하는 것도 당연하지 않나? 숫자 7은 항상 내 뒤를 따라다녔고, 나도 항상 숫자 7을 부적처럼 여겼다. 만약 이 숫자가 내게서 멀어지는 것 같으면 서둘러 이 숫자를 내 옆에 갖다 놓았다.

나는 5월 7일에 프랑스 유소년 축구대회 챔피언컵을 거머쥐었다. 여자랑 처음으로 함께 밤을 보낸 날도 8월 7일이었다. 국립행정학교 졸업 시험도 37등으로 합격했다. (물론 7등이 더 좋았을 거라는 건 나도 안다.) 나처럼 7일에 태어난 여자와 4월 17일에 최고의 결혼식을 올렸다. 아들 녀석이 태어난 날도 17일이었다. 내가 일했던 출판사 몬테노테 역시 동명의 거리 7번지에 세워졌다. 지금도 난 플뢰뤼스 거리 7번지에서 20년째 살고 있다. 심지어 플뢰뤼스란 거리명도 'F.l.e.u.r.u.s' 총 일곱 글자로 되어 있다.

차를 뽑을 때도 나는 차 번호판이 7자로 끝나도록 업체에 손을 쓴다. 다만 호텔 같은 경우는 운에 맡기는 편이다. 배정된 방 호수에 숫자 7이 포함되면 에어컨이 제대로 돌아가지 않는 곳이라도 만족스럽게 머문다. 만약 7이 들어가지 않고 2나 5, 8이 들어간 방에 조금이라도 문제가 있으면 바로 데스크에 항의한다. 책을 낼 때도 만약 잘 될 것 같은 느낌이 들면 출간일을 당기거나 미뤄서 7일, 17일, 27일에 맞춘다. 다만 나의 미신이 알려지면 비웃음을 살 수도 있으니 저자에게는 다른 핑계를 댄다.

유치하다고 생각할 수도 있지만, 미신을 믿는 사람은 다들 이렇게 행동한다. 이성적 사고를 중시하는 사람들에겐 행운의 숫자 7에 대한 나의 맹신이 우스워 보일 수도 있다. 아내도 그중 하나였는데, 숫자에 대한 내 미신을 아는 유일한 사람이었던 아내는 그런 나를 귀엽게 받아주며 웃어넘겼다. 하지만 미신을 믿는 나를 우습게 보는 사람들에게 나도 반박할 만한 논거가 세 개는 있다. 일단 내 인생에서 행복했던 순간이나 중요한 결정적 순간에는 항상 숫자 7이 함께했다는 사실이다. 또 이 모든 게 우연의 일치일 수도 있으나, 그 우연의 일치가 나에게는 너무 자주 일어났으므로 나로선 '선민의식'을 갖지 않을 수가 없다. 그리고 마지막 세 번째는 바로 재미다. 나는 이 모든 게 너무 재밌다. 이 정도면 인생의 수수께끼 가운데에서도 꽤 유쾌한 수수께끼가 아닌가.

한 가지 더 신기한 수수께끼는 내가 로또나 복권, 룰렛을 할 때 종종 숫자 7에 내기를 거는데 한 번도 당첨된 적이 없다는 것이다. 마치 이 숫자와 관련된 운은 내가 예측하지 못한 상태에서 나도 모르게 다가오는 듯하다. 내가 작정하고 기댈 때는 숫자의 힘이 발휘되지 않았으니까. 어쩌면 숫자 7을 관장하는 행운의 여신은 내가 기대고 의지하는 수준이 도를 넘어섰다고 생각해서 나 아닌 다른 사람에게 행운을 나눠주려던 게 아닐까 싶다.

그런데 최근 들어 이 행운의 숫자와 관련해 조금 암울한 고민이 하나 생겼다. 내가 과연 7로 끝나는 날짜에 죽을 것인가 하는 문제다. 죽음이란 인생의 중요한 순간에 해당하니 지금까지의 삶대로라면 나는 7일에 세상을 떠나는 게 맞다. 그런데 내가 제일 좋아하는 숫자의 날이 애도와 추모의 날이 된다고 생각하면 그건 좀 그렇다. 지금까지 내게 7이 들어간 날짜는 항상 성공을 보장하는 행운의 날이었으니까.

죽음은 곧 인생이라는 고역의 종착역이니 삶의 구속에서 벗어나는 해방의 순간이라고 봐야 하나? 그렇다면 내가 죽는 날 역시 나를 고통에서 헤어나게 하는 좋은 날인 걸까? 하지만 어찌 됐든 죽음은 패배의 순간이다. 영광의 7이 연거푸 만들어놓은 기쁨의 순간을 7일 자의 장례식으로 마무리하는 건 잔혹한 운명이다.

내가 이 세상에 하직 인사를 고할 날이 언제일지 확실히 알 수 없다. 심지어 나는 7로 끝나는 날짜에 죽고 싶은 것인지 아닌지도 모르겠다. 가만 생각해보면 그 날짜에 죽고 싶지 않은 마음이 조금 더 큰 것 같다. 7일에는 결코 비행기를 타지 않으니까. 뉴질랜드에 사는 아들놈과 첫 손녀딸을 맨 처음 보러 갔을 때도 나는 비행기 출발일을 하루 뒤로 미루었다. 일기예보를 보니 그날 벼락을 맞을지도 모르는 상황이었기 때문이다. 나는 1년 열두 달 중 매월 7일은 별일 없이 조용히 지나가도록 애쓴다. 17일과 27일에는 무슨 일이 생겨도 별로 대수롭지 않게 지나가는 느낌이다. 그래서 17일과 27일에는 별로 신경을 쓰지 않는다. 그 정도는 하늘이 알아서 해주겠지.

기욤 쥐뤼스의 하루

효율성은 이제 우리의 관심사가 아니다. 수익성은 더더욱 관심 밖이다. 이제 우리는 직무 성과에 연연하지 않으며, 집안 일에도 구속받지 않는다. 나이가 든 덕분에 한창때는 없던 행동의 자유가 생긴 것이다.

퇴직한 사람이 자로 잰 듯 짜맞춰진 일과를 살아간다면, 이는 스스로가 그런 삶을 진심으로 원하기 때문이다. 은퇴 후에도 여전히 규칙적인 생활을 해야 할 필요성을 느껴서 일정한 시간표에 따르는 삶을 지치지도 않고 반복하는 것이다. 이는 스스로에게 의무감을 부여하는 방식이다. 따라서 원래 정해진 일정에서 15분만 지체되어도 불안해하며 자책한다. 다른 누군가와의 약속이 아닌 스스로와의 약속일뿐인데도 말이다.

대학 시절 나는 꽤 자유로운 삶을 만끽했다. 물론 들어야 할 수업을 빠지는 일은 거의 없었다. 하지만 공부를 해야 할 때는 했고, 놀고 싶을 때는 놀며 내가 원하는 대로 편하게 시간을 썼다. 지금도 여전히 나는 나 하고 싶은 대로 하루를 보낸다. 가끔은 온종일 멍하니 허송세월하며 하루를 보내기도 하고, 갑자기 하고 싶은 무언가가 생기면 그걸로 시간을 채우기도 한다.

안락의자에 몸을 맡긴 채 물이나 맥주 한 잔을 앞에 갖다 놓고 한 시간, 혹은 그 이상 꿀잠을 잘 때도 있다. 이제는 내 위가 위스키나 보드카, 꼬냑, 알마냑 등의 도수 높은 술을 못 받아들이니 물이나 맥주를 마시지만, 결혼 후 한 집안의 가장으로 살던 시절이나 출판사 대표로 살 때만 해도 이런 여유는 상상할 수 없었다. 어지럽게 수놓은 영롱한 빛의 조각처럼 옛 기억이 소환되는 이 달콤한 순간, 생각이 꼬리에 꼬리를 물며 기분 좋은 몽상을 쌓아간다.

포마르는 매일 아침 7시에서 8시 사이에 나를 깨운다. 게으름이 동할 때는 왜 그렇게 나를 일찍 깨웠느냐 나무라고, 간혹 마음이 조급할 땐 조금 더 일찍 깨우지 그랬냐고 나무란다. 우리 둘의 싸움은 언제나 시시하다. 포마르는 사실 흑백 얼룩의 수컷 고양이로, 마농이 일하는 동물병원에서 거둬 키우게 된 길고양이다. 마농은 고양이를 내게 맡기면서 우리가 함께 잘 지내길 바랐다. 다행히 우린 잘 지내고 있다. 둘 다 성격도 원만한 편이고, 집안 공간도 편하게 나눠 쓰고 있으니까. 대신 침실은 따로다. 나는 코를 골지 않는데 포마르는 때때로 코를 골기 때문이다.

아침의 시작은 언제나 비슷하다. 나는 위산을 줄여주는 기적의 치료제 모프랄 20㎎ 한 알을 먹고, 포마르는 건사료를 먹는다. 이어 라디오에서 아침 뉴스가 흘러나오면 식탁에 앉는다. 아침 식사 전에 세수할 때도 있고 식사 후에 할 때도 있고 이건 그때그때 기분에 따라 다르다. 그리고 커피를 한 잔 마신다. 종종 우유를 넣을 때도 있고, 커피 대신 주스를 마시기도 한다. 달걀은 삶아서 먹거나 프라이 해 먹는다. 잼을 바른 크레프를 먹을 때도 있고, 그날그날 구미가 당기는 걸 마음 내키는 대로 먹는다. 정해진 메뉴를 반복하기보다는 마음 가는 대로 아무거나 먹는 걸 더 선호한다. 발포성 농축 비타민 한두 알을 물에 타 먹는 것도 잊지 않는다.

낮에는 글을 쓴다. 출판사 대표는 대부분 꿈이 꺾인 작가인 경우가 많다. 다른 사람의 책을 내는 것은 자기 글을 쓸 만큼 재능이 충분하지 않거나 열정이 부족했던 스스로를 달래는 편리한 방식이다. 나도 여든두 살이 되고 나서야 비로소 전도유망한 작가로서의 데뷔를 꿈꾸었다. 그렇다고 조심스럽게 한 발 한 발 내딛는 작가 초년생이 될 생각은 없다. 책 두 권을 동시에 집필하고 있기 때문이다. 하나는 출판사 대표로서 살아온 내 비망록으로, 젊은 사장 기욤 알라리의 출판사에 주기로 했고, 다른 하나는 지금 쓰고 있는 이 노년에 관한 에세이로 알뱅 미셸 출판사의 오랜 두 명의 친구 프랑시 에스메나르와 리샤르 뒤쿠세에게 주기로 했다. 두 권을 정말 동시에 쓰고 있느냐고 묻는다면 내 대답은 '그렇다'이다. 선무당이 무서운 법이니까.

원래의 내 계획은 아침 시간을 활용해서 자서전을 집필한 뒤, 점심을 먹고 나면 옛 기억을 파헤치는 작업에서 벗어나 지금의 내 이야기를 파고드는 것이었다. 그런데 글쓰기라는 게 시간에 맞추어 딱딱 배분되는 작업이 아니라는 점을 곧 깨달았다. 글이 잘 써지는 시점도 예측하기가 어렵고, 글을 쓰고 싶은 마음도 쉽게 오락가락했다. 기억은 대중없이 이것저것 떠오르고, 아이디어도 좀처럼 손에 잡히지 않았으며, 적절한 단어를 찾는 것 역시 생각만큼 쉽지 않았다. 내 일정표는 온데간데없이 사라졌고, 옛날 기억을 떠올리며 기분이 더러워질 때가 있는가 하면 내가 노년에 대해 글을 쓸 만큼 그렇게 나이가 들었나 싶을 때도 있었다. 그럴 때면 뤽상부르 공원이나 센 강변을 산책하기도 하고, 영화나 전시를 보러 가기도 했다. 그러다 보면 영감이 떠오르기도 하고, 아니 정확히 말하면 글을 쓰고 싶다는 생각이 다시 들기도 한다. 그리고 글이 다시 손에 잡힐 것 같은 그런 때가 되면 아침이든 점심이든 상관없이 컴퓨터를 켠다. 그리고 그저께, 혹은 오늘 쓰다가 말았던 지점부터 이어서 글을 써나간다. 내가 만약 글이라도 안 썼다면 이 빌어먹을 시간을 다 어떻게 보냈을지 모르겠다. 할 일 없는 노인네의 권태로운 일상을 살고 있었겠지.

오전 10시에서 11시 사이에는 뉴질랜드가 저녁 시간쯤이라서 휴대폰 메시지 어플로 아들 녀석에게 전화를 건다. 내가 한 번 걸어서 통화 연결에 실패하면 그다음엔 아들놈이 내게 전화를 시도한다. (나보다는 아들 녀석이 어플 사용에 더 익숙하다.) 아들과 한 5분 정도 통화를 하고 나면 가끔 제 와이프나 손녀딸을 바꿔준다. 그러면 영어로 몇 마디 주고받고 전화를 끊는다. 서로 이야기를 나누는 것보다 영상으로 생생하게 얼굴을 확인했다는 게 더 중요하다.

점심은 (신문을 사 오는 길에) 반찬 가게에서 조리 식품을 사다 먹을 때도 있고, 근처 식당에 가서 그날그날의 정식 메뉴를 사 먹기도 한다. 식사 후에는 편안한 의자에 몸을 누이고 30분쯤 낮잠을 자며 기력을 보충한다. 은퇴 후에 누릴 수 있는 또 한 가지 특권이다.

글을 쓰지 않을 때는 책을 읽거나 산책을 나간다. 의사들은 하나같이 밖에 나가 걸으라고 아주 귀에 못이 박히게 말한다. 휴대폰에 깔린 헬스 앱에서는 낮 동안 내가 몇 걸음이나 걸었는지, 길이로는 몇 킬로미터이고 계단으로 치면 몇 층을 올라간 것인지 정리해서 매일 저녁 내게 알려준다. 내가 얼마나 걷고 있는지는 마농도 늘 체크한다.

저녁 때는 8시 뉴스를 보면서 생선 한 토막과 플레인 요구르트, 과일 정도로 비교적 간단히 챙겨 먹는다. 끈기 있는 시청자는 아니라서 채널을 이것저것 돌려보는 편이다. 〈위대한 책방〉 같은 교양 프로그램도 잠깐 봤다가 정치경제 탐사보도 프로그램도 좀 보고, 클래식&재즈 전문채널 메조에서 공연실황 중계방송도 본다. 내셔널지오그래픽 와일드 채널에서 동물 다큐멘터리를 보다가 스포츠 채널로 넘어가 축구 경기도 본다. 단, 영화나 드라마는 보지 않는다. 내가 좋아하는 픽션은 영화나 드라마가 아닌 소설 속 픽션이기 때문이다. 그래서 저녁마다 종종 소설을 읽지만, 넷플릭스 구독은 하지 않는다. 블라지크 부부나 코코는 넷플릭스에 가입해서 밤새도록 드라마를 본다는데, 그 정도면 중독이라고 생각한다. 난 그렇게까진 TV에 빠져들고 싶지 않다.

하루 일과를 마치고 씻은 후에는 손녀들이나 블라지크 부부의 페이스북 게시물을 훑어본다. 인스타그램에 올라오는 코코의 사진도 보고, 일부 출판사나 몇몇 작가의 트위터도 확인한다. 그리고 마농에게 전화를 걸어 서로의 일과를 주고 받는다. 세상 돌아가는 얘기를 나눌 때도 있다. 그리고 둘만의 밀어로 통화를 마무리한다. 잠자기 전 침대에서도 책이나 잡지를 몇 자 더 보는데, 짧으면 몇 분, 길면 한 시간가량 볼 때도 있다. 내용이 얼마나 재미있는지, 그리고 그날의 피로도가 어느 정도인지에 따라 독서 시간은 달라진다. 그러고 나서 마지막으로 불을 끈다. 포마르 녀석은 이미 한밤중이다.

우리를 불편하게 하는 것들

우리는 일 년에 아홉 번 정도 점심이나 저녁 식사를 함께한다. 8명의 각자 생일 때 한 번씩 보고, 1월 2일에 만나 신년회를 한다. (1월 1일은 다들 가족끼리 보낸다. 나도 조카나 내가 대부를 서준 대자, 대녀와 함께 새해의 첫날을 보내고 있다.)

앞서 설명한 바와 같이 내가 보통 모임을 주관하므로 (누군가의 집에서 식사하는 게 아닐 경우) 음식점의 선정과 선물 구입, 대표로 꽃다발을 주문하는 등의 일을 내가 도맡아 한다. 식사하면서 함께 나누면 좋을 만한 대화 주제나 모두가 재미있어 할 만한 질문 같은 것도 준비한다.

마틸드 블라지크의 생일날도 그렇게 해서 모인 자리였다. '브라스리 로렌'이란 음식점에서 한적한 단체석을 예약한 뒤 다 같이 모여 점심을 먹으며 생일 파티를 진행했는데, 이날의 대화 주제는 '요즘 프랑스 사람들의 옷차림이나 행동, 태도에서 꼴불견이라고 생각하는 것'이었다. 눈에 거슬리는 사소한 것들이나 요즘 유행하는 것이지만 우스꽝스럽다고 생각하는 것들을 모두 세세하게 이야기해도 괜찮다고 덧붙인 뒤 내가 먼저 포문을 열었다.

 – 우선 나부터 시작할까요? 그동안 다들 속으로 무슨 얘기 할지 생각하고 계세요. 내가 꼴불견이라고 생각하는 건 일단 무릎 나온 청바지예요. 물론 돈 없는 사람들이 닳고 헤질 때까지 바지를 입어서 무릎에 구멍이 뚫린 걸 뭐라 하는 게 아녜요. 멋으로 찢어진 청바지 입는 사람들 있잖아, 왜. 빈티 나게 입는 게 시크한 줄 아는 그런 사람들. 언젠가 한 번은 전철에서 보니까 굉장히 근사한 여자 하나가 실크 소재의 멋진 흰색 상의를 입었더군요. 디올이나 구찌 같은 명품 느낌이었어요. 그런데 아래 입은 청바지를 보니 한쪽 무릎은 성기게 기워놓았고 다른 한쪽 무릎은 아예 구멍이 뚫려 있지 뭡니까? 위에는 고급스러운 상의로 잘 차려입고 아래는 볼품없는 하의를 걸치고…… 정말 부르주아와 프롤레타리아가 기괴하게 결합한 볼썽사나운 모습이었어요.

 – 무릎이 아니라 엉덩이 쪽에 구멍이 뚫렸다면 좀 더 특이하고 재미있지 않았을까?

언제나 여자에게 한눈을 파는 '외눈박이' 코코다운 발상이었다.

- 무릎이든 엉덩이든 바지에 구멍이 난 걸 입고 다니는 건 수수하고 겸손한 사람이라는 뜻이야. 뻔뻔하고 추잡스러운 멋내기용이 아니었다면 칭찬받아 마땅할 검소한 행동이지.

내가 이렇게 덧붙이자 점잖은 트위드 정장 차림을 한 장폴 블라지크가 말했다.

- 옷차림 얘기를 좀 더 해보자면, 저는 사실 바지에 셔츠만 덜렁 입는 옷차림도 별로 안 좋아해요. 여름이나 저녁 때, 휴가철에야 물론 보기는 좀 그래도 충분히 그렇게 입고 다닐 수 있죠. 하지만 그럴 때 외엔 좀 아니라고 생각해요. 요즘 남자들은 잠옷 차림으로 돌아다니는 것 같기도 하고, 아까 잠깐 말한 것처럼 찢어진 바지도 기워입지 않은 채 돌아다니는 느낌도 들어요.

- 나도 같은 생각이에요. 우리 집 영감도 꼴 같지 않게 그런 옷차림을 시도한 적이 있었죠.

마리테레즈가 불을 지폈다.

- 뭐? 꼴 같지 않아? 당신이 요즘 트렌드를 뭘 안다고 그래? 옛날 구식 스타일 말고 뭐 아는 거 있어?

그에 질세라 제라르가 반박했다.

- 옛날 스타일? 내가 피카소 좋아한다는 거 잊었어?

- 지금 바지랑 셔츠 얘기하고 있는데 피카소 얘기가 왜 나와?

다행히 때마침 산처럼 수북이 쌓인 해산물 요리가 나와 다들 음식에 정신이 팔려 두 사람 말싸움의 맥이 끊겼다.

마틸드 블라지크도 남편에 뒤이어 의견을 냈다. 마틸드의 불만은 배낭이었다. 전철이나 버스, 기차 등에서 커다란 배낭을 멘 사람들이 등에 있는 가방 크기는 생각하지 못한 채 부주의하게 움직여서 주변 사람들을 툭툭 치며 피해를 준다는 것이다. 배낭 주인의 키가 아주 큰 경우에는 가방에 머리를 맞기도 한다. 심지어 등에 멘 가방으로 옆 사람들을 툭툭 치며 홍해 갈리듯 길을 만들어 지나가는 사람도 봤다. 양옆으로 출렁이며 사람들을 치고 지나가는 가방은 그 옛날 성문을 부수기 위해 사용하던 커다란 충차 같은 느낌도 든다.

우리는 배낭족에 대한 마틸드의 성토에 다들 공감했다. 반면 문신이 싫다는 마리테레즈 게르미용의 의견에는 입장이 갈렸다. 아마 벌칙으로 팔에 문신을 새긴 나와 옥토를 고려한 게 아닐까 싶었다. 푸이퓌세 와인을 따른 잔을 내려놓으며 마리테레즈가 설명을 추가했다.

- 물론 보기 좋은 문신도 있긴 해요. 여기 회원분들이 한 책이나 조개 모양처럼 은근히 알게 모르게 들어가 있는 문신이라면 괜찮죠. 여자들도 팔에 장미 한 송이나 닻, 하트, 미키마우스 같은 걸 새겨넣은 건 크게 눈에 띄지 않으면서

도 톡톡 튀고 예쁘잖아요. 내가 꼴불견이라는 건 전신에 덕지덕지 문신을 새긴 남자들을 말하는 거예요. 팔 전체는 물론 옷 밖으로 문신이 튀어나올 정도로 과하게 하는 건 정말 보기만 해도 끔찍하지 않아요? 그 왜, 유명한 영국 축구선수 이름이 뭐더라? 얼굴은 잘 생겼는데 정말 어마어 마하게 문신을 새긴 그 사람 있잖아요. 파리 와서도 경기 를 한 적이 있었는데, 와이프도 유명하고······

– 데이비드 베컴이요.

우리 중 이런 가물가물한 고유명사를 바로바로 생각해내 는 유일한 인물, 장폴 블라지크가 이름을 맞춰줬다.

– 맞아요, 베컴. 그 친구뿐이 아니에요. 매번 경기할 때마다 유니폼을 벗어젖히면서 보란 듯이 그 끔찍한 문신들을 과 시하는 선수가 또 있었는데······

– 즐라탄 이브라히모비치요.

우리의 피코 델라 미란돌라가 이번에도 바로 답을 줬다.

– 축구는 정말 잘하는 것 같은데 등에 있는 문신은 정말 너 무너무 싫어요!

– 나는 좀 생각이 다른데, 그 친구 등에 있는 문신은 꽤 보기 좋게 들어간 것 같아요. 어떤 모양이나 글자였는지 정확히 기 억은 안 나지만 만화책 일러스트 같은 게 생각나서 좋던데.

그래도
오늘은
계속된다

내가 이렇게 의견을 내자 70대의 코코는 물론 90대의 노나까지도 내 의견에 동조했다.

－ 누님은 보기 안 좋다고 생각하는 거, 뭐 없으세요?

－ 요즘 식당들. 테이블 간격이 너무 좁아. 시끄럽기도 너무
시끄럽고. 앞사람 말소리도 잘 안 들리잖아. 물론 가게들
잘못은 아니지. 예나 지금이나 그렇게 식사도 하고 가볍게
술도 마시고 하는 식당들이 편하고 좋긴 한데, 문제는 나
지, 뭐. 나이 든 사람들이 대개 그렇듯 나도 이젠 소란스러
운 게 싫어. 게다가 가는 귀까지 먹었으니 말소리가 잘 안
들릴 수밖에.

노나가 이렇게 이야기하자 블라지크 부부도 동시에 맞장
구를 쳤다. 귀가 잘 안 들리는 사람은 떠들썩한 분위기의 식
당에선 정말 식사하기가 쉽지 않다고 했다. 다른 사람들도
모두 동의했다. 나이가 들고 보니 이제는 좀 조용한 분위기
에 테이블 간격도 널찍널찍한 고급 음식점 쪽이 더 편하다.

－ 배고프면 눈에 보이는 게 없다고 하잖아요.

코코는 이렇게 말하며 나를 돌아봤다.

－ 이 표현 알려준 게 형님이던가?

나는 그렇다고 하며 기특해했다. 그리고 요즘 세태의 꼴
불견에 대한 코코의 의견은 어떤지 물었다.

우리 중 자신이 가장 젊다는 점을 어필한 코코는 자기가 반감을 갖는 부분이 아직 어린 자신의 조급한 성미 때문이라고 했다. 그는 무엇이든 미리 계획하고 예약하고 예측해야 하는 요즘 문화를 버거워했다. 이젠 미리 자리를 예약하지 않으면 기차나 비행기 타기도 힘들어진 세상이다. 무작정 계획 없이 떠나는 여행은 이제 바람직하지도 않고 심지어 가능하지도 않다. 두세 달쯤 전에 미리 시간과 날짜를 정하지 않으면, 이젠 국제박람회도 들어가지 못한다. 미슐랭 별이라도 받은 음식점이면 약속에 임박해서는 자리 잡기가 불가능하고, 다 같이 어디 놀러 가는 것도 미리 일정을 짜두지 않으면 안 된다. 심지어 인터넷으로 좌석이나 입장권도 모두 예약해야 한다.

　직원이 와서 조개껍질과 생선 비늘, 게딱지와 해산물 껍데기를 치워주는 동안 우리는 요즘 세상이 우리들의 갑작스러운 욕구나 마지막 순간의 변심을 막아 '자유'를 제한한다고 성토했다.

　소목장 제라르는 사람들이 거리 시위를 할 때 상점 진열창과 집기를 파손하는 것에 분개했다. 왜 그렇게 부수고 망가뜨리고 불을 지르는지 이해할 수가 없다는 것이다. 왕년에 제라르 역시 노조 가두행진에 참여한 적은 있었으나 지금처럼 폭력적인 행동을 하지는 않았다. 제라르는 목소리까지 떨릴 정도로 화를 냈는데, 시민으로서가 아니라 목공 장인으로서 분개하는 것 같았다. 왜 바닥에 아무거나 버리고 남이 기껏 만들어놓은 걸 부수는 걸까? 열심히 건물 짓고 도로 청소한 사람들은 안중에도 없나? 제라르는 길거리를 훼손하느니 차라리 짭새들을 패는 게 더 낫지 않냐고 했다. 사람들이 때리면 경찰들이야 막거나 반격이라도 할 수 있지만 애꿎은 버스정류장 시설이나 상점 진열창은 꼼짝없이 맞고만 있어야 하지 않은가.

– 하나는 알고 둘은 모르네. 그렇게 부서져야 목수고 일꾼이고 사람들 일거리가 생기지.

제라르의 마누라가 언제나처럼 그를 도발하고 나섰다.

– 장인이나 노동자들은 새로운 것 만드는 걸 좋아하지, 망가진 물건 고치는 건 좋아하지 않아. 고치고 보살피고 상처를 드레싱하고 봉합하는 건 간호사들 일이지. 그러니 당신 같은 사람은 두 손으로 무언가를 만들어내는 일에 대해선 쥐뿔도 모르는 거라고. 그 일을 하면서 어떤 즐거움이나 보람을 느끼는지도 모르고. 마침 케이크가 나왔네. 여기 이 커다란 밀푀유 케이크를 만들기 위해 파티시에가 얼마나 공을 들인 줄 알아? 그 사람은 아마 자기 손으로

이런 훌륭한 디저트를 만든 것에 대해 분명 자부심을 느끼고 있을 거라고.

밀푀유 케이크가 나온 후 우리는 다 같이 생일 축하 노래를 불러주었고, 마틸드는 케이크 위에 하나 꽂혀 있던 촛불을 입으로 불어 껐다. 코코는 옆에서 연신 카메라 셔터를 눌러대며 이 장면을 사진으로 담아냈다.

요즘 세상의 꼴불견에 대해 마지막으로 옥토가 이야기할 차례가 됐다. 옥토는 케이크를 잘라 접시로 가져가다가 바닥에 떨어뜨린 커다란 밀푀유 부스러기를 주우며 말했다.

– 이건 화가 나거나 싫다기보다 좀 거추장스럽고 거슬리는 건데, 가령 시장 끌고 다니는 핸드캐리어 있잖아요. 그게 사람들 배낭 메고 다니는 것만큼이나 거치적거린다고, 주변 사람 입장에선. 우산도 커다란 장우산 들고 다니는 사람은 진짜 싫은데, 안 그래도 좁은 보도를 그 사람 혼자 다 차지하잖아. 이럴 땐 작은 우산 든 사람이 비스듬히 해서 비켜줘야 서로 안 부딪히고 지나가지.

– 더 최악인 건 한 손으로 킥보드 잡고 다른 손으로 우산 들고 가는 미친놈들이라고. 느닷없이 막 튀어나오니까 멀쩡하게 길 가던 사람들만 옆으로 피하고 난리가 나.

코코가 옆에서 거들자 옥토가 이어 말했다.

– 참, 그것 말고도 또 있네. 요샌 약국이 아주 화장품 가게
　가 되었다니까. 그리고 요즘은 구두약 찾아보기도 힘들지.
　뭐, 다들 운동화를 신으니 구두약 사는 사람도 없을 거야.
– 구두약이 어떻게 생긴 지도 모를걸?

내가 이렇게 말하자 다들 미소를 지었다.

– 마지막으로 하나 더. 병원 가서 진료 대기 중 거기 있는 잡
　지를 들춰보면, 죄다 지난 잡지더라고. 큰 병원이고 작은
　병원이고 할 것 없이 다 마찬가지야. 얼마 전에는 글쎄 내
　가 푼 십자말풀이가 그대로 있더라고. 6개월 전 잡지였는
　데 그걸 아직도 그대로 두고 있지 뭔가.

식사가 끝날 무렵 나는 다음번 모임에선 오늘과 반대로
요즘 세상에서 더 좋아진 것, 요즘 프랑스 사람들의 행동이
나 태도 중 보면 유쾌하고 기분 좋아지는 것을 같이 이야기
해보자면서 모임을 갈무리했다.

또 하나의 둔화된 삶

나이가 들고 비단 몸의 반응 속도만 느릿느릿 굼벵이가 된 것은 아니다. 수십 년의 세월을 지나면서 마음의 속도 또한 같이 느려졌다. 하지만 정신적인 변화는 신체적인 변화에 비해 눈에 잘 띄지도 않을뿐더러 굉장히 은근하게 이뤄진다. 사실 우리의 정신은 꽤 영악해서, 연막을 치고 속내를 감추며 위장술을 펼친다. 상당히 멀쩡한 듯 움직여서 교묘하게 결함을 숨긴다. 이렇게 미끼를 던진 탓에 우리는 자신의 정신 상태가 위험하다는 낌새를 전혀 알아차리지 못한다. 주인을 속일 만큼 교활해서 멀쩡한 줄 오해하기 딱 좋다.

　기억에 조금씩 문제가 생기고 나서야 비로소 우리의 마음과 정신은 자신감을 잃어간다. 망설임이 많아지고 사고의 처리 속도도 느려지며 모든 걸 원점으로 돌리기도 하고 신중에 신중을 거듭하다 결국 결론을 내리지 못한다. 젊을 땐 즉각적으로 답을 냈지만, 나이가 좀 더 들면 거기에 고민이 더해지고, 노년에 이르면 답의 도출 자체가 늦어진다. 나이가 들면 민첩함은 떨어져도 현명함은 배가되리라 생각할 수도 있다. 하지만 이 또한 정신의 간교한 속임수다. 현명함은 결정을 내리는 데 들인 시간에 비례한다는 생각을 어필하려는 것이다. 그렇게 보면 뭐든 나중으로 미루기 좋아하는 사람이 세상에서 가장 현명하다는 말이 된다.

물론 선택은 어려운 일이다. 예전의 나는 양자택일의 상황에서 오래 고민한 적이 없다. 몇 초 정도 찬반을 고민한 후 곧바로 결정을 내렸기 때문이다. 지금은 이렇게 생각했다가 저렇게도 생각해보고 한참을 주저하고 망설인 뒤, 결국 최종 결정은 나중으로 미룬다. 나중에 다시 문제로 되돌아오면 여전히 쩔쩔맨다. 나와 포마르의 모든 운명이 걸린 듯 비장한 각오로 용단을 내리지만, 사실 알고 보면 대개 단순한 돈 문제가 대부분이다.

사고에 결함이 생기는 이유를 생물학적으로 설명하면 뉴런에 틈이 많이 생겼기 때문이다. 그런데 문제가 비단 이 신경 세포의 유출에만 있지는 않다. 물론 뉴런의 연결이 군데군데 빠져 있는 것이 사고 과정에 문제를 일으키는 치명적인 요인이긴 하나, 여기에는 피로 같은 또 다른 숨은 요인도 함께 작용한다. 인생에서 생각과 고민이라는 것을 100년 가까이 해왔으니 우리 머리도 이제 생각이라는 걸 하는 게 아주

지긋지긋해지지 않았겠나. 그러니 이제는 의례적으로 하는 사고가 마비되고 머리도 녹슬어버린 것이다. 나이가 들면 다리와 마찬가지로 머리도 무거워진다. 따라서 단어도, 생각도 재빠르게 떠올리지 못한다.

또한 예전보다 머릿속에 있는 생각을 선뜻 내비치지도 못한다. 무언가 맛깔스럽게 응수하거나 촌철살인의 말 한마디를 날리고 싶어도 왠지 기대에 못 미치거나 한물간 사람이라는 인식만 주게 될까 불안한 것이다.

나 역시 옥토와 블라지크 부부, 마농과 대화를 나누다가 문득 내 임기응변의 감이 떨어졌다는 사실을 깨달았다. 예전에는 작가를 비롯해 일과 관련해 만난 사람들과의 대화에서, 그리고 아내와의 대화에서도 나는 정곡을 잘 찌르는 편이었다. 즉각적으로 응수하고 대꾸하는 걸 좋아했고, 재치 있게 맞받아쳤다. 번뜩이는 기지를 발휘하는 게 내 특기였으니까. 그런데 이제는 무언가 한 발씩 늦는 느낌이다. 미사일이 발사 기지를 떠나지 못한 채 계속 불발되는 느낌이랄까. 약간 좀 늦거나 아예 감을 못 잡거나 해서 뭐라 대꾸할지 도통 생각이 나질 않는다. 그러면 있던 것이 사라진 이 공백감과 부진함에 씁쓸함이 밀려온다. 제대로 된 일침을 날리고 좋아하던 나는 온데간데없고, 그저 나이의 무상함만 한탄하는 내가 있다.

가장 억울한 건 적절한 타이밍이 한참 지난 후에야 비로소 최고의 묘안이 떠오른다는 점이다. 물론 기차 떠나고 손 흔들어봐야 별수 없다는 사실은 나도 안다. 제때 떠올렸으면 정곡을 찔렀겠지만 부질없게도 상황이 다 끝나고 뒤늦게 떠오르는 '사후 약방문'이다. 이를 두고 프랑스어에서는 '층계 위의 묘안'이란 말을 쓴다. 집에 돌아가는 계단에 이르러서야 묘안이 떠오른다는 뜻이다. 하지만 예의 그 '묘안'이 떠오르는 시간도 점점 늦어진다. 매년 계단이 하나씩 늘어나는 느낌이다. 총명함이 돌아오는 시간을 단축해주는 엘리베이터 따위는 없다.

말하는 것도 상황이 이러하니 글쓰기도 마찬가지일 거라고 생각할 수 있다. 그런데 신기하게도 노화에 따른 뉴런의 유출은 글쓰기에 별 영향을 미치지 않는다. 두뇌 회로가 느려진 것이 외려 장점으로 작용하기 때문이다.

글을 쓸 때는 말을 할 때처럼 급하게 서두를 필요가 없다. 단어를 찾기 위한 충분한 시간이 주어지며, 여러 단어를 떠올린 뒤 그중 하나를 고를 수도 있다. 이미 고른 단어를 지운 뒤 다른 단어를 집어넣는 것도 가능하다. 만약 어떤 문장이 문맥에 맞지 않으면, 그 선택이 좋든 나쁘든 더 낫다고 생각되는 다른 문장으로 교체할 수도 있다. 출판사와 약속한 마감 시한의 압박만 견딜 수 있었다면 어쩜 나도 진짜 작가가 되었을지 모른다. (출판사에서 일할 때 나는 작가들의 납기 지연에 꽤 민감한 편이었다.) 나이 많은 아마추어 작가로서 두 권의 책을 동시에 집필하는 나는 단어를 떠올리고 이를 적절히 배열하는 속도가 더뎌서 마감일 맞추는 건 아예 꿈도 못 꾼다.

내 안의 또 다른 자아는 이따금 나에게 이런 말을 던진다. '이제 너는 더 이상 청춘이 아니라는 점을 다시 한번 일깨워줘도 될까? 어느 날 갑자기 죽는다 해도 하등 이상할 게 없는 나이라는 걸 꼭 알려줘야 해? 그러다 원고 두 개를 다 미완성으로 남기고 떠나면 어쩌려고 그래?'

나는 원래 운명론자가 아니었지만, 지금은 운명에 순응하게 되었다. 이 또한 살다 보니 생긴 변화다. 원고 작업을 모두 마무리하기 전에 내게 변고가 생긴다면 그건 그것대로 별수 없는 일이다. 설령 벼락이라도 맞아 죽는다면 내게 단 1초도 아쉬워할 틈이 없겠지. 마농을 비롯한 주변 친구들이야 날 애도하겠지만.

하지만 나이가 들었어도 타고난 낙천주의는 여전히 그대로라서, 나는 두 개의 원고를 탈고할 때까지 내가 온전한 정신을 유지할 것이라는 확신을 갖고 있다.

다만 한 가지 분명한 건 두 개 원고 중 한쪽의 진행이 더 빠르다는 점이다. 나이듦에 대한 단상이나 그에 따른 변화를 정리하는 것은 쓸 얘기가 많은데, 내 과거에 대해 회고록을 쓰는 건 좀처럼 쉽지 않다. 물론 수첩이나 계약서, 대차대조표와 성과보고서, 언론 보도자료, 인터뷰, 서신, 문서, 도서, 사진 등 자료야 차고 넘친다. 심지어 최근 기억은 좀 흐릿해도 예전 기억은 그보다 훨씬 더 또렷하다. 위키피디아 같은 인터넷 백과사전을 활용하면 중간중간 빠진 구멍을 메울 수도 있고, 잘 몰랐거나 헷갈렸던 부분도 정확하게 정보를 확인할 수 있다. 하지만 새로운 것을 찾는 내 성향 때문인지 과거의 나와 관련된 이야기를 엮어나가는 건 그리 재미있지가 않다.

반면 노쇠한 육신의 변화를 살피며 머릿속과 마음속을 들여다보는 노인이라는 콘셉트는 상당히 흥미롭다. 지나간 삶이 아니라 자기 앞의 생을 고민하는 것 아닌가? 앞으로의 시간이 얼마나 남았는지, 앞으로 무슨 일이 생길지는 모든 게 그저 불확실하고 막막하다. 내가 어떤 식으로 이곳에서의 생을 마무리할지도 모르겠다. 하지만 그래도 언제 죽을지 모르는 이 노인네의 삶이 내겐 꽤 흥미롭다. 예전보다 삶의 속도가 더뎌지고 삶이 가져다주는 귀중한 선물도 적어졌지만,

황혼빛으로 훤히 빛난다는 사실은 변함없기 때문이다. 소설가 마르셀 주앙도는 이걸 나보다 더 멋있게 표현했다.

"육신은 여전히 거기에서 꿈틀대고, 마음은 거리낄 것이 없다."

건강 3

단어의 첫 글자를 따서 이름을 잘 지어내는 장폴 블라지크는 아내 마틸드가 한때 암을 앓았을 때 CI2A라는 말을 지어냈다. 죽을 날이 가까워진 우리를 두려움에 떨게 하는 죽음의 네 기사, 암Cancer과 심근경색Infarctus, 뇌혈관발작AVC, 알츠하이머Alzheimer의 앞글자를 따서 만든 표현이었다.

나이가 든 우리는 언제 이 무시무시한 네 개의 질병 중 하나에 걸릴지 모른다는 불안을 안고 살아간다. 그에 비하면 전립선이나 위궤양처럼 그리 심각하지 않은 질환은 얼마든지 여유롭게 받아들일 수 있다. 그런데 우리의 건강 문제는 비단 CI2A 같은 중증 질환이나 각종 만성 질환에만 국한되지 않는다. 은근히 귀찮고 거슬리며 일상의 불편함을 초래하는 자잘한 고충도 있다. 대개는 일시적인 계절성 잔병치레로, 어느 날 느닷없이 불쑥 찾아와 우릴 괴롭히고 귀찮게 한다. 덕분에 성가시고 귀찮은 나날들이 이어지는데, 이런 것들만 없어도 노년의 삶이 그렇게 짜증나지는 않을 것이다.

혹자는 나이가 드는 게 끔찍하고 지긋지긋한 일이라고 표현한다. 가혹하고 서글픈 일이라고 생각하는 사람도 있다. 나는 이 모든 걸 '참으로 지랄 맞다'는 수식어로 표현하고 싶다. 통속적인 표현이라 입에 찰지게 붙기도 하고, 또 나이가 든다는 게 거부하고 싶은 일인 건 맞지만 그렇다고 눈물 나게 슬픈 일도 아니잖은가?

노년의 삶이 '지랄 맞은' 이유는 인생을 불가피하게 단축하는 중병이 찾아오거나 하기 때문이 아니다. 전에 없던 불편함이 늘고 곤란한 상황이 많아지기 때문이다. 그리고 이러다 중병을 얻거나 치명적인 타격을 입는다. 만약 나이듦이 이렇듯 쉰내 나는 고약한 일만 아니었어도 견디기가 조금은 더 낫지 않았을까.

나는 친구들을 한 사람씩 만나 나이 들고 육체적으로 불편해진 점이 무엇인지 물었다. 그리고 거기에 내 의견을 보태 정리해봤다. 물론 노인들이 느낄 만한 모든 불편한 점을 다 망라한 건 아니다. 내가 모르는 사람 중에는 내가 짐작조차 하지 못한, 또 다른 불편함이나 아픔을 겪는 이들도 있을 거다. 하지만 여기 정리한 것들만으로도 이미 충분히 힘들다.

- 갑작스런 가려움증. 두피와 손목, 배, 엉덩이, 종아리, 발바닥 등이 갑자기 가려울 때가 있다. 다른 사람 앞에서 긁어대면 민망할 수 있으니 몰래 눈치껏 긁어야 한다.
- 관절 통증. 손가락 마디마디와 무릎 관절에서 통증이 느껴진다. 통증이 언제 올지 예측할 수 없고, 빈도와 강도도 그때그때 다르다. 느닷없이 아프다가도 어느 순간 감쪽같이 통증이 사라진다. 여름보다는 겨울에 더 빈번하다. 그런데 날 더울 때 관절까지 속을 썩이면 더 화가 솟구친다.
- 근육 경련. 피하 근육이 갑자기 파르르 떨릴 때가 있는데, 그렇게 경련이 오면 내 의지로는 멈출 수가 없다.
- 다리에 쥐. 특히 밤에 증상이 잦고, 술 때문이라는 말이 있지만 물만 마셔도 다리에 쥐가 나는 경우는 어떻게 설명해야 할지 모르겠다.
- 등 통증. 나이가 들면 키도 줄고 몸도 쪼그라들어서 그런지 등허리의 통증이 잦다. 딱딱한 의자에 앉든 푹신한 의자에 앉든 불편하기는 매한가지다. 누구나 100킬로미터쯤 달리고 나면 자동차 시트 위에서 편한 자세를 찾기 위해 몸을 들썩이게 된다. 그러다 결국은 척추교정 물리치료사를 찾는다.
- 발 통증. 두 다리로 걸은 지 100년이 다 되어가기 때문에 발에 온갖 통증이 다 생기고 티눈까지 잦아서 발 치료 전문

의를 찾아 상담받을 때가 많다.

- 어지럼증. 자리에서 갑자기 일어나면 머리가 핑 돌며 중심을 잃는다. 그럴 때는 다시 자리에 앉아 진정시켜줘야 쓰러지지 않는다.

- 바닥 어딘가로 떨어진 물건을 찾느라 정신없는 것보다는 어려운 철학적 고민을 하는데 여념이 없는 게 더 낫다. 골 아프게 고민하는 건 괜찮은데 뇌가 내 뜻대로 움직여주지 않는 건 정말 골 때리게 피곤하다.

- 전보다 똑바로 걷는 게 더 힘들다. 일부러 그러는 건 아니지만 걷다 보면 나도 모르게 벽이나 난간 쪽에 가까워지는데, 그래야 좀 더 확실하게 일직선으로 걸을 수 있기 때문이다.

- 계단을 오르내릴 땐 난간 손잡이를 잡는 편이 좋다. 물론 어느 정도만 손잡이에 의지하면서 본인은 얼마든지 손잡이가 없어도 괜찮다는 점을 보여줘도 되지만, 어차피 짚고 내려오라고 있는 손잡이를 굳이 쓰지 않을 이유도 없다.

- 숨이 금세 가빠지므로 계단을 너무 빠르게 올라가선 안 된다. 내려올 때도 너무 빨리 내려와선 안 되며, 너무 힘껏 발을 디디면 무릎 연골에 좋지 않다.

- 혈압이 갑자기 떨어졌다가 불현듯 올라가는 일이 잦다. 요요도 이런 요요가 없다.

'이 정도면 충분하지 않나?'

나는 노인의 일상을 좀먹는 자잘한 고충들을 이쯤에서 갈무리하고 싶었다. '아니지. 우리가 불편을 느끼는 건 죄다 열거해보자고. 그것도 나름 재밌지 않나?'

자학적 성향인지 모르겠지만 어쨌든 좀 더 적어보기로 한다.

- 소화불량, 복부 팽만 및 가스. 속이 더부룩할 때가 많아서 먹는 음식에 늘 신경을 써야 한다. 과식해도 속 편했던 옛날이 그립다.

- 식곤증. 식사 후 한낮의 식곤증이 밀려올 때면 연인과 한낮의 밀회를 즐기던 젊은 시절의 패기가 떠오르기도 한다.

- 사람들 앞에서 쏟아지는 하품을 주체할 수 없을 때가 있는데, 따분하거나 잠을 못 자서 그런 줄 알지만 그저 소화가 잘 되고 있다는 뜻이다.

- 아침에 일어나면 으레 목이 쉬는데, 밤에 잘 때 위액이 성대까지 타고 올라온 탓이다. 그래서 노인들은 아침에 고양이처럼 가르랑거리며 쉰 소리를 낼 때가 많고, 이건 나도 그렇다.

- 마른기침. 오래 담배를 피운 노인들은 거칠게 마른기침을 내뱉을 때가 많다. 우리 모임에선 제라르가 이에 해당한다. 딱히 쉬쉬하는 비밀은 아니다. 이 친구의 마른기침 소리를

보통 많이 들은 게 아니니까.

- 치과는 문턱이 닳도록 자주 드나든다. 노인들 입안에서는 수시로 공사판이 벌어지는데, 끊임없이 이어지는 파리 시내 도로 공사판처럼 의사들도 노인들 입속을 술하게 파헤친다.

- 난청. 보청기를 꼈든 안 꼈든 우리는 한 번 들은 말을 잘 못 알아들어 묻고 또 묻는다. 노부부는 서로 말귀를 못 알아 듣는 게 아니라 서로의 말을 못 듣는 것뿐이다. 그래서 나이 든 사람들이 모이면 남의 말을 중간에서 앵무새처럼 전해주는 촌극이 자주 벌어진다.

- 불면증. 불면증은 예기치 않게 찾아오는 탓에 쉽게 다스리지도 못한다. 초저녁이든 한밤중이든 선잠이 들거나 중간에 잘 깨는 노인들은 기나긴 밤이 여간 불편한 게 아니다. 심하면 아예 뜬눈으로 지새울 때도 있다. 그런 날은 정말 끔찍하다. 노나는 잠들기 전 카모마일이나 보리수꽃, 길초근 차를 마시면 좀 낫다고 조언했다. 물론 수면제나 진정제가 효과는 더 좋다. 우리는 음식점이나 맛있는 요리 이름 주고받듯이 어디 약이 더 잘 듣고 어느 정도 복용하는 게 좋은지 서로 알려준다.

- 야간뇨. 잘 자다가도 소변 때문에 잠이 깰 때가 많다. 옥토처럼 전립선에 문제가 있는 사람들은 야간뇨 빈도가 더 높

다. 마치 전쟁통에 야간 폭격받을 때랑 비슷한 느낌인데, 폭격 없이 지나는 날은 조용하지만 여러 차례 폭격을 퍼붓는 밤이면 수시로 잠을 깬다.

- 수면 중 무호흡. 사망의 원인이 되기도 하는 증상이다. 그래서 두렵기도 하지만 한편으론 그렇게 세상 떠나길 바라는 사람도 있다. 자다가 숨을 못 쉬어 세상을 떠나는 건 그렇게 명예로운 죽음은 아니어도 편히 가는 방법이긴 하니까. 하지만 기본적으로 수면 중 무호흡은 질 좋은 수면에 별로 도움을 주지 못한다. 침대에 완전히 몸을 맡긴 채 깊은 잠에 빠질 수 없기 때문이다. 언젠가 마리테레즈는 남편에게 이런 말을 했다. "나는 당신처럼 담배를 피우는 것도 아닌데 밤마다 산소마스크를 써야 하는 건 나잖아. 이건 뭔가 잘못됐어."

- 백내장 수술. 백내장 수술을 받았다는 건 늙었다는 증거다. 요새는 의술이 좋아서 레이저 시술로 수정체를 손보는 게 그리 어려운 일은 아니라고 하지만 눈이 워낙 취약한 기관인 만큼 불안감은 쉽사리 가라앉지 않는다.

- 시간 지켜 약 먹기. 어떻게 하면 의사가 정해준 시간에 약을 꼬박꼬박 다 챙겨 먹을 수 있을지가 항상 고민이다. 정제와 캡슐 등 각종 알약은 물론 좌약에 이르기까지 하루에 내 몸

으로 집어넣는 약이 도대체 몇 가지인지 **모르겠다. 적게는** 세 종류(코코)에서 많게는 열한 종류(마틸드)에 이르기까지 사람마다 먹는 가짓수가 다양한데, **영양제를 많이 먹는 마틸** 드 같은 경우에는 특히나 그렇다.

나이가 들면 이렇듯 불편한 게 **한둘이 아니지만, 그렇다** 고 남들 다 걸리는 병에 안 걸리는 **것도 아니다. 코감기, 목** 감기, 독감, 중이염, 두통, 폐렴, 장염, **요로감염 등 남들 걸** 리는 건 우리도 다 걸린다. 개중에는 **몇 가지가 중첩되기도** 하지만, 그렇다고 노화에 따른 불편함이 **한꺼번에 다 찾아** 오는 건 아니다. 증상이 많으면 사는 게 조금 **피곤하기는 해** 도 그렇다고 예의 네 가지 중병(암, 심근경색, **뇌혈관발작, 알츠하** 이머)에 걸린 사람처럼 관심이나 동정을 사지는 **않는다.**

어찌 됐든 우리는 불청객처럼 들어와 내 **곁을 떠나지 않는** 이 동반자와 어울려 사는 법을 배워야 한다. **아무리 욕하고** 화를 내도 결국은 함께 살아갈 운명이다. 그러니 **삶의 좋은** 점을 계속해서 누리기 위해 치러야 할 대가일 **뿐이라고 체념** 한다. 사실 먹고 마시고 걷고 여행하고 책 읽고 TV 보며 공 연 보러 가는 등의 사소한 행동 하나하나가 이제는 얼마나 감사한 일인지 알게 됐다. 불과 얼마 전까지만 **해도 우리 역**

시 이런 사소한 행동들을 아무렇지 않게 할 수 있다는 것에 별 관심을 두지 않았다. 하지만 그런 것들 하나하나를 무탈하게 해낼 수 있다는 게 이제는 자랑거리가 될 정도다. 우리랑 같은 나이의 사람들이 더는 그런 일들을 못하게 되거나 아예 꿈도 못 꿀 정도로 몸이 불편해진 사례를 직접 봤기 때문이다. 비양심적이라고 할 수도 있겠지만 다른 사람의 불행을 보면서 상대적으로 나는 다행이라고 생각한다. 어쨌든 나는 그렇게 상황이 심각하진 않으니까.

인공 보철 기구를 단 사람들은 일반적인 범주 밖에 있는 경우다. 요새는 보청기나 의안, 임플란트 외에도 다양한 인공 보철 기구를 장착한다. 막힌 혈관에 스텐트를 삽입하여 생명 연장을 시도하는 사람도 있고, '페이스메이커'라는 이름의 인공 심박동기를 다는 사람도 있다. 뿐만 아니라 문제가 생긴 무릎 관절이나 골반에 폴리에틸렌이나 티타늄으로 만든 인공 뼈를 집어넣기도 한다.

이 사람들이 세상을 떠나도 인공 보철 기구는 그대로 남을 것이다. 죽었다고 이 사람들의 눈과 귀가 되어주었던 친구들을 따로 떼어내진 않겠지. 사람 일이야 모를 일이지만.

늙고 거친 손

내가 전화로 부탁을 하자 제라르는 곧바로 우리 집으로 와 욕실에 약간의 누수 문제를 손봐주고 오래된 토스터기 부품도 교체해주었다. 사실 스스로가 쓸모 있는 사람이라는 느낌을 받을 땐 기분이 좋다. 직업을 막론하고 자신의 직무 역량을 펼쳐 보이는 것 또한 자랑스러운 일이다.

제라르는 거실로 자리를 옮긴 뒤 내게 허락을 구하고 담배에 불을 붙였다. 내가 커피를 준비하는 동안 제라르는 책장 쪽으로 향했다. 그리고 자기가 만들어준 근사한 책장을 다정한 눈길로 바라보았다. 손으로 나무를 쓰다듬는 그의 모습은 흡사 자식과 재회한 아버지나, 자기 작품을 어루만지는 조각가 같았다.

나는 그에게 지금껏 내가 출판한 책 대부분은 제라르가 만든 책장보다 훨씬 더 짧은 생을 살았다고 이야기해주었다. 만들어진 책 대부분은 그 누구의 손길도 닿지 않은 채 서가에서 외면당하거나 기껏해야 청소하는 직원이 먼지를 떨어주는 정도다. 개중에 일부만 민간, 혹은 관영 도서관에서 이용자에게 간택을 당하는데, 그나마도 애서가가 많은 도서관 이야기다.

제라르는 책을 읽지 않는다. 본인 스스로도 이 사실을 딱히 숨긴 적은 없다. 제라르는 책보다 물건에 애착이 더 많으며, 사물의 형태와 색상, 활자, 냄새를 좋아할 뿐 그 안에 든 내용에는 별 관심이 없다. 손으로 사물을 만지며 감각적인 유희만을 즐기는 편이다. 하지만 그가 무엇보다 좋아하는 것은 선반의 물건을 정리하는 일이다. 우리 집에서도 붙박이 책장 세 군데의 여기저기를 여러 차례 정리해주었다. 심지어 책들과 안부 인사도 주고받는 모양이다. "잘들 지냈나? 이렇게 은퇴한 출판사 사장 댁에 있는 게 여전히 마음에 들지? 너희들 주인이랑 내가 꽤 친하긴 한데, 그래도 뭔가 문제가 생기면 나한테 꼭 얘기해줘."

제라르는 자기가 만든 책장에 대한 자부심이 대단하다. 책장은 키가 꽤 커서 고가사다리가 달려 있었고, 사다리의 손잡이 봉은 황동 재질로 만들어졌다. 나무 몰딩과 기둥에는 홈 장식이 패여 있었으며, 나무판 역시 고급 가구를 세공하는 방식으로 작업이 이뤄졌다. 제라르는 마치 작가가 자기 책을 자랑스러워하듯 책장에 대한 자부심을 가지고 있다. 어찌 보면 책을 쓴 작가와 책장을 만든 소목장은 상호 보완적인 관계가 아닐까? 한 사람은 종이 위에 단어가 있을 자리를 마련하고, 다른 한 사람은 이 종이가 안착할 나무 보금자리를 마련해주니까.

  - 자네는 요새도 예전만큼 담배를 피우나?
  - 물론이지. 담배 피운 지 60년이 넘었는걸. 암이 나는 까먹
    은 모양이야.

제라르는 새로 담배에 불을 붙이며 답했다.

  - 그래도 그건 다행일세. 담배를 끊으려는 노력은 해봤나?
  - 그럼, 하루에도 수십 번 담배 끊을 생각을 하는걸.

제라르는 코로 길게 담배 연기를 뿜어내며 이 오랜 농담을 건네고는 웃음 지었다.

  - 걱정이 되지는 않고?
  - 걱정이야 항상 되지. 특히 나만큼 담배 피우던 직원 두 명
    이 폐암으로 죽었을 땐 겁도 많이 났고. 그래도 지금은 그
    렇게 무섭지 않아. 이제 나이도 먹을 만큼 먹었으니…….
  - 진짜 제대로 금연을 시도한 적은 한 번도 없었던 건가?
  - 있긴 했지. 그런데 불가능하더라고. 두꺼운 나무 속에 심
    지를 잔뜩 쑤셔 박아놓은 것과 비슷한 상태랄까? 나무 안
    에 너무 많은 심지를 깊게 집어넣은 상태라 한 번에 뺄 수

가 없는 거야.

– 예전부터 자네에게 늘 물어보고 싶었던 건데, 혹 불쾌하다
면 대답 안 해줘도 되네만 자네 아내 마리테레즈 말야. 담
배도 피우지 않고, 심지어 직업도 간호사인데 어떻게 자네
가 담배 피우는 걸 봐주는 거지?

제라르는 내 질문에 기꺼이 답해주겠다는 듯 손을 펴서
승낙의 표시를 하며 말했다.

– 와이프가 쌈닭 같은 기질이 있다는 건 자네도 알 걸세. 걸
핏하면 나랑 싸우고 내게 시비를 걸지. 결국 서로 똑같이
주고받는 거야. 나는 담배를 피우고, 와이프는 성질을 부
리고. 아내가 내 담배를 허용하는 것처럼 나 역시 아내가
성질부리는 걸 허용하는 걸세.

– 웃기려고 하는 말이지?

– 아니, 진짜라니까. 우리끼리 서로 충분히 합의가 된 사항
이라고. 한번은 와이프가 이렇게 얘길 하더군. "당신이 담
배 연기를 내뿜으면 나도 그만큼 성질을 부릴 거야"라고.
그래서 내가 담배를 피운 만큼 와이프가 맘 편히 성질을
부렸고, 와이프가 성질을 부린 만큼 나는 편하게 담배를
피웠지. 하루아침에 그리된 건 아니지만 서서히 그렇게 됐
어. 우리 부부가 사람들 앞에서 대놓고 싸운 건 잘못이야.

그게 문제라고 한다면 자네 말이 다 맞아. 그런데 우리 힘으로도 어쩔 수 없는 습관 같은 게 됐어, 이제는.

－ 가끔 두 사람 싸움 때문에 불편할 때가 있긴 하지.

－ 거기에 너무 신경 쓰진 말게. 우리끼린 그냥 의례적으로 옥신각신하는 거고, 별 의미 없는 싸움이네.

－ 둘만의 사랑싸움인 건가?

－ 그 정도까진 아닌데, 그런 게 없잖아 있긴 하지. 장담컨대 우리 부부 사이는 전혀 문제가 없네. 남들보다 좀 유별나긴 한데, 두 늙은이의 악취미 같은 거야. 하지만 나나 와이프나 조용히 사는 부부보다 우리처럼 시끌벅적한 부부가 더 낫다고 생각해. 아무 말 없이 서로를 무시하는 것보다는 차라리 우리처럼 싸우는 게 더 좋지 않냐고 와이프랑 종종 얘기하거든.

나는 제라르와 나눈 이야기를 한시라도 빨리 옥토에게 전해주고 싶어서 애가 달았다. 게르미용 부부가 서로 흰소리하고 싸우기는 해도 관계가 돈독한 부부일 것이라던 우리 생각이 맞았던 거다! 그러니 두 사람이 우리에게 제공하는 편의는 차치하고라도, 둘이 사람들 앞에서 종종 다투는 모습을 보였다고 해서 모임에서 빼는 건 안 될 말이었다.

담배 피우는 노인의 일상적인 기침 발작을 하고 나서 제라르는 "미안하네. 별것 아냐, 곧 가라앉을 걸세"라고 나를 안심시킨 뒤 불루아 거리에 있는 자신의 작업실에 걸어둔 커다란 파리와 근교 지도 얘기를 꺼냈다. (제라르는 일을 그만둔 뒤에도 취미 삼아 작업실을 계속 열어두고 있다.) 지도에는 제라르 손에서 만들어진 가장 자랑스러운 책장 스물한 개의 주소지가 알록달록한 원형 스티커로 표시되어 있었다. 모두 참나무, 밤나무, 아카시아나무로 제작한 맞춤형 책장이었다. 카트린 드뇌브는 물론이고, 그 인근에 사는 변호사 톨레다노와 영화배우 파브리스 루치니, 편집장 니콜 라테스, 기자 필리프 알렉상드르 등 제라르는 나름 인지도 있는 사람들 집의 책장을 제작해주었다. 제라르에게 맞춤형 책장을 주문한 사실이 밖에 알려지지 않기를 원하는 사람들이다.

나는 제라르가 자신의 주요 작품 소장처 이름과 주소지를 간직하는 조각가처럼 행동하는 게 이해가 간다. 비록 일방적인 관계일지언정 제라르는 자신이 제작한 책장과 정신적인 유대 관계를 유지하고 있다. 원할 때는 직접 찾아가 보는 것도 가능하다. 제라르는 특히 책장 주인이 이사하거나 사망할 경우, 책장의 운명이 어찌 될지 걱정이 많다. 이사를 가면 그 집에 맞추어 짠 책장을 새집으로 가져갈 것인지, 혹 세상을 떠날 경우에는 유산으로 물려줄 것인지 궁금해했다. 제라르가 가장 걱정하는 것은 새 책장 주인이 책장에 꽂을 책이 별로 없어 책장 일부를 훼손하거나 전체를 다 떼어 부수면 어쩌나 하는 것이다. 다행히도 제때 이런 소식을 접하고 자기 자식 같은 책장을 철거 위기에서 구해낸 적도 있었다. 책장을 도로 사들여 해체하고 작업실로 운반해간 것이다. 그리고 책장을 약간 손봐서 새로운 서재 공간에 다시 이식하여 되팔기도 했다.

나는 그의 이 보물 지도를 보러 언제 한 번 작업실에 들르겠다고 약속했다. 나는 거칠고 툭툭한 손을 가진 이 80대 친구의 작업실이 좋다. 아내에게 내뱉는 말투는 거칠어도 자신이 만든 작품에는 따스한 애정과 애착을 품는 이 친구가 일하는 공간이 좋다.

장례식에서 돌아오는 길

언젠가 옥토에게 이런 얘길 한 적이 있다. 우리 장례식에 사람이 어느 정도 있으려면 너무 오래 살면 안 될 것 같다고. 함께 어울렸던 친구나 지인들이 우리가 떠나는 길에 없을 것이기 때문이다. 휴대전화 연락처에서 사람들 이름이 하나둘 사라질수록 우리의 장례식 조문객도 하나둘 줄어간다.

물론 예외도 있다. 내 오랜 지기인 장폴 카라칼라는 아흔일곱의 나이에 세상을 떠났음에도 장례식이 치러진 생프랑수아 드살 성당은 조문객으로 가득 찼다. 장폴 카라칼라는 죽기 직전까지 출판 일을 손에서 놓지 않았으며, 문학상 심사위원 직도 유지했다. 워낙 사람들하고 잘 어울려 대인 관계도 원만했다.

하지만 대개의 경우 동료들이 먼저 세상을 떠나면 고령의 노장은 결국 쓸쓸히 생을 마감한다. 특히 과묵하거나 기운이 달려 사교 활동이 적었던 사람이라면 더더욱 고독하게 늙어간다.

나는 르네 D.의 장례식에 다녀왔다. 오래전 연통을 끊은 친구였다. 성당에선 스무 명 남짓 되는 신도들이 일을 돕고 조문객을 맞았다. 만약 15년쯤 전에 세상을 떠났더라면 지금보다 열 배는 많은 작가와 편집자, 서점 관계자, 기자들이 모였을 것이다. 하지만 르네는 스스로 잊히고자 애를 썼다. 자신의 존재를 지우려던 그의 노력은 성공했다.

장례식은 한동안 서로 연락이 닿지 않던 사람들이 만나는 소중한 자리다. 촌수가 먼 친척이나 멀리 떨어져 사는 가족이라면 더더욱 그렇다. 고인 덕분에 다시금 일가친척이 총집합하는 기적이 일어나는 것이다. 다만 경사가 아닌 조사라는 게 유감일 뿐. 결혼할 때가 지나고 나면 온 집안 식구가 다같이 모일 자리는 애석하게도 장례식뿐이다.

친구나 동료, 지인 장례식에 가면 서로 안부를 묻는 경우가 많다. "오랜만에 뵙네요", "잘 지내셨죠?", "나중에 꼭 따로 연락드리겠습니다" 등의 인사를 주고받고는 그날의 주인공이 되지 않았음에 서로 안도한다. 심지어 애석함을 넘어 모두가 그 자리에 모여 고인의 죽음을 애도할 수 있음을 다행이라 여기기도 한다. 저마다 고인의 성품과 생전의 화려했던 성공 이야기를 나누고, 마지막으로 고인과 주고받은 전화 내용은 무엇이었는지 이야기한다. 고인에 대한 진심 어린 추모가 언제나 가능한 건 아니지만, 그래도 성당이나 유대교회당, 화장터, 공동묘지 등에서 고인에게 보내는 추모의 마음은 긍정적인 감정으로 모두를 하나로 묶어주고, 인간은 결국 선한 존재라는 확신을 ―아주 가끔이나마― 갖게 해준다.

그리고 각자 자신의 장례식을 떠올려본다. '나도 죽으면 사람들이 이렇게 한마음으로 추모를 해주겠구나' 생각하는 것이다. '나중에 내가 죽으면 나에게도 사람들이 칭찬의 말을 아끼지 않겠지?' 하는 바람도 무의식중에 가질 수 있다.

자신의 사후에 사람들이 스스로에 대해 갖는 생각이 과연 그렇게 중요한 걸까? 우리가 사람들에게 어떤 이미지를 남길지에 대해 그렇게 꼭 신경을 써야 하나? 그렇기도 하고 아니기도 하다. 반대로 말하면 아니기도 하고 그렇기도 하다.

죽으면 일단 모든 게 끝이기 때문에, 사람들에게 남는 자신의 이미지에 굳이 그렇게까지 신경 쓸 필요는 없다. 보지도 듣지도 못하고, 본인의 장례식장에서 무슨 일이 일어나든 그건 장례식 주인공인 나와 하등 관계가 없으니까. 우리가 마지막 숨을 거두는 순간 모든 게 다 끝난다는 데는 옥토도, 나도 같은 생각이다. 우리가 죽은 뒤에 무슨 일이 일어나든 우리와는 상관없는 일이다. 세상이 무너진다 한들 우리와 무슨 상관인가. 무슨 일이 생기면 남은 사람들이, 우리보다 늦게 가는 사람들이 어떻게든 알아서 하겠지. 떠난 사람에 대한 속마음을 다 풀어놓을 수도 있고, 욕을 할 수도, 반대로 칭찬을 할 수도 있다. 고인에 대해 무슨 생각을 하든지 그건 남은 사람들의 자유고, 관 속에 든 사람은 이와 일절 무관하다.

우리가 사후 상황에 관해서는 관심 없다는 말을 사방팔방하고 다니던 어느 날, 옥토가 갑자기 내게 이런 말을 했다.

– 그래도 우리가 죽은 뒤에 사람들이 자네는 좋은 출판사 사장이었고, 나는 괜찮은 법무사였다고 이야기해주면 좋지 않겠어?

– 그야 당연히 그 정도 말은 해주겠지. 우리 장례식에 올 사람들은 다 우리 가족이나 친구들뿐일 텐데 우리에게 험한 말이야 하겠나? 당연히 좋은 말만 해주겠지.

– 기욤, 자네가 들으면 비웃을지도 모르겠는데, 사실 나는 사람들이 나에 대해 좋은 아들 혹은 좋은 남편이었다느니, 좋은 아버지, 좋은 남자친구, 좋은 이웃, 괜찮은 동료, 모범 시민이었다는 등의 말은 해주지 않아도 되네. 내가 듣고 싶은 건 딱 하나, 내가 꽤 좋은 법무사였다는 말이야. 나는 항상 일에 대한 자부심이 있었어. 내가 일을 꽤 잘하는 사람이라 생각했다고. 그러니 만약 장례식 날 내

관 주위에 모인 사람들 가운데 몇몇이 법무사로 일한 나를 떠올리며 내가 훌륭한 법무사였다고 말해준다면 솔직히 정말 기쁠 것 같네.

- 그건 내가 장담하지. 그렇게 말해주는 사람 중 하나는 바로 나일 걸세.

나는 반농담조로 말했다.

- 나도 자네에게 약속함세. 만일 내가 자네 뒤에 가면 최고의 수식어와 함께 출판사 대표로서의 자네를 떠올리겠네.

- 자네까지 굳이 그럴 필요는 없네. 내 작가들이 다들 알아서 날 추켜세워주겠지.

나는 장난삼아 으스대며 여유를 부렸다. 그리고 이렇게 덧붙였다.

- 하지만 옥토 자네는 좀 다르지. 직업의 특성상 자네 장례식에 고객들이 일일이 와서 감사를 표하진 않을 수도 있어.

하지만 걱정 말게. 자네의 오랜 친구인 내가 있잖은가!

우리는 웃음으로 대화를 마무리했다. 하지만 엄밀히 말하면 속없는 웃음이었다. 서로 둘도 없는 친구니까 우리는 둘 중 어느 한 사람이 먼저 세상을 떠나면 남은 사람 혼자서 뒷일을 감당해야 할 게 벌써부터 걱정이었다. 장례식에 다녀올 때마다 나는 피할 수 없을 그 불행을 떠올린다. 그리고 나도, 아마 옥토도 뒤이어 같은 질문을 던질 것이다. 기왕 갈 거, 차라리 맛없게 식은 감자를 남기고 먼저 떠나는 게 나을까, 아니면 기왕 버틴 거, 차라리 조금 더 버텨서 승자로 남아 혼자 가슴 아파하는 게 더 나을까?

한참을 고민한 결과, 둘 중 어느 하나를 선택해야 한다면 마음 아픈 쪽이 나을 것 같다는 결론을 내렸다. 빌어먹을 상황이지만, 난 어찌 됐든 살고 싶다. 가능하면 마지막까지 살아남는 사람이고 싶다. 설령 그 끝이 혼자만의 쓸쓸한 죽음일지라도.

생활의 플러스

아침에 갑자기 마리테레즈 게르미용에게서 전화가 와 눈을 떴다. 게르미용 부부가 앞으로는 우리들 앞에서 싸우지 않기로 했다는 것이다. 물론 하루아침에 달라질 순 없겠지만 두 사람 모두 우리 앞에선 싸움을 자제하기로 합의했단다.

- 반가운 결정이긴 한데, 또 이런 결정 내리다가 둘이 한참 싸운 거 아니요?

노파심에 내가 물었다.

- 그렇지 않아요. 둘 다 자발적으로 내린 결정인걸요. 우리도 원했던 바에요. 사람들 앞에서 그렇게 꼴사나운 모습을 보이는 데도 이젠 이력이 나서……

- 잘 생각했어요. 그리고 신경 써줘서 고맙습니다. 그럼 이 소식을 모임 내 다른 사람들에게 알려도 될까요? 아니면 직접 연락할래요?

- 제가 할게요.

- 제라르랑 같이요?

– 아뇨, 제가 하려구요. 사람들에게 누가 **연락하느냐는** 문
제를 두고 둘이 엄청나게 싸웠거든요. 그런데 아무리 봐
도 굳이 어느 한쪽이 연락해야 할 이유가 없는 거예요. 그
래서 결국 제비뽑기를 했는데 제가 이겼죠! 덕분에 친구들
모두에게 제가 전화를 걸어 연락할 수 있게 된 거예요! 그
런데 또 지금은 마음이 좀 누그러져서 **제라르에게 한두 통**
정도는 맡길까 생각하고 있어요.

– 그 친구에게도 기회를 줘서 고맙구려.

그날 저녁 우리는 오데옹 광장의 **지중해식 레스토랑 라**
메디테라네에서 만나 코코의 생일 **파티를 열었다.** 안 그래
도 오랜만에 만나 다들 반가웠는데, **우리 앞에서는 싸우지**
않기로 한 게르미용 부부의 '**평화협정' 덕분에 모임 분위기는**
더욱 화기애애했다.

지난번 모임 말미에 내가 제안했던 **대로 나는 복잡다단한**
요즘 세상에서 더 좋아진 것, 우릴 **기분 좋게 만드는 것이 무**
엇인지 물었다. 요즘 세상이 우리에게 **제공해주는 것들 가운**
데 쓸모 있고 유용한 것이나, 요즘 **프랑스 사람들의 행동이**
나 태도 중 마음에 드는 것들을 꼽아보자는 **취지였다.**

– 노나 얘기부터 한 번 들어볼까요?

노나는 잠시 생각하더니 곧이어 **입을 열었다.**

- 나는 요즘 프랑스 여자들 옷 입는 스타일이 참 좋아. 예전처럼 정해진 하나의 양식이 따로 있는 게 아니라 원하는 대로 자유롭게 여러 스타일로 입고 다니잖아. 옷차림이 조금 이상하거나 구식으로 보여도 그것 자체로 새로운 패션 스타일이라 생각하더라고. 그런 게 재미있어. 내가 어렸을 때만 해도, 아니 나이를 더 먹은 후에도 나는 항상 다른 사람 시선을 신경 썼거든. 다른 사람하고 비슷하게, 튀지 않게 옷을 입고 다녔지. 돌이켜보면 참 바보 같은 짓이었어. 요즘 여자들은 유행을 따르든 안 따르든 모두 자기 하고 싶은 대로 입고 사니까. 옷을 고를 수 있는 선택의 폭이 워낙 넓으니 그때그때 다양한 스타일로 바꿔 입을 수 있는 게 너무 좋아. 우리 여자들보다 더 틀에 얽매인 옷을 입는 신사분들 앞에서 이런 이야기를 꺼내 미안하지만. 남자분들은 거의 항상 비슷비슷하게 옷을 입으시니……

마틸드도 노나 편을 들었다.

- 백번 맞는 말이에요. 그리고 옷 얘기가 나와서 말인데 요즘 젊은 여자들은 모피를 안 입어서 얼마나 다행인지 몰라요. 요즘 친구들은 죽은 동물 가죽으로 몸을 따뜻하게 하려는 생각을 잘 안 하잖아요. 심지어 산 채로 털이 뽑히는 동물들도 있어요. 별생각 없이 여우며 수달, 담비털 같

은 걸 두르던 우리 시대 여자들에 비하면 굉장한 발전이라
고 생각해요. 전에는 나도 비버 모피로 만든 재킷을 걸치
고 다녔는데, 지금 생각하면 부끄러워요. 아마 손님이 완
전히 뚝 끊겨서 모피상이나 가죽상이 문을 닫기까지는 아
직 시간이 꽤 필요하겠죠. 그래도 요즘 여자들이 바람직한
방향으로 변하고 있다는 것만은 확실해요.

  – 마틸드 말이 맞지. 나도 이 불쌍한 동물들에 관한 생각을
  왜 진작 안 했을까 싶어. 짚어줘서 고마우이.

얼마 전 여우 목도리를 한 적이 있는 마리테레즈 게르미용
은 연어 요리에만 시선을 고정한 채 입도 뻥긋하지 않고 침
묵을 지켰다.

옥토는 스마트폰에서 최신 뉴스 알람이 오는 게 좋다고
얘기했다. 나라 안팎의 소식을 곧바로 알 수 있기 때문이다.
그건 나도 공감했다. 듣기 좋은 알림음과 함께 날아오는 메
시지는 나도 곧바로 확인하는 편이다. 옥토는 자기가 연이
어 한 가지를 더 이야기해도 괜찮겠냐며 양해를 구하고 새
로 생긴 신문 가판대에 대한 칭찬을 늘어놓았다. 전보다 더
널찍해지고 공간 구성도 합리적인 덕분에 잡지들이 좀 더 눈
에 잘 띄도록 배열되어 있다고 했다. 심지어 비가 와도 비를
맞지 않고 안에서 여유 있게 책장을 넘겨볼 수도 있다. 다만

관광지의 가판대에서는 신문이나 잡지 말고도 파리의 잡다한 기념품이나 자질구레한 물건들이 자리를 차지해서 아쉽지만, 신문이나 잡지만으로 돈이 안 된다는 걸 옥토 역시 잘 알고 있었다. 그런 것들을 팔아야만 상인들도 수익을 좀 더 챙길 수 있을 테니까. 다만 옥토는 자기가 평소 즐겨 찾는 신문 가판대에서 마흔 살 미만의 사람들은 이제 찾아보기 힘들다는 사실을 애석해했다. 요즘 젊은 사람들은 일간지나 주간지를 읽지 않는다. 장폴 블라지크는 요새 젊은 사람들이 주로 스마트폰이나 컴퓨터로 인터넷 신문을 보기 때문일 거라고 얘기했다.

한편 제라르는 글라스 와인을 꼽았다. 물론 음식점에서 와인을 글라스 단위로 판매한 게 그리 최근 일은 아니다. 글라스 와인이야 전에도 있었지만, 최근에는 아예 글라스 단위로 판매하는 레드 와인, 화이트 와인, 로제 와인 메뉴판이 따로 있는 점이 '플러스'라고 제라르는 콕 집어 말했다. (이익이나 이득, 개선이나 진보된 부분에 관해 이야기할 때 제라르는 종종 '플러스'라는 표현을 쓴다.) 사실 예전부터 제라르는 1/3씩이나 남은 와인을 그냥 버리고 오는 게 늘 아깝다고 말했다. 그리고 왜 애초부터 이렇게 본격적인 글라스 와인 판매를 생각하지 못했는지 의아해했다.

제라르가 말을 하는 동안 우리는 아내인 마리테레즈 쪽을 슬쩍 쳐다봤다. 여전히 입을 굳게 다문 채 솔 뫼니에르(가자미 버터구이)에서 눈을 떼지 않는 마리테레즈는 그야말로 인내심의 극치를 보여주고 있었다.

마리테레즈가 이야기를 할 때 제라르 역시 참느라 애를 쓰는 기색이 역력했다. 마리테레즈는 택시 이야기를 했는데, 빈 차인 경우에는 녹색 불을 켜고 사람이 탔을 때는 빨간 불을 켜는 게 의무화되어 한눈에 빈 택시를 알아볼 수 있게 된 점이 정말 '플러스'라고 말했다. (누가 부부 아니랄까 봐 게르미용 부부는 둘 다 '플러스'라는 표현을 정말 좋아한다.) 사실 파리 사람들은 그동안 뉴욕이나 런던처럼 왜 택시들이 불빛으로 빈 차 여부를 표시하지 않는지 진작부터 궁금해했다.

이어 장폴 블라지크가 이야기한 부분을 두고는 식사가 다 끝날 때까지 언쟁이 이어졌다. 장폴 블라지크는 인터넷 덕분에 더는 오프라인 상점에 가지 않아도 되니 시간도 절약되고 너무 좋다고 했다. 블라지크 부부는 심지어 먹을거리도 인터넷으로 주문한다고 했다. 코코는 그런 두 사람의 생각에 공감했다. 반면 옥토와 게르미용 부부, 노나, 그리고 나는 그렇게 다들 집안에만 틀어박혀 지내는 삶을 개탄했다. 서로 삭막하게 말도 안 하고, 집 주변 상인들은 아예 생각조차 하지 않으니 인터넷 때문에 문을 닫는 가게도 늘어난다. 이대로 가다가는 파리의 몇몇 거리도 시골 소도시들처럼 개미 새끼 한 마리 보기 힘들어질 수 있다.

우리가 인터넷 때문에 망해가는 오프라인 상권을 한탄하자 장폴 블라지크는 자기가 상인들과의 무의미한 대화로 시간 낭비할 나이는 아니지 않느냐고 반박했다. 또한 인터넷으로 주문한 물건을 집에서 받아보는 즐거움이 실로 크다고 주장했다. 게다가 이는 택배 기사에게도 수입을 가져다준다. 물론 작은 시골 마을에 살았더라면 자기도 온라인 주문을 한 번 더 생각해봤을 것이라고 했다. 마을의 상점들이 사라지는 건 안타까운 일이니까. 하지만 파리는 상황이 좀 다르다는 것이다. 장폴 블라지크가 외로운 항전을 벌이자 옆에서 마틸드가 거들었다.

- 남편이 한 가지 빼먹은 게 있는데, 우린 책만큼은 절대로
  인터넷 주문을 하지 않아요. 책은 언제나 서점에 가서 직접
  사보죠.
- 그건 같은 업계 사람으로서의 배려인가?

노나가 물었다.

- 그것도 그렇고, 서점 주인이랑 이야기하는 건 정육점 주인이
  나 마트 캐셔랑 이야기하는 것보다 더 재미있으니까요.

장폴이 답했다.

- 뼛속까지 인텔리시구먼!

옥토가 약간 비꼬듯이 말했다.

- 물건만큼은 가게 가서 직접 삽시다. 그렇게 어려운 일도
  아닌데.

나도 의견을 보탰다.

마지막으로 나온 두 가지는 이견의 여지가 없는 것들이었
다. 우선 코코는 휴대폰에 달린 GPS 기능을 칭찬했다. 어디
서든 GPS로 지도를 검색해서 다른 사람에게 길을 물어보지
않고도 목적지를 잘 찾아갈 수 있기 때문이다.

나는 왓츠앱이라는 휴대폰 메시지 앱을 꼽았다. 이 어플
덕분에 외국 사는 아들과 매일같이 대화를 나눌 수 있으니
이 얼마나 좋은 기술인가? 심지어 영상 통화도 가능하다. 편
하기도 하고 돈도 들지 않으니 정말 기적과 같은 기술의 발
전이다.

그러자 노나는 내게 자기도 스마트폰에 왓츠앱을 깔아달
라고 부탁했다.

인터넷이라는 망망대해

IT 기술은 여름날 불어닥친 예기치 못한 광풍처럼 우리의 일상을 흔들어놓았다. 미국에서 들어온 컴퓨터란 이름의 덩치 큰 물건이 전 세계의 일상을 이토록 바꿔놓을 줄은 상상도 못 했다. 지난 10년간 내 출판사의 운영 및 홍보 역시 컴퓨터라는 기계를 통해 이뤄졌으나 이 또한 예상치 못한 일이고, 은퇴 후의 내 삶과 아마추어 작가로서의 활동 역시 컴퓨터를 통하게 될 줄은 생각지 못했다.

　물론 너무 크게 생각할 필요는 없다. 내게 컴퓨터란 그저 성능 좋은 타자기에 불과하니까. 컴퓨터란 그저 텍스트를 기록하고 저장하는 수단이자 온라인으로 서신을 주고받는 장치며, 각종 행정 서비스와 연결되는 매개체다. 내게 주는 돈보다 털어가는 돈이 더 많은 기관이나 조직들은 모두 컴퓨터를 활용한다. 물론 컴퓨터가 편하다는 것은 인정한다. 교환 과정이 즉각적인 것은 물론이거니와 빠른 일처리 속도를 보고 있자면 눈이 돌아갈 정도다. 구글 덕분에 세상 모든 지식을 다 알고 있는 듯한 착각까지 든다.

컴퓨터와 인터넷 문화가 처음 도입되던 당시에는 이메일로 조의를 표하거나 하는 게 예의에 어긋난다고 생각했다. 격식을 갖춰 제대로 된 서신을 써야 예의에 어긋나지 않는다고 여긴 것이다. (프랑스에서는 영어식 표현인 이메일을 '쿠리엘 Courriel'이란 프랑스어식 표현으로 바꿔쓰기도 한다. 쿠리엘은 '서신'을 뜻하는 'Courrier'와 이메일을 뜻하는 'Mél'을 합친 신조어다. 나도 이 표현이 만들어지고 나서부터는 그렇게 쓰고 있다.) 그러나 언젠가부터는 나도 이메일로 애도를 표하는 게 익숙해졌다. 제대로 된 격식을 차리는 건 아니지만, 그래도 간편하고 신속하게 조의문을 보낼 수 있기 때문이다. 심지어 메일이 아닌 문자를 사용하는 사람도 있다는데, 언젠가는 나도 그렇게 될까? 사실 이런 식의 전자 메시지는 예의범절의 규칙을 무너뜨렸다. 덕분에 손으로 쓴 편지는 오늘날 남다른 의미를 띠게 됐다. 연애편지, 축전이나 애도의 편지, 혹은 호스트에게 답례로 보내는 감사의 편지 등은 오늘날 전에 없던 의미를 띤다. 내용이 색다르다기보다는 쓰는 사람이 별로 없기 때문이다.

사람들 사이의 연락 방식이 달라진 것과 관련하여, 옥토는 언젠가 내게 고객 중 한 사람의 아들 이야기를 한 적이 있다. 사랑하는 여자에게 구구절절 장문의 연애편지를 썼던 그는 이후 이메일로 청혼을 했고, 마지막에는 문자 한 통으로 이혼을 했단다.

인터넷의 망망대해에서 쉽게 갈피를 잡는 노인은 별로 없다. 소프트웨어니 픽셀이니 바이트니, 혹은 블루투스나 알고리즘, 쿠키 같은 용어들이 노인들에겐 모두 생소하기만 하다. 기껏해야 나처럼 그게 뭔지도 제대로 모른 채 사용만 할 뿐이다. 우리의 머리로는 인터넷과 컴퓨터라는 이 기이한 도구를 이해할 재간이 없다. 우리에게 이들 기기는 마치 보로로족 같은 미국 원주민들이 처음 접한 내연기관 같은 문물이다.

정보사회는 지구상의 여섯 번째 대륙이다. 젊은 사람들은 이 새로운 대륙에 스스럼없이 정착한다. 정보기술을 이용하는 모든 행위에 불편함이 없고, 그 모든 복잡한 방식을 자유자재로 활용하며 그 안에서 제공되는 모든 가능성을 만끽한다. 반면 지금의 70대, 80대, 90대 노인들은 이 세계의 새로운 이민자다. 제대로 된 활용 능력이 없는 불법 체류자로서 사이버 공간의 변두리에 들러붙어 있을 뿐이다.

컴퓨터 세상에선 길을 찾아 들어가는 것도 힘들 뿐 아니라 어찌어찌 길을 찾더라도 뭐 하나 고분고분 넘어가는 법이 없다. 언제나 비밀번호 입력이라는 관문이 등장하기 때문이다.

내 생각에는 항상 그 비밀번호가 맞는 것 같은데도 번번이 로그인을 거절당한다. '비밀번호를 잊어버린 경우'에 대한 안내 지침은 우리에게 또 한 번 치욕과 수모를 안겨준다. 마치 4차원의 복잡한 세계 속으로 내던져진 기분으로 온갖 수치심과 모욕감을 느끼다가 화가 솟구쳐 한계에 다다르면 결국 아무것도 하지 못한 채 울분을 토하며 컴퓨터를 꺼버린다.

나는 로그인을 할 때 원래 '르노도Renaudot'라는 단어를 아이디로 썼다. 주요 문학상 가운데 우리 출판사에서 수상한 유일한 상이었다. '공쿠르Goncourt'라는 단어도 일곱 글자라 좋았는데, 유출되기 쉬웠다. 그 밖에도 여러 가지를 골라 썼다. 메신저앱을 열 때는 포마르Pommard7을, 애플 아이디에는 헬리오트로프héliotrope라는 꽃 이름을 썼으며, 그 외에도 affiquet(장신구), bestseller(베스트셀러), coquelicot(개양귀비) 같은 단어를 숱한 사이트와 어플리케이션의 로그인 아이디로 사용했다. 암호를 쓰라고 요구할 땐 뭘 쓰면 좋을지 몰라서 대문자를 섞어 쓰기도 하고 소문자만 쓰기도 하는데, 하도 여러 번 이랬다저랬다 해서 번번이 죽을 맛이다.

한 번은 큰돈을 주고 기술자를 불러 모든 암호의 통일 작업을 부탁했다. 최소 여덟 글자에 대문자와 숫자가 하나씩 들어가야 해서 Coquelicot7이란 암호를 쓰기로 했다.

하지만 그 암호가 먹히지 않을 때도 있었다. 한 번은 Pommard7이란 글자로 다시 바꿔 입력했는데 놀랍게도 이 암호가 먹히더라. 예전 암호에 대한 향수였는지, 고양이를 좋아했던 건지, 술을 한잔해서인지 모르겠지만 어쨌든 로그인에는 성공했다.

인터넷으로 내 혈액검사 및 소변검사 결과를 보내주는 건강검진 업체의 경우, Coquelicot7이라는 암호만으로는 부족했다. 하나 이상의 문장부호를 포함해야 했기 때문이다. 나는 젊은 작가들이 잘 쓰지 않는 세미콜론(;) 기호를 넣기로 했다. 'Coquelicot7;' 이렇게 암호를 입력하면 드디어 나는 내 혈액검사와 소변검사 내역을 볼 수 있다. 혈구 수치나 PSA(전립선특이항원) 검사 수치, 중성 지방 비율 같은 내 몸의 화학 성분 수치가 마치 무슨 국가기밀이나 첩보라도 되는 것마냥 겹겹이 암호망을 뚫고 들어가야 한다.

게다가 오류도 심심찮게 발생한다. 메시지를 보내도 상대에게 가질 않거나 프린터로 출력이 되지 않고, 구글 접속도 불가능해지는 것이다. 어떨 때는 무슨 말인지도 모르겠는 시스템 오류 메시지가 계속 뜨는 통에 더 이상의 진행이 힘들어진다. (이렇게 험난한 세계에서 '서핑'이라는 단어만큼 기만적인 말도 없는 것 같다.) 설령 컴퓨터가 멀쩡하더라도 아이패드나 스마트폰, 텔레비전 같은 여러 기기들이 돌아가며 오류와 버그를 끊임없이 쏟아낸다. 버그란 전자기기에서 나타나는 일종의 뇌혈관발작이다. 사람만큼 치명적이진 않지만, 그 빈도와 강도가 심하면 취약한 노인의 경우 뇌혈관발작을 일으킬 수도 있다.

컴맹에게 버그가 찾아왔을 때의 유일한 해법은 기기를 끄고 코드를 뽑아버린 채 완전한 코마 상태로 만들어버리는 것이다. 그러고 나서 몇 분 후 다시 전원을 넣었을 때 기기가 제대로 작동하면, 나는 마치 상대의 온갖 음모와 흉계를 다 물리치고 승리한 마법사가 된 느낌이다. 하지만 그렇게 해도 기기가 정상으로 돌아오지 않을 경우, 내게는 두 가지 해법이 있다.

우선 노나에게 전화를 걸어 성 엘루아에게 기도를 해달라 부탁하는 것이다. 성 엘루아는 금은 세공사와 시계 기술자의 수호성인이다. 그런데 성 엘루아가 최신 전자기술까지 섭렵했을지는 나도 잘 모르겠다. 그래서 이 양반이 요즘 기기들에도 영향을 줄 수 있을지는 좀 의문이다.

두 번째는 블라지크 부부에게 전화를 걸어 손자 에두아르를 내게 보내달라고 부탁하는 것이다. 에두아르는 열두 살 먹은 컴퓨터 천재다. 요 또래 애들 중에는 나이 어린 컴퓨터

천재가 많다. 에두아르는 이삼 분 만에 모든 문제를 뚝딱 해결해주며, 재빠른 손놀림과 두뇌 회전으로 기기를 정상화해준다. 에두아르가 문제를 해결해주는 속도가 빠르면 빠를수록 내 무지함에 대한 수치심은 배가된다. 이렇게 간단히 끝낼 수 있는 문제로 에두아르를 귀찮게 했다는 사실 때문에 마음도 불편해진다. 착한 에두아르가 내게 찬찬히 알려주는 기술적 설명 같은 건 눈곱만큼도 알아들을 수가 없다. 아무리 친절히 알려줘도 내겐 그 시간이 그저 고문일 따름이다.

에두아르에게 사탕 같은 것으로 감사를 표할 수도 없다. 고도의 기술자에게는 어울리지 않는 보상이다. 그래서 난 에두아르에게 용돈을 쥐여준다. 앞으로도 녀석은 간간이 용돈벌이 할 기회가 생길 게다.

두뇌 체증

종종 머릿속이 물리적으로 과부하가 걸린 것 같은 느낌을 받을 때가 있다. 일정량이 밖으로 배출되어야만 그만큼을 안으로 투입할 수 있는 그런 상황이다. '머리끝까지 차올랐다'는 말은 내게 미칠 듯 화가 난다는 뜻이 아니라, 말 그대로 더 이상 들어갈 자리가 없이 꽉 찬 상태라는 의미다.

물론 논리적으로는 말이 안 된다. 우리의 뇌는 지식이나 추억으로 내부를 채우는 용기가 아니기 때문이다. 특정 나이가 되면 용량이 다 차서 넘치는 것도 아니다. 뇌가 폭발하는 경우는 한 번도 본 적이 없다. 뇌가 다 찼다고 단어나 고유명사, 수치며 컬러 이미지 같은 것들이 불꽃놀이 하듯 머리 밖으로 터져 나오는 초현실적인 상황은 존재하지 않는다. 아무리 많은 데이터를 집어넣어도 우리 머릿속에는 용량 걱정할 것 없이 모든 게 차곡차곡 쌓이며, 평생을 그렇게 세상에 관한 질문과 답변이 우리 머릿속을 드나든다.

그런데 나이가 들면 이 영특한 시스템에 고장이 발생한다.

확실히 예전만큼 머릿속에 다양한 지식을 축적하질 못한다. 호기심도 전처럼 왕성하지 못하고, 배움에 대한 의지도, 교양을 쌓는 즐거움도 예전만 못하다. 빠져나가는 건 많지만 들어오는 게 전보다 적은 것이다. 매일같이 얼마나 많은 정보와 기억들이 내 머릿속에서 빠져나가는지 모르겠다. 정보의 투입과 반출은 이제 예전처럼 더 많은 지적 자산을 남기지 못한다. 쉰 살까지만 해도 머릿속에 남아 있는 것과 머리에서 빠져나가는 것 사이에 균형이 어느 정도 유지됐다. 하지만 지금은 그 균형이 다 깨져 수지타산이 맞지 않는다. 얻는 것보다는 잃는 게 더 많기 때문이다. 따라서 이젠 확실히 내 재산이 된 지적 자산만을 기반으로 할 수밖에 없다.

그런데도 머리가 버겁다. 들어오는 것 대비 빠져나가는 것이 더 많으니까 머리가 더 가벼워져야 정상인데, 신기하게 더 묵직하고 꽉 들어찬 느낌이다. 예전에 일에 대한 고민이 많을 때보다 두통은 줄었지만 혼자서 가만히 생각해보면 머릿속이 꽉 찬 것 같고, 특히 저녁때 그런 느낌이 심하다. 왜 머리가 과부하된 것 같은 착각을 받는 것일까? 옥토에겐 이런 증상이 없다. 주의력 집중 정도가 나보다 낮은 것은 사실이지만.

예전의 나는 모든 뉴스와 시사 상식에 귀를 열어두고 살았다. 눈과 귀로 보고 들을 수 있는 것은 뭐든 다 뇌로 빨아들였다. 출판사를 운영하는 사람이라고 해서 책만 들여다보며 살 수는 없다. 길게 보면 외려 기자가 하는 일에 가깝다. 특정 분야가 주목을 받으면 해당 분야의 전문가를 찾아 출간 계획을 세울 수 있어야 하고, 무언가 기념일이 있으면 이를 주제로 한 책도 기획해야 한다. 물론 이렇게 시류에 편승한 책들은 대개 그 수명이 짧지만 어느 한쪽으로 편향되지 않고, 개성 있는 출간목록을 만들어준다. 베를린 장벽이나 장피에르 멜빌 영화에 관한 에세이도 그렇게 해서 낸 책들이고, 해저 고고학이나 브로드웨이의 역사, 와인과 요리의 조합, 러시아 음악에 관한 책들도 이와 같은 맥락에서 출간된 책이었다. 특히 러시아 음악에 관한 책은 라흐마니노프와 차이콥스키를 좋아했던 내 아내에게 선물과도 같은 책이었다.

그 시절 내 머리는 출력 속도가 굉장히 빨랐고, 정보의 움직임도 활발했다. 정보에 대한 가치 판단이 신속하게 이뤄진 뒤, 등급에 따라 빠르게 분류가 이뤄졌다. 새롭고 다양한 소식을 접하면서 문화적으로나 지적으로나 상당한 만족감을 느꼈다. 대개는 하찮고 대수롭지 않은 소식들이었으나, 개중에는 더러 비중 있는 소식들도 있었다. 하지만 그 많은 정보와 소식을 접하면서도 내 머리로 소화해낼 양이 너무 많다거나 정보의 흐름이 지나치게 빠르다는 생각은 한 번도 해본

적이 없다. 정보의 폭격을 감당해야 한다는 불편함도 없었다. 외려 이 세상의 모든 정보를 내가 다 끌어안은 듯한 느낌에 흥분하기까지 했다. 내 뇌는 마치 거대한 정보의 보고 같았고, 이를 바탕으로 새로운 아이디어를 떠올리는 그 느낌이 좋았다.

하지만 이 방대한 정보의 보고는 이제 존재하지 않는다. 정보를 출력해내는 속도가 떨어졌기 때문일까? 아니면 전처럼 호기심이 왕성하지 않아 뇌에 줄 먹잇감이 줄어들었기 때문일까? 어쨌든 머릿속에 뭔가 굉장히 많이 몰려 있는 느낌인데도 스스럼없이 자동으로 정보의 유입과 반출이 이뤄지지 않는다.

책을 읽는 속도도 예전보다 매우 느려졌다. 예전같이 서둘러 책을 내야 한다는 압박이 없어서이기도 하지만, 그보다는 책 내용을 완전히 이해하고 글에 대한 평가를 내리는 데 예전에 비해 시간이 조금 더 소요되기 때문이다. 눈 쪽에는 문제가 없다. 독서용 안경의 도수를 해마다 확인하고 그때그때 교체하기 때문이다. 문제는 내 지적 능력이 좀처럼 속도를 내려 하지 않는다는 것인데, 이제는 그럴 역량이 되지 않기 때문일 수도 있고, 어쩌면 얘도 나이 들어 '느림의 미학'을 발견한 탓인지도 모르겠다.

상황이 이러한 고로 잠시 모든 걸 내려놓기로 결심했다. 정치 기사나 과학계, 문화계 소식, 스포츠 뉴스 등을 시시각각 접하면서 머리에 과부하를 주지 않기로 한 것이다. 모든 분야를 다 섭렵하기보다는 일부 분야만 선택적으로 받아들이고 나머지는 버리기로 했다. 신문을 읽고, TV나 라디오 방송을 접하는 건 예전과 같지만 모든 것에 대해 호기심을 갖지 않고 선택적으로 관심을 주는 것이다. 그렇게 하면 온갖 고유명사를 다 외우고 모든 정보와 논평을 다 섭렵해야 한다는 압박에서 벗어날 수 있다. 한계가 있는 내 머리와 시간을 남용하기보다는 애착이 가는 관심사 위주로 살피는 것이다. 예전에 내가 하던 일과 관계가 깊은 사건이나 고유명사라면 좀 더 쉽게 외울 수도 있다.

여전히 나는 책을 사랑하고, 당연히 영화도 좋아한다. 클래식과 재즈 음악, 미술 전시회도 좋고 예나 지금이나 변함없이 축구에 빠져들며, 과학기술, 의학에도 관심이 많다. 반면 연극에는 관심이 좀 줄었다. 배우를 좋아하는 마음은 그대로인데, 배우들의 과장된 발성을 이제는 잘 알아듣지 못하기 때문이다.

그러니 관심사에도 차등을 두는 것이 좋다. 사이클처럼 어떤 건 일찍이 관심을 끊기도 했는데, 맨날 약물 얘기만 나와서 사이클 쪽은 진작 관심을 접었다. 최근에는 경제 분야에 관한 관심도 내려놓았다. 침울한 소식뿐인 데다 서로 모순된 지적만 난무하고, 이쪽은 또 오만한 사람들이 많다. 경제 분야 자체가 아기자기하지 않아서 그런지 경제학자들도 아기자기한 경우는 못 봤다. 금융 분야 역시 관심을 별로 두지 않게 되었는데, 주가에 연연하는 모습이 이젠 다 부질없어 보이기 때문이다. 패션 분야도 딱히 관심을 두지 않는데, 파리 컬렉션이건 밀라노, 런던, 뉴욕 컬렉션이건 기사를 보면 하나같이 칭찬 일색이다. 그리고 노래 쪽도 전보다는 관심이 별로 안 간다. 그룹이든 솔로든 프랑스며 미국, 영국, 호주 가수들 이름이 너무 많이 쏟아지고, 신인가수, 앨범 신보, 새로 나온 곡 등 끊임없이 새로운 이름과 타이틀이 난무한다. 요즘 유행하는 랩 음악도 분위기가 과격하고 정신 사납게 몰아붙이는 통에 차라리 소리를 꺼버린다.

물론 요즘 노래에 관심이 없다고 해서 옛날 노래까지 관심을 끊은 건 아니다. 샤를 트르네, 에디트 피아프, 조르주 브라상, 자크 브렐, 피에르 페레, 이브 몽탕, 레오 페레, 샤를 아즈나부르, 자크 뒤트롱, 프랑수아즈 아르디, 세르주 갱스부르, 클로드 누가로 같은 예전 가수들의 음악에는 언제나 관심을 두고 있다. 비틀스나 롤링스톤스 같은 그룹도 좋아한다. 한두 세대에 걸친 음악까지는 국적과 상관없이 좋아하는 것 같다.

하지만 요즘 나오는 리한나며 카니예 웨스트며 부바, 레이디 가가, 에디 드 프레토, 닷주, 스트로매, M. 포코라 등 유니버설 뮤직의 아티스트 목록에서 쏟아지는 무수한 이름들은 국적 불문하고 이름을 외우기도 힘들고 음악도 귀에 잘 꽂히지 않는다. 이 가수들은 내게 야구선수 이름만큼이나 생소하고 낯설다.

그러고 보니 필하모니 회원 갱신 기간이 된 것 같다. 얼른 회원 연장이나 해야겠다.

수확기의 고귀한 선물

성에 대한 관심이 떨어진 건 결코 내가 의도한 게 아니었다. 나이 들고 성에 관한 부분을 등한시하거나, 혹은 아예 잊고 사는 건 전보다 이쪽에 용기가 없어져서가 아니다. 사람마다 나이대는 다를 수 있지만 어떤 시점이 되면 남자든 여자든 성생활을 내려놓는다. 이미 할 만큼 하기도 했거니와, 남녀 간의 관계로 얻는 불확실한 쾌락이 과연 그에 따른 수치심이나 여러 가지 곤란한 상황을 감수할 만한 가치가 있는지 회의감이 들기 때문이다.

때가 되면 알아서들 자유롭게 성생활에서 은퇴한다. 개개인의 사생활과 관련한 부분이므로 정부나 노조, 연금공단이 끼어들어 왈가왈부하지도 않는다. 언젠가 노년의 성 문제를 나라에서 관리하려 들지는 모르겠지만 아직은 아니다. 만약 전체주의 사회라면 황혼의 성생활을 간섭하려 들 수도 있겠다. 젊은 사람들의 연애만큼 보기 좋은 것도 아니고, 또 젊은 세대처럼 관계를 갖는다고 애가 태어나는 것도 아니니까.

다만 노년의 성생활을 막는다면 의사들이 반대할 수는 있겠다. 의사들은 고령의 환자에게 성욕이 있고 이를 해소할 만한 상황이 된다면 계속해서 관계를 하라고 권유한다. 심지어 남자들에게 시알리스나 비아그라 같은 발기부전 치료제까지 처방해주면서 노년의 성관계를 돕는다.

나이 든 사람은 성에 관한 이야기를 꺼내는 게 편치 않다. 영화나 드라마에서 노골적으로 성관계를 다루는 장면도 상당히 보기 불편하다. 알몸의 남녀가 화면을 장악한 그 모습 자체가 충격이다. 대부분 눈으로 보는 것보다는 머릿속으로 상상하는 게 더 자극적이라고 말한다. 물론 20~30년 전에도 그렇게 생각한 건 아니다. 하지만 이제는 몸을 자꾸 숨기게 되고, 성관계를 갖더라도 그게 삶의 우선순위는 아니다. 대부분은 어쩌다가 한 번 관계를 가질까 말까다. 주기적으로 섹스를 하는 노인이 있다면 얼마나 행복하겠나?

나도 이 '섹스'라는 말을 글로는 쓸지언정, 친구들 앞에서는 더 이상 입 밖에 내지 않는다. 내가 이 단어를 쓰는 순간 친구들이 불편해할 게 불 보듯 훤하기 때문이다. 차라리 '관계를 하다' 정도면 표현의 수위가 더 적절할 수 있다. 사람에 따라서는 '성교하다', '교접하다'처럼 노골적인 표현을 좋아하는 경우도 있고, '정을 통하다', 혹은 '밤일을 하다' 같이 에

둘러 말하는 표현을 선호하는 이들도 있다. 가장 편한 건 그냥 '자다'는 말을 쓰는 것일 테고.

그런데 노인들 사이에서는 실제로 이런 성적인 표현 자체를 쓸 일이 별로 없다. 우리 모임에서도 과거의 일이든, 현재의 일이든 성생활과 관련한 부분은 서로 이야기하지 않는다. 항상 여자에게 한눈을 파는 '외눈박이' 코코 정도만 예외일 수 있겠는데, 이 친구 역시 잠깐 재미로 꾄 여자를 결코 침실까지 데려가지 않는다.

남자들은 특히 더 자기 사생활과 관련한 속이야기를 털어놓지 않는다. 허세 부리며 음담패설 늘어놓던, 철없는 젊은 시절이 지나면 남자는 여자보다 더 숫기가 없어진다. 여자들이야 같은 동성 친구끼리 모든 이야기를 시시콜콜 다 털어놓지만, 남자들은 대개 두루뭉술하게 말하는 선에서 그치거나 야한 농담 수준을 넘지 않는다.

언젠가 생일 파티 자리에서 모임 사람들에게 각자의 성생활에 관한 이야기를 제안해보면 어떨까 생각해본 적이 있다. 아마 다들 크게 놀라며 그런 제안을 한 나를 비난할 것이다. 노나나 블라지크 부부가 내게 "그럼 어디 기욤 양반 얘기부터 한 번 들어봅시다!"라고 말하며 비꼬는 소리가 벌써부터 들린다. 그럼 나는 사람들에게 뭐라고 내 얘기를 해야 할까?

나라면 이렇게 이야기할 것 같다. 인생의 어떤 우여곡절이 있어도 관계를 멈추어선 안 된다고. 우리가 먹고 마시고 말하고 읽고 걷고 운전하고 하는 일을 나이 들었다고 그만두던가? 아니다. 그런데 왜 섹스하는 것만큼은 그만두어야 하는 걸까? 물론 상황에 따라 일시적으로 자제해야 할 수는 있다. 아내가 세상을 떠났을 때 내가 그랬으니까. 병에 걸리거나 우울증이 왔을 때, 연인과 멀리 떨어져 있을 때, 먹고 사는 문제가 힘들 정도로 궁핍할 때, 배우자와 헤어졌을 때 등 주기적인 관계를 갖기 어려운 장애물은 얼마든지 많다. 하지만 운동하는 습관을 빨리 되찾는 건 몸과 정신 건강에 좋은 일이다. 그로 인해 일과가 아무리 꼬이더라도 연인과 관계를 하는 건 더없이 바람직한 습관이다.

남자는 나이가 많아도 성관계의 여지나 가능성이 더 큰 편이다. 평생을 스스럼없이 해오던 행위였기도 하고, 본인도 배우자도 그에 대한 인식이 나쁘지 않았기 때문이다. 그러므로 남자 입장에서는 성관계를 앞으로 더 지속한다 한들 거리낄 게 없다. 심지어 오랜 경험으로 인한 자산까지 축적된 상태다. 물론 관계를 하는 횟수는 전보다 현저히 줄었지만 젊었을 때보다 더 많은 주의력과 인내력, 상상력이 동원된다. 60년간 밤일로 다져진 노하우랄까?

나이 든 남자에게 성에 대한 인식은 팔팔했던 한창때와 다르다. 예전에는 성이라는 게 마르지 않는 쾌락의 원천으로서 상대를 정복하는 애정의 무기이자 사회적, 직업적 도구였다. 젊은 남자는 비단 사랑 때문에만 관계를 하는 게 아니다. 간혹 마음은 완전히 접어두고 육체적인 관계만 할 때도 있는데, 이때는 오로지 성적 쾌락만이 그 목적이 된다. 때로는 배우자의 상황을 전혀 고려하지 않을 때도 있다. 원래 성관계에는 이기적인 속성이 있으니까.

그러나 70대, 80대까지 계속 성관계를 하는 남자라도 젊었을 때와는 상황이 좀 다를 것이다. 예전보다는 사랑의 감정이 더 성숙했을 것이기 때문이다. 물론 성생활 자체를 일종의 건강 유지 차원으로 인식하는 사람도 있고, 성공적인 관계만을 중시하는 사람도 많다. 그러나 노인들 대다수에게 있어 육체적인 쾌감은 정신적인 쾌감과 연계된다. 이제 더는 자동차 레이싱하듯 거침없이 달려 나가는 경주가 아니라 조심스럽게 한 발 한 발 나아가며 유쾌한 순간을 만들어내는 과정인 셈이다. 여자들은 젊었을 때나 나이가 든 후에나 감정이 수반된 육체관계를 선호하고 그런 쪽으로 관계를 이끌어가기 때문에 이런 변화는 상대에게도 잘 먹히는 방식이다.

그러니 여러 사람이 함께 대화하다가 성에 관련한 이야기로 흘러가면, 나이 든 남자들이 약간 불편해하는 것도 어찌 보면 당연하다. 일단은 지금 거의 관계를 하지 않고 있다는 게 첫 번째 이유다. 왕년에 여자 좀 만났다 하는 남자라면 더더군다나 지금의 초라한 현실을 털어놓기 힘들다. 게다가 아직 관계를 갖는 사람이라 해도 이를 당연지사처럼 이야기하면 허세나 떠는 건방진 사람으로 여겨질 게 뻔하다.

나는 옥토하고도 이런 얘기는 나누지 않는다. 오륙 년쯤 전 소테른의 귀부 와인을 너무 많이 마신 탓에 밤새 혼쭐이 났던 날, 그는 옆자리에 누가 누워 있는 게 성가시다는 이야기를 했다. 아마도 전립선이라는 고질병 때문에 혼자 자는 즐거움을 되찾은 게 아닐까 싶었다(귀부 와인 : 늦가을에 '보트리티스 시네레아Botrytis cinerea'라는 잿빛곰팡이균이 생긴 포도로 담근 스위트 와인으로, '귀하게 부패했다' 하여 귀부 와인이라 불린다. 당도가 높은 게 특징이며, 프랑스에서는 소테른이 귀부 와인 산지로 유명하다. - 옮긴이).

그런 친구에게 내가 아직도 여자랑 잔다는 말을 어떻게 꺼내겠나? 나는 마농을 좋아하고, 마농 역시 나를 좋아한다. 나이라는 장벽이 없는 것처럼 우리는 서로의 몸에서 희열을 느낀다. 연애를 하지 않았더라면 아마 나는 사랑의 언어를 번역하는 일도, 사랑의 이미지를 표현하는 일도 진작 그만두었을 것이다. (사랑에 대해서도 출판계의 어휘를 써서 표현하는 걸 보면 출판사 대표라는 직업적 근성이 평생 나를 따라다닐 모양이다.) 사랑이 소생시켜준 심장은 오랜 기간 열심히 일한 끝에 지칠 대로 지친 내 머리와 아랫도리 사이에서 매개체 역할을 하며 든든한 지원군이 되어준다. 양쪽을 자극하며 기력을 북돋워주는 것이다. 사랑은 그렇게 '쾌락'에 대한 추구권을 연장해준다. 늦은 가을, 달콤한 귀부 와인을 만들어주는 고귀한 곰팡이, 보트리티스균 같은 존재인 셈이다.

하지만 팔십 줄에 접어들었어도 여자와 잠자리를 하는 게 인생의 당도를 높여주는 것이라는 잔혹한 말을 차마 옥토에게는 못 하겠다. 그때마다 내 친구는 영원한 현실의 장벽에 부딪힐 게 아닌가?

내 안의 두려움

그동안 나는 항상 잘 웃고 쾌활한 사람이라는 평을 유지해 왔다. 나로서도 듣기 좋은 평이다. 내게는 침울하고 울적한 분위기도 금세 사라지게 만드는 재주가 있다. 오랜 기간 슬픔에 잠겨 있거나, 혹은 실패와 좌절 앞에서 침통해하는 모습을 사람들 앞에서 길게 보인 적이 한 번도 없었다. 노나는 이런 내 성격이 신이 내린 선물이라고 얘기했다. 신의 은총을 한 몸에 받은 운 좋은 피조물이라는 것이다. 옥토는 내가 102살이나 103살 정도는 되어야 침울하고 짜증 많은 성질 고약한 노인네가 될 거라고 예언했다. 다행이다. 세상을 둥글둥글하게 바라보며 살아갈 시간적 여유가 아직은 좀 남아 있는 셈이니.

하지만 겉보기와 실제는 약간 다르다. 물론 내 기질이 기본적으로 낙천적이기는 하다. 그렇다고 걱정이나 불안이 전혀 없는 것은 아니다. 길게 가진 않지만 나 역시 깊은 시름에 빠져 어쩔 줄 몰라 할 때가 있다. 전에는 그렇게 불안 발작이 생기는 경우가 드물었으나, 80대에 접어들며 빈도가 잦아졌다. 나이가 들면 자연히 걱정과 불안이 늘어난다. 하지만 남들 앞에서는 이를 드러내지 않는다. 심지어 애인 앞에서조차 숨긴다. 나처럼 복 받은 사람에겐 그럴 권리가 없다. 이는 도의적 차원의 문제다. 갖은 축복을 타고 난 내가 함부로 행동하여 세상을 어둡게 물들이는 데 일조해서야 되겠나?

항상 밝고 명랑한 사람이라는 이미지 때문에 간간이 스트레스를 받는 것은 부인할 수 없다. 언제나 밝고 쾌활해서 친하게 지내기 좋은 유쾌한 사람이라는 이미지가 깨지면 그건 또 그거대로 속상할 게다. 그러니 내 속마음을 아무렇게나 드러내서 기존의 내 평판을 망칠 수야 없지.

내게 불안감을 초래하는 원인은 물론 죽음이다. 군데군데 이가 빠진 하얀 유령 같은 형체로 나타나는 죽음의 형상은 양손에 가위를 쥔 채 물레 앞에 서 있다. 팽팽하게 당겨진 실은 언제 끊어질지 모르는 상태다. 죽음이 육중한 알몸의 여자 스모 선수 모습을 하고 나타날 때도 있다. 여자의 흔들거리는 거대한 가슴은 나를 압사하여 숨통을 끊어놓을 것이다.

만약 내가 임종을 맞이하는 비운의 날이 오면, 분명 내가 만든 이 두 죽음의 이미지가 교대로 나타날 것이다. 둘 중 뭐가 더 좋은지 묻는다면, 나는 스모 선수 쪽을 택할 거다. 스모 선수라면 어떻게든 막아보려 발버둥쳐볼 수 있지만, 물레 앞에 선 운명의 여신이 가위를 들고 실을 끊으려 한다면 내가 할 수 있는 게 아무것도 없을 것 같다. 그래도 마지막까지 싸울 수 있으면 싸워야 하지 않나.

나이가 많아지면 죽음에 관한 생각을 안 하려야 안 할 수가 없다. 물론 젊었을 때도 죽음에 대한 생각을 하긴 하나, 스쳐가는 바람처럼 언뜻언뜻할 뿐이다. 아직은 아득하게 먼 훗날의 일처럼 느껴지기 때문에 일어날 수 있으리란 생각은 크게 하지 않는다. 심지어 가까운 친척 어른이 돌아가셨을 때도 죽음에 대한 위협은 직접적으로 느끼지 못한다. 아직은 여유가 있기 때문이다. 아직 살날이 남았으므로 나중에, 아주 나중에 내게 닥칠 일이라 생각하는 것이다. 하지만 내 나이가 되면 그 나중이 바로 지금이란 걸 깨닫는다.

죽음은 아무리 생각해도 익숙해지질 않는다. 시간이 지난다 한들 결코 가볍게 여겨지지도 않는다. 죽음은 가까우면서도 동시에 손에 닿지 않는 무언가다. 하지만 언제나 항상 우리 곁에서 틈을 노리고 있다는 건 분명 느껴진다. 죽음은 늘 우리 곁에서 대기를 타고 있다. 이렇게 이따금 머릿속을 기습적으로 파고드는 죽음에 관한 생각은 도저히 떨칠 수가 없다. 특히 몸 어딘가가 아프거나 약해져서 불편한 부분이 생겨 기분이 약간 가라앉을 때 더 심해진다. 그런 암울한 생각 사이를 파고드는 게 죽음의 특기다.

게다가 고령에 세상을 떠난 유명인들도 대부분 내 나이에 죽었다. 그러니 그 나이가 된 나로선 죽음에 대한 생각을 끊을 수가 없다. 가수 샤를 아즈나부르, 작가 호르헤 셈프룬과 장 도르메송, 정치가 시몬 베유, 소설가 필립 로스, 전 프랑스 대통령 자크 시라크, 만화가 르네 페티용, 유명 셰프 폴 보퀴즈와 조엘 보뤼송, 디자이너 칼 라거펠트, 영화감독 아녜스 바르다, 사이클 선수 레몽 풀리도르, 철학자 미셸 세르, 영화배우 미셸 피콜리 등 우리와 같은 세대로서 함께 나이 먹던 사람들이 이제는 다 세상을 떠나고 없다.

같은 시대를 살아간 이 유명인들의 부고 소식을 접하면 기운이 쭉 빠지면서 무언가 방패막 하나가 없어진 듯한 느낌을 받는다. 이름이 알려지지 않은 평범한 사람이나 나처럼 별로 유명하지 않은 사람들에게 고령의 유명인이나 인기 스타들은 장수하는 사람의 표본이다. 나이가 많아도 꾸준히 건강과 기력을 유지할 수 있다는 사실을 확인시켜주기 때문이다. 말하자면 죽음에 맞서는 방패막 같은 존재들이다. 하지만 그러던 어느 날, 낮이든 밤이든 예고도 없이 세상을 떠난다. 그럴 때면 마치 우리를 지켜주던 방어벽의 돌이 하나씩 하나씩 떨어져 나가는 느낌이다.

우리는 몇 살쯤 세상을 떠날까? 신문이나 위키피디아 같은 인터넷 백과사전에서 나보다 어린 나이에 세상을 떠난 사람들을 보면 불쌍하다는 생각이 든다. 반대로 나보다 더 많은 나이로 세상을 떠난 사람들을 보면 대단하다고 느낀다. 이 사람들 가운데 나랑 태어난 해가 같은 동년배의 사람을 보면 죽음의 신이 나이별로 모종의 할당량에 따라 사람들을 데려가는 것이라고 생각하며 안도감을 갖는다. 장담컨대 그 옛날 빅토르 위고나 샤를 드골이 세상을 떠났을 때, 당시의 나이 든 사람 중에는 마음이 약해진 사람이 꽤 많았을 것이다. 믿고 의지하던 보호막 하나가 사라졌으니까.

그런데 신기하게도 주변 사람들의 죽음에는 크게 위협을 느껴지지 않는다. 가족 중 누군가가 죽거나 친한 친구 중 하나가 세상을 떠났을 때, 특히 오랜 투병 생활로 세상을 떠났을 때는 죽음의 위협이 그리 심하지 않다. 아무런 예고도 없이 갑작스레 죽으면 이 사람이 왜 죽어야 했는지도 모르겠고 그만큼 놀라움도 크지만, 그렇다고 이런 주변 사람들을 죽음에 대한 방벽으로 여기지는 않는다. 이 사람들이나 나 똑같이 죽음 앞에 노출된 취약한 존재들이니까. 우리가 몇 날, 몇 시에 죽을지는 아무도 모른다.

그 래 도
오 늘 은
계속된다

내가 글을 쓰고 있는 이 순간에도 내게 남은 시간은 한 시간이 채 되지 않을 수도 있다. 내 앞에 남은 생이 20년씩 길게 남은 게 아닌 한, 나는 지금 당장이라도 언제 죽을지 모르는 상황이다. 일찍 죽어도 늦게 죽어도 문제인 게, 만일 지금 당장 죽는다면 그건 그거대로 억울할 것이고, 20년 후에 죽는다면 그건 또 그거대로 무섭다. 그 나이의 내가 어떤 상태로 죽음을 맞이할지 예측할 수가 없지 않은가? 아흔을 넘기는 사람은 그리 많지 않다. 우리 모임의 노나는 아직도 정정하고 정신이 맑은데, 죽음에 대해 고민할 나이는 이미 지났다고 했다. 자기는 더 이상 죽음이 두렵지가 않단다. 이젠 죽음과 꽤 친해진 관계라면서 죽으면 또 저세상 가서 사랑하던 남편을 다시 만날 수 있지 않으냐고 했다. 새삼 종교의 힘이 위대하다고 느꼈다.

우리 모임에 있는 친구들도 그렇고, 다른 사람들도 그렇고, 사실 죽음보다도 더 두려운 건 죽기 이전의 삶이다. 몸에 심각한 문제가 생기는 건 아닌지, 머리가 백치 상태로 나빠지는 건 아닌지, 돈이 다 떨어져 노후 자산이 부족해지는 것은 아닌지, 치매나 요실금에 걸려 마음 놓고 돌아다니지 못하는 건 아닌지, 혼자 살 능력이 안 돼 누군가의 보호를 받아야 하는 건 아닌지, 산송장 같은 삶을 사는 건 아닌지 걱정이 한두 개가 아니다. 비참한 노년에 대한 걱정 없이 사는 사람이 어디 있겠나?

하지만 그보다는 죽음 자체에 관한 생각을 더 많이 하는 것 같다. 죽음에는 조건이나 예외가 없기 때문이다. 무언가를 하면 죽음을 면제해준다는 전제나 만약의 경우라는 게 죽음에는 없다. 사정을 봐주지도 않고, 상황에 대한 고려나 정도의 차이라는 것도 없으며, 연민이나 동정도 없다. 그리고 죽으면 모든 게 끝이다. 법무사 출신인 옥토라면 이렇게 표현했겠지. "유언은 사후 정정이 가능하지만 죽음은 그럴 수 없다"고. 죽음이 무섭고 두려운 건 이렇듯 단호하고 결정적이며 불가역적이라는 특성 때문이다.

이따금 엄습해오는 이 죽음에 대한 노이로제에서 벗어나기 위해 나도 나름대로 생각한 방법이 있다. 죽음에 대한 생각을 반복하다가 결국 살아 있는 기쁨마저 갉아먹는 패턴에서 벗어나기로 한 것이다.

다른 사람이 아무리 기분 좋게 산다 한들, 그리고 앞서 말했듯이 내가 아무리 낙천적으로 지낸다 한들 언제나 그걸로 충분한 건 아니다. 사람의 유쾌한 기질만으로는 해결되지 않는 부분이 있다. 이에 나는 플라톤이나 키케로, 에피쿠로스, 몽테뉴, 니체 같은 철학자들의 지혜에 기대기로 했다.

심지어 불교 철학까지 들춰봤다. 하지만 죽음에 대한 철학적 고찰은 죽음에 대한 냉혹한 전망을 뒤죽박죽 섞어놓는 것과 다를 바 없었다. 이 나이에 체념하는 법을 배워야 하나, 아니면 용기 내는 법을 배워야 하나? 철학자들의 지혜를 빌리려니 낯빛은 점점 더 어두워졌다.

그래서 결국 문학적 유희를 통해 현실 도피를 하기로 마음먹었다. 희곡 작품을 독파하면서 암울한 생각들은 뒤로한 채 산 사람의 다채로운 생각들을 취하기로 한 것이다. 그래서 마음이 내키는 대로 대중없이 서고에서 책들을 골랐다. 몰리에르의 희극과 쥘 르나르의《일기》, 우드하우스의 지브스와 버티 이야기, 카미나 알퐁스 알레 같은 작가들의 해학적 작품들, 폴루이 쿠리에의 풍자글, 상페나 카뷔의 만평이나 삽화집, 플레이아드 총서의 프루스트 작품, 산 안토니오 추리소설 시리즈 등이 손에 잡혔다.

미소는 죽음을 위협하고 웃음은 죽음을 물리친다. 독서를 통해 죽음에 관한 생각을 하지 않는 것만으로도 기분은 자연히 회복된다.

마농의 조언에 따라 나는 죽음에 대한 두려움을 떨쳐내기로 했다. 심지어 죽음에 대한 내 공상 속에서 활개를 치는 두 여인에게 이름까지 만들어주었다. 양손에 가위를 들고 실 잣는 여자의 이름은 아나스타샤다. 가위를 들고 원고를 난도질하는 검열의 상징이다. 죽음이란 결국 완전히 잘라내버리는 행위가 아닌가. 거대한 가슴을 위협적으로 휘두르는 스모 선수의 경우, 부불이라 이름지었다. 프랑스어로 육중한 몸집의 소유자를 나타내는 은어다. 상대를 비웃으며 놀리고 나면 마음이 한결 가볍고 편하다.

늘씬하고 스타일 좋은 마농의 외양은 이 스모 선수와 정반대다. 밝고 쾌활하며, 영민하고 몸이 날랜 마농은 아나스타샤의 가위까지 빼앗아버릴 게 분명하다.

뜻밖의 방향 전환

코코와 카페 레 되 마고Les Deux Magots에서 만나기로 약속했다. 코코는 내게 깜짝 놀랄 만한 소식을 알려줄 테니 좀 도와달라고 부탁했다. 이 친구의 꿍꿍이가 무엇인지 영 갈피가 잡히지 않았다. 생사로 짠 로우 실크 스카프를 엷은 청보라색 셔츠 옷깃에 두르고 셔츠 앞섬을 크게 오픈한 뒤 검은 가죽 재킷을 걸친 그의 모습은 누가 봐도 근사한 멋쟁이였다.

　― 뭐부터 알려줄 텐가? 깜짝 놀랄 소식? 아니면 내 도움이
　　필요한 부분?
　― 깜짝 놀랄 소식부터 얘기할까? 부탁할 부분도 이거랑 관
　　련이 있으니까.

코코는 내가 궁금해 죽겠다는 듯 채근하자 가진 자의 여유로운 미소를 지으며 이렇게 말했다.

　― 심지어 굿 뉴스야. 나 결혼하우.
　― 뭐? 결혼? 농담이지?
　― 진짜야. 아내 될 사람 이름은 라파엘. 별 이변이 없는 한

결혼할 것 같아. 그래서 이것 때문에 부탁을 좀 하고 싶은
데, 혹시 결혼식 증인 서줄 생각 있수?

– 그야 뭐, 안 될 것 없지만…… 아니, 그래도 너무 급하잖아.
앞뒤 설명을 좀 해주는 게 어때?

내가 이렇게 묻자 코코는 숨을 한 번 크게 들이쉬고는 우
쭐대듯 얘기했다.

– 뭐, 그렇게 복잡할 것도 없수. 혼자 사는 것도 지겹고……
해서 노년을 함께 할 사람, 특히 마음에 드는 좋은 여자를
찾아 여생을 함께 보내야겠다고 결심한 거지. 그리고 괜찮
은 상대를 찾았는데, 여자 쪽에서 결혼을 원해서 결혼하
기로 했수. 전에는 결혼을 원하지 않았지만 지금은 결혼이
하고 싶어졌고…… 결혼에 관한 생각을 뒤집었다기보다는
약간의 방향 전환을 했달까?

– 그렇게 마음에 드는 여자를 어디서 찾았어?

– 온라인 만남 사이트. 제일 낫다고 하는 사이트에서 50세
이상으로 등록을 해놨지. '시크남녀'라는 이름의 사이트였
는데, 이름처럼 근사한 남자, 여자들이 앞다투어 자기 매
력을 과시하더군. 마치 시장 물건 내놓듯이 자기 어필을
했어.

– 자네도 시장 물건이 된 것 같은 느낌을 받았고?

– 그렇지. 서로의 성적 매력을 과시하는 시장이었어. 뭐, 서

로 비슷비슷한 사람들끼리 모인 거지. 연애 상대, 나아가

결혼 상대를 찾는 시장 같은 곳이었으니까.

– 그래서 상대는 쉽게 찾았고?

코코는 익살기 가득한 눈으로 나를 쳐다봤다. 상당히 재

미있는 이야기가 펼쳐질 것이라는 암시였다.

– 맨 처음 답을 준 건 '조제'라는 여자였는데, 사진상으로는

절대 50대로 보이지 않았지. 실제 나이를 속였으니까. 사

실 여자 나이가 마흔여섯 살이었거든. 자기소개를 짤막하

게 하다가 마지막에 "나이 많은 사람이 좋아해요", 이러더

라고. 나를 대놓고 늙은이 취급했으니 꽤나 대담했지. 하

지만 여자가 톡톡 튀고 재밌어서 내가 저녁을 사기로 하

고 만났는데, 자기는 항상 자기보다 훨씬 나이가 많은 남

자에게 끌렸다나? 같이 있으면 편안하기도 하고, 자기 또

래 남자보다 더 차분하고 섬세해서 좋다대. 배 나온 것만

빼면 대체로 외모도 준수하고 마음이 끌린다고. 그러니까

"나이 많은 사람이 좋다"는 거야. 그래, 내가 주름이 있어

도 괜찮냐, 머리가 하얗게 세거나 숱이 적어도 괜찮냐고

물었지. 그랬더니 또 "나이 많은 사람이 좋아요" 이러는 거

야. 나이 많은 사람들의 습관이나 편집증은 어떠냐고 물

었더니 또 "나이 많은 사람이 좋아요"이러고. 관계를 갖는 건 어떠냐고 물었더니 또 "나이 많은 사람이 좋아요" 이러더라고. 거의 5분에 한 번씩 그렇게 "나이 많은 사람이 좋아요" 소리를 반복했어. 무슨 주문 외우듯이 후렴구처럼 계속 반복하길래 속으로 생각했지. '아무리 젊고 매력적인 여자라도 밤낮으로 이렇게 '나이 많은 사람이 좋아요'라는 소리를 반복하는 여자하고는 살기 힘들겠다'고. 그러다가 결국엔 내가 이 여자 목을 졸라버리고 말 것 같았거든.

나는 이 친구가 두 손으로 여자의 목을 잡고 흔들어대는 모습이 떠올라 웃음을 터뜨렸다. 여자는 아마 마지막 순간까지도 자기는 나이 많은 사람이 좋다는 말을 내뱉었을 것이다.

– 그다음에 만난 건 마리그라스라는 여자였지. 플랜몽소 쪽에 사는 돈 좀 있는 여자인데, 남편과는 사별했고 은퇴한 80대 법무사 같은 상류층이었어. 나이도 나랑 동갑이었지, 일흔한 살. 이 여자는 속일 수가 없었던 게, 이름에서 나이가 느껴졌으니까. 만나서 점심을 한 번 먹었는데, 분위기도 있고 괜찮더라고. 말하는 투나 교양 수준이 보통내기가 아니었어. 사람을 대하는 게 굉장히 여유 있었는데, 나보다 그 자리가 더 편해 보일 정도였다니까. 특히 자기가

읽은 책 얘기를 할 때는 물 만난 고기 같더라고. 그 자리에 있던 게 내가 아니라 형님이었다면 아마 여유 있게 응수했을 거야, 분명. 뭐, 전체적으로 보면 나도 그럭저럭 잘 상대하기는 했던 것 같은데, 특히 부동산 중개인으로서 나만의 팁을 이야기했을 때는 꽤 능수능란하게 이야기를 끌어갔지. 여자는 나를 5년 전에 못 만난 게 아쉽다더군. 그때 남편이 세상을 떠나고 좀 더 작은 아파트로 이사해야 했는데, "당시에 선생님의 고견을 들을 수 있었다면 좋았을 뻔했어요"라는 거야. 그러고는 식사 말미에 "언제 아파트로 한 번 초대할게요"라고 덧붙였지. 여자가 사는 곳은 쿠르셀 대로에 있는 아파트 5층이었어. 참, 그리고 그날 점심값은 당연히 내가 냈지.

그때 난 속으로 이렇게 생각했다. '결국 여자의 아파트로 들어가진 않았겠구나'라고. 감히 그럴 용기를 내지는 못했을 거라 생각했다. 하지만 아니었다. 코코는 마리그라스란 여자의 집안까지 들어갔다. 다만 18세기풍 가구는 영 자기 취향이 아니라고 했다. 거실이 중후한 맛은 있지만, 너무 구식이었단다. 그리고 계속해서 뒷이야기를 해주었다.

  – 나는 여자가 위스키나 코냑을 한 잔 줄 줄 알았는데 주스와 콜라 중에서 하나를 고르라는 거야. 뭐, 그럴 수도 있

겠다 싶어서 대충 음료를 부탁하고 계속해서 이야기를 이어갔지. 여자가 내 얘기에도 꽤 흥미를 보였고, 분위기는 진짜 좋았어. 사실 여자가 바스크 지방에서 역사 문화 탐방하러 다닌 얘길 할 때는 재미없는 얘길 들어주느라 좀 힘들었지만. 여자가 그쪽에 집이 또 한 채 있더라고. 그래도 어쨌거나 내가 자기 말 상대가 된다고 생각했는지 대번에 사귀어보자고 하는 거야. 그런데 생각을 해봐, 형님. 내가 지금 그 여자 집 안에 있는 상황이고, 여자한테 사귀자는 말까지 들었다고. 그럼 이제 밀고 나갈 차례잖아. 그때 우리가 소파와 의자에서 각각 서로 마주 보고 앉아 있었는데, 나는 슬금슬금 의자 앞쪽으로 몸을 뺐지. 그리고 말없이 여자와 눈을 맞추고는 여자 무릎 위에 손을 올렸어. 그런데 그게 패착이었던 거야. 여자가 갑자기 번쩍 일어나는데, 키가 어찌나 크던지! 여자는 자기 치마를 확 낚아채면서 이렇게 말했어. "선생님, 우리 나이 생각은 안 하세요? 아니, 지금 우리 나이가 몇인데……" 아니, 대체 우리 나이가 뭐 어때서?! 내가 당황하며 우물쭈물거리니까 여자가 이어서 말하더군. "이러면 안 되는 거죠! 원래 내가 밝히는 사람들은 직감적으로 알아차리는데 이번엔 실수했네요. 나도 나이가 들었나 봐요. 차마 하면 안 될 실수를 저

지르셨으니 이제 그만 내 집에서 나가주시겠어요? 다신 마주칠 일 없길 바랍니다. 안녕히 가세요." 그래서 결국 얼이 빠진 채로 그 집을 나왔지. 조금 쪽팔리더라고. 그리고는 내려오는 엘리베이터에서 생각했지. 얼른 다음 여자를 찾아봐야겠다고.

– 그게 그렇게 누워서 떡 먹기 같을 줄 알았나?

나는 고상한 마리그라스에겐 어울리지 않는 흔한 속담으로 코코를 나무랐다.

– 아니 그런데 떡이 그냥 떨어지기도 하더라니까? 문제의 그 만남 사이트에서 당첨된 세 번째 여자가 바로 라파엘이었어. 직업이 파티시에니 떡고물이라면 떡고물이지. 두 번 결혼했다가 한 번은 이혼하고 한 번은 사별했는데, 자식은 둘이고 손주 다섯은 벌써 다 컸대. 생각은 개방적인 편이고, 여생을 함께할 동반자를 찾더군. 얼굴도 예쁜 편이고, 깊고 파란 눈에 몸집은 좀 통통한데 그렇다고 뚱뚱하진 않아서 바로 마음에 들었어. 지금 2주 정도 만났는데, 아주 불꽃이 튀고 있지.

– 여자 쪽에서는 왜 결혼을 원하는데?

– 내 감정을 확인하고 싶은 것 같아. 좀 진득하게 만날 사람을 찾는데, 온라인의 뜨내기 바람둥이를 만나면 어쩌나 싶

은 거겠지. 만남 사이트 들어가보면 이상한 놈들 많거든. 영악한 놈들도 있고, 사기꾼도 있고. 의심하고 경계하는 마음은 이해하지만 그 상대가 나라는 게 좀 서운하단 말도 했는데, 무슨 말을 해도 소용이 없었어. 여자가 결혼을 원하더라고. 뭐, 나도 이 여자를 많이 좋아하니까 그러자고 한 거고.

- 그래서 공식적인 결혼 날짜는 언제인가?
- 한 서너 달은 있어야겠지. 행정 절차며 서류도 챙겨야 하고, 성당에서 혼인공시도 해야 하고, 양가 모임 날짜도 잡아야 하고, 시간 걸리는 게 한둘이 아니니까. 다행히도 집은 있어. 우리 집에서 같이 지낼 거니까.
- 고민은 충분히 한 건가? 선택에 후회는 없겠어?
- 부동산 가격이 오르리란 생각만큼 확신하고 있지.

또 다른 나

집에 들어서자 내 안의 또 다른 내가 불쑥 튀어나오며 말했다.

　- 코코랑 있을 때 내심 속상했지? 운 좋게 좋은 여자 만나서 결혼까지 한다고, 증인을 서달라고 하니 의심 많은 너는 그 얘기가 전부 꾸며낸 이야기는 아닌가 생각하면서 그 친구가 무슨 나쁜 죄라도 지은 양 질문을 던졌잖아. 못난 놈, 녀석은 네가 놀라면서도 기뻐하길 바랐을 거야. 격하게 축하를 받고 싶었을 거라고. 자기만큼 흥분한 모습을 보고 싶었겠지. 그런데 어땠어? 전혀 아니었잖아. 좋게 봐야 생각 많은 노인의 신중한 태도고, 실제로는 젊은 사람처럼 날뛰는 걸 경계하는 고리타분한 노인네의 고지식한 모습이었다고.

　- 뭔 소리야? 어린 친구가 잘못 판단할까 봐 그런 거라고!

　- 아냐, 넌 부러웠던 거야! 코코는 너보다 고작 열 살 정도 어릴 뿐인데 열정도 있고 용기도 있어. 사람이 의욕적이고 열의가 있어서 너도 친해진 거잖아. 하지만 심장이 딱딱하

게 굳어버린 너는 고작 신중하라는 투로 얘기했지. 선택에
후회는 없겠냐고? 그게 할 말이야? 한심한 놈 같으니!

－ 충분히 고민하고 내린 결정인지 짚어주는 게 친구이자 연
  장자인 내가 할 일 아닌가?

－ 너 같은 늙은이들은 맨날 고민이랍시고 뭐 하나 새로운 시
  도를 하질 않아. 생각하고, 생각하고, 또 생각할 줄밖에
  모르니까. 솔직히 말해 봐. 우물 안의 편안함이 좋은 거 아
  냐? 아무것도 하지 않고 가만히 있으면서 익숙한 습관의
  틀 안에 머물러 있는 게 좋은 거잖아. 하지만 코코는 달라.
  모든 위험을 감수하고 결혼이란 선택을 한 거라고. 그런
  데 그런 친구한테 축하한다는 말은 못 할망정 주의를 주
  며 찬물을 끼얹었지. 소심하고 미적지근하고 세상이 무너
  져도 꿈쩍 않는 그 모습이 아주 역겹다고.

－ 그럼 내가 뭘 어떻게 해야 해?

당황한 나는 낮의 내 태도를 후회하면서 그럼 앞으로 어
떻게 해야 할지 물었다.

－ 지금 당장 전화해. 그리고 낮에 카페에서 미처 다하지 못
  한 말을 전화로나마 전하라고. 얼마나 기뻤는지, 또 얼마
  나 축하하는지, 친구로서 자랑스럽다고 다 얘기해. 그리고
  증인 서주겠다는 말도 잊지 말고. 하루빨리 그 라파엘이라

는 여자를 보고 싶다고, 모임에서 다른 사람에게 소개하는 날이 빨리 오면 좋겠다고 얘기해. 행복하게 잘 살길 바란다는 인사도 미리 전하고.

나는 마음의 소리가 시키는 대로 고분고분 따랐다. 사실 하나같이 다 맞는 말이었다. 내가 전화를 걸어주니 코코도 꽤 마음이 놓이는 눈치였다. 그리고 너무너무 고맙다는 말도 덧붙였다. 낮에 카페에서 만났을 땐 그렇게 화색이 도는 감사 인사는 받지 못했다.

나이가 들수록 내 안의 목소리도 점점 커진다. 내가 나이 들고 나서 어설픈 실수와 망설임이 늘어나자 나의 숨은 쌍둥이 자아는 그럴 때마다 보란 듯이 모습을 드러내며 잔소리를 퍼붓는다. 대부분은 마음의 소리가 하는 말이 다 맞다. 그러다 보니 점점 더 거침없이 쓴소리를 해댄다. 언제나 등 뒤에 숨어서 호시탐탐 기회를 엿보는 이 쌍둥이 자아는 내 머릿속으로 들어와 온갖 독설을 퍼부으며 내 생각을 뒤집는다. 그리고 나는 결국 이 마음의 소리가 하는 말을 달게 받아들인다. 차마 내가 반박할 수 없는 논리고, 표현 하나하나 거침이 없으며, 교묘한 꼼수 없이 내 눈치 보지 않고 할 말은 전부 다 쏟아내기 때문이다. 논리적인 능변을 박력 있게 몰아붙이며, 때로는 욕까지 서슴지 않는다. 하는 짓을 보면 확실히 나보다 젊은 것 같고, 나랑은 달리 굉장히 수다스럽다.

다 늙은 내 머릿속에 이렇듯 자주적이고 강인한 목소리가 살아 있다는 건 좋아할 일일까? 아니면 내게 보다 적극적인 생을 살라고 끊임없이 부추기며 모욕감을 주는 이 훈계의 목소리를 단호히 물리치는 게 옳은 걸까?

내가 출판사 대표로 있던 시절에는 내 안의 또 다른 자아가 그렇게 자주 모습을 드러내지는 않았다. 직업인으로서의 자아가 차지하는 비중이 컸기 때문이다. 출판사 대표로서의 또 다른 자아는 좀 더 호의적으로 내 편이 되어주었고, 나는 이 자아와 더불어 우리 회사의 여러 문제들을 해결했다. 항상 의견의 일치를 본 것은 아니지만 대화의 끝에 최종 결정권을 쥐는 것은 언제나 내 쪽이었다. 하지만 이제 내 직업적 자아는 과거의 기억 속에 묻혀버려서 남은 건 오직 향수밖에 없다.

반면 내 성적 자아는 여전히 살아 숨쉬고 있다. 물론 전보다 얌전해졌고, 힘이 좀 빠진 것도 사실이다. 예전만큼 적극적으로 충동을 내비치지도 않는다. 전에는 워낙 조급해하는 통에 힘들 때도 있었고, 조바심 내는 그 기세의 덕을 보기도 했다. 성적 자아의 경우, 철이 좀 늦게 들었다. 머지않아 내 성생활도 곧 끝나리란 점을 잘 알고 있는 우리는 이에 대한 이야기를 차분하게 나누면서도 그 끝을 조금이나마 뒤로 미룰 수 있도록 함께 노력 중이다.

사회 구성원으로서의 자아는 젊었을 때만큼 적극적이고 개혁적이진 않지만, 정치 상황이나 사회경제적 이슈, 유럽의 변화 양상, 국제 관계 등을 여전히 주의 깊게 살펴보는 편이다. 사회적으로나 전 세계적으로나 점점 더 복잡하고 혼란스러운 상황이 가중된다는 생각에 가급적이면 관대하게 이해하려는 편이다. 사회에 대한 이 같은 태도가 그리 좋은 것 같지는 않다. 딱히 야당 편은 아니면서도 정부에 대해 싫은 소리를 늘어놓는 괴팍한 노인들과 불평 많은 전문가들이 속세와 거리를 두고 살아가는 현명한 노인들보다 더 오래 살더라. 블라지크 부부와 게르미용 부부가 이에 해당하는데, 특히 게르미용 부부는 평소에 그렇게 싸우다가도 정치 비판에 있어서는 이례적으로 단합된 모습을 보이며 서로 독설의 수위를 높인다. 정치 덕에 두 부부는 백 살까지도 너끈히 살아갈 것 같다.

마지막은 내 건강을 관리하는 자아다. 현재로서는 가장 활동이 활발하고 개입이 심한 자아의 한 형태다. 내가 어디서 무엇을 하든 항상 따라붙는다. 늘 귓전에 대고 어디가 근질근질한지, 어디가 아픈지 말하고, 뭔가 안 좋은 구석이 있으면 항상 본격적으로 분석할 태세가 되어 있다. 운동선수처럼 조금만 이상한 기미가 보여도 이를 이전의 취약했던 상태와 비교하고 그 지속 기간을 측정하며, 문제를 해결하기 위한 적절한 활동과 약을 제안한다. 그리고 만약 열탈장증이 생기거나 혹은 4~5년 전 신장 통증 발작이 있었을 때처럼 상태가 조금 심각하면 무한정 질문과 답변을 쏟아낸다. 마치 자기 혼자 의사도 되었다가 전문가도 되었다가 간호사에 심리학자까지 되는 듯하다.

내가 옥토에게 건강에 관한 대화를 줄이자고 한 이유는 내 건강 자아가 워낙 말이 많아진 데다 지나치게 건강 문제에 급급한 나머지 정작 중요한 부분은 놓치는 게 아닐까 우려되었기 때문이다.

건강 문제를 도외시하며 일만 하는 워커홀릭은 보통 '자기 말에 귀 기울일 줄 모르는 사람'이다. 달리 말하면 자신의 건강 자아가 하는 말을 귀담아듣지 않는다는 뜻이다. 나도 그런 사람이었다. 하지만 은퇴 후에는 건강 자아의 역습이 시작됐다. 아침저녁으로 잔소리를 늘어놓고, 심지어 한밤중에도 무엇 때문에 쥐가 나는지 분석하기 바쁘다. 아니면 불면증의 원인에 대한 온갖 잡설을 늘어놓느라 좀처럼 잠을 재우지 않는다. 요즘은 수시로 등장하며 잔소리를 늘어놓는 통에 내 쌍둥이 자아와 건강 자아가 서로 격하게 대립하는 상황이다. 둘은 시도 때도 없이 싸워댄다. 솔직히 둘의 싸움을 지켜보면서 그렇게 열이 받지는 않는다. 둘 다 어느 정도는 맞는 말을 하기 때문이다.

건강 자아는 쌍둥이 자아에게 시도 때도 없이 훈계를 늘어놓으며 부적절한 지적을 해대서 내 귀와 정신을 어지럽힌다며 비난했다. 아무리 속으로 하는 말일지언정 내가 어떻게 그런 모욕을 듣고도 참고 사는지 의아하다고 했다. 내 쌍둥이 자아가 그렇게 잔소리만 퍼붓지 않았어도 내가 훨씬 더 잘 지냈을 거라며, 왜 그렇게 가혹하고 까칠하냐고 나무랐다. 안 그래도 나이 들면서 몸과 마음이 힘든데 자꾸만 질책하니까 내가 편히 지내지 못하는 것이라고도 했다.

그 어떤 상황에서도 기죽지 않는 내 쌍둥이 자아는 건강 자아가 뭐라 하든 전혀 개의치 않는다. 건강과 관련한 지식의 기반이 고작 인터넷과 신문, 잡지, 주변의 경험담, 민간요법, 개인적으로 체험한 의료 지식 정도임을 알기에 권위 있는 지식인 양 내세우며 나대는 꼴을 비웃는 것이다. 마치 약장수나 구멍가게 사기꾼, 돌팔이 의사 정도로 취급하며 무시하는데, 이는 악의적이고 부당한 처사다. 내 쌍둥이 자아와 마찬가지로 건강 자아 역시 때로는 훌륭한 조언을 제시하기 때문이다.

전체적으로 보면 충실한 두 심복이 서로 과도하게 경쟁을 하는 양상이기도 하고, 둘 다 지속적으로 관심을 기울이면서 시의적절하게 끼어들기 때문에 나도 일단은 두고 보는 편이다. 다만 둘의 싸움이 너무 길어지거나 논점에서 벗어날 땐 나도 곧바로 둘의 말을 잘라버린다.

유년 시절의 기억

가만 보니 나도 우리 모임 친구들도 모두 자기 어린 시절 이야기는 별로 안 하는 것 같다. 예전 기억을 소환하는 경우는 대부분 은퇴하기 전이나 혹은 휴가, 여행 등을 떠났을 때, 문화적 경험을 이야기할 때, 연애나 결혼 생활을 말할 때 정도다. 다들 정작 자기 어릴 때보다는 자식 이야기를 더 많이 한다. 하지만 아무리 오래된 일이라도 어린 시절의 기억은 다들 꽤 뚜렷하게 남아 있다. 그러니 잘못된 기억을 말할 리도 없고, 옛날 일을 떠올리는 게 그리 어렵지도 않다. 그저 시간의 흐름에 따른 보정이 약간 있을 뿐이다. 하지만 우리도 남의 과거에 별 관심이 없는 만큼 남들도 우리의 과거에 별 관심을 두지 않는다.

장폴 블라지크에게 이런 얘길 했더니, 그는 유년기나 청년기의 추억이 보통 뛰어난 문학 작품의 주제가 된다고 짚어주었다. 우리의 서툰 표현으로는 복원하기 힘든 과거의 아름다운, 혹은 울적한 기억이 작가들의 언어로 훌륭히 복원된다는 것이다. 작가들은 본인의 유년 시절을 파고들며 삶의 비밀을 캐낸다. 그렇게 인생 태동기의 흔적을 찾아 구멍을 파고들던 나이 많은 개미들 중 일부가 거기에서 종종 걸작을 뽑아낸다. 찰스 디킨스나 쥘 르나르, 르낭, 콜레트, 루이스 캐럴, 사르트르, 라르보, 루소, 헤르만 헤세, 잭 런던, 로맹 가리, 뒤라스 등의 명작도 그렇게 탄생했다.

  – 앗, 거기까지만 하게! 나머지는 둘째 주 우리 모임 때 다시
    얘기하도록 하지.

  나는 블라지크의 이야기를 끊으며 말했다. 그와 대화를 하다 보니 제라르의 생일 파티를 위한 저녁 모임에서 유년기와 청년기의 기억을 주제로 이야기를 나눠보면 좋겠다는 생각이 든 것이다. 마침 모임 장소도 카페 프로코프인데, 1686년에 문을 연 음식점이니 옛 기억의 소환이라는 주제와도 잘 어울린다. 그날 모임에 나오지 못하는 건 새 가족을 만나러 카르카손에 가는 코코뿐이다.

  모임 당일, 나는 그날 파티의 주인공인 제라르에게 먼저 이야기를 시작해달라고 부탁했다.

  – 다들 아시다시피 어릴 때 나는 사회복지기관의 원조를 받
    고 자랐죠. 오트루아르 지역의 한 농장에 맡겨졌는데, 학
    교가 파하면 매주 목요일과 주말에 양과 염소를 돌보는

그 래 도
오 늘 은
계속된다

게 일이었어요. 그때 내 나이가 아홉 살이었는데, 전쟁통이
라 엉망이긴 했지만 주변 농장에 맡겨진 에밀이란 친구에
비하면 나는 양반이었지. 에밀은 내 또래였는데, 농장 노
부부에게서 늘 학대를 받고 있었거든요. 못생기고 고약한
성미의 이 노부부는 늘 저기압이었는데, 그 분풀이를 모두
에밀에게 했어요. 그러다가 1943년인가 1944년인가 크리
스마스였을 거예요. 나는 굴뚝에 양말을 걸어뒀는데, 그날
은 신기하게 노부부가 에밀에게 양말을 걸라고 부추기더
군요. 그래, 녀석도 같이 양말을 걸어뒀죠. 그때 크리스마
스 선물로 내가 받은 건 동그랗고 예쁜 오렌지였어요. 당
시엔 과일이 무척 귀했으니까. 나도 오렌지를 본 건 그때
가 처음이었어요. 그리고 에밀에게 뭘 받았느냐고 물었는
데, 녀석이 내게 작은 주머니 하나를 내밀며 이렇게 얘기하
더이다. "초콜릿…… 사탕……을 받았어……" 그러고는 펑
펑 울더라고. 알고 보니 크리스마스 선물로 염소 똥을 받
은 거였어요.

- 이야기가 너무 슬픈데, 제라르. 우리에게 이 이야기를 한
  이유가 있나?

나는 제라르에게 물었다.

- 그때 내가 평생 울 눈물을 다 쏟았었거든. 다른 사람은 몰

라도 에밀이 흘린 눈물은 유독 마음이 아팠어. 다른 사람

눈물이야 다 잊어도 에밀이 흘린 눈물을 절대 못 잊겠어.

– 나도 하나 있어요! 내 얘긴 행복했던 기억에 관한 거지.

노나가 말할 기회를 잡아 이야기를 꺼냈다.

– 아주 어릴 때 이야기는 아니야. 어린 시절은 그냥 평범하

게 보냈던 것 같아. 그보다는 조금 더 자라서 대학 입학

자격시험 때 이야기인데, 그날은 철학 시험일이었지. 책상

에 두 명씩 앉았는데, 내 옆에 글쎄 키 크고 잘생긴 남학

생 하나가 앉아 있지 뭐야. 심지어 내게 미소까지 지어 보

이더라고. 나는 이 친구에게 지우개를 빌려줬고, 그 친구

는 내게 두 번인가 손목시계로 시간을 알려줬어. 시험이

다 끝난 후에는 같이 가서 술도 한잔했지. 그 후로 우리는

한 번도 떨어져 지낸 적이 없었는데, 그 사람 이름이 바로

장 베르나르야. 3년 후에 내 남편이 되었지. 내가 유일하

게 같이 이불 덮고 잔, 내 인생의 유일한 남자가 그 사람이

었어. 그 사람과 함께한 53년의 시간은 늘 행복했다우. 대

입 시험날, 나는 시험 이상의 성과를 얻은 셈이었지.

– 그때 철학 시험 문제가 뭐였는지 기억해요?

장폴 블라지크가 노나에게 물었다.

– 물론이지! '이성은 모든 것들의 동기를 설명할 수 있는가?'

란 주제였어. 남편은 긍정적인 방향으로 기술하고 난 부정적인 방향으로 답안을 작성했는데, 이후 우리 둘 사이에 다툼이 있을 때마다 싸움의 결말은 항상 "대입시험 때처럼 당신 말이 맞아"라는 거였지.

이후 마틸드 블라지크는 실수로 뒤바뀐 인형 이야기를 했는데, 그리 흥미로운 추억 이야기는 아니라 그 얘기는 넘어가기로 하고, 대신 그날 좌중을 압도한 남편 장폴 블라지크의 이야기를 옮겨볼까 한다. 프랑스 북서부 노르망디 지방에 위치한 알랑송 출신의 장폴은 해방되던 당시의 이야기를 들려줬다. 그때 장폴의 어머니도 영어를 조금은 할 줄 아셨는데, 1944년 마을로 입성한 미군 탱크와 지프차 옆에서 환호하던 여성들 가운데 그의 어머니도 있었다. 장폴의 어머니는 미 해방군과 영어로 몇 마디 주고받으며 미군의 선물에 "땡큐"와 눈웃음 이외의 감사 인사를 건넬 수 있던 몇 안 되는 사람이었다. 장폴은 지갑에서 오래된 사진 한 장을 꺼냈는데, 사진에는 어린 꼬마였던 그가 장갑차 포좌 위에 앉아 있었고, 그 뒤에는 미군 병사 하나가 승리의 V자를 그리고 있었다. 사진을 찍은 사람은 그의 어머니가 아니라 지역 신문의 한 기자였다. 사진은 그 다음다음 날 신문에 게재됐다고 했다. 장폴은 당시 기억을 떠올리며 이야기를 이어갔다.

― 그때 내 나이가 아홉 살이었어요. 당시 미군 병사들이 무슨 얘기를 했는지, 또 어머니는 이 사람들에게 무슨 말을 했는지 나는 전혀 알아들을 수가 없었죠. 해방 후의 분위기에 도취되어 다들 좋아하니까 나도 덩달아 좋아했던 것 같아요. 그런데 이 사람들 말을 못 알아들으니까 영 답답하더라고. 게다가 포로가 된 아버지도 아직 독일에서 풀려나기 전이라 아버지의 부재로 더 불안하기도 했고. 그래서 바로 그날 영어를 배워야겠다고 마음먹었어요. 내게 영어는 승리자의 언어였으니까. 물론 그때까지만 해도 내가 이 일을 업으로 삼을 줄은 전혀 상상하지 못했어요.

그다음은 옥토의 차례였다. 옥토가 재단사 아들이라는 건 나를 포함한 우리 모두가 알고 있는 사실이었다. 옥토는 "아들아, 천을 오리는 직업보다는 말로 떠드는 직업이 더 돈이 된단다"라고 하셨던 아버지 말씀을 우리에게 종종 들려줬기 때문이다. 실제로 법무사가 된 그는 말로 떠드는 일이 많았고, 덕분에 굉장히 많은 돈을 벌었다.

중고등학교 때 학교에서 돌아오면 옥토는 종종 아버지 일을 거들었다. 완성된 원피스나 상의, 정장 등의 옷을 손님 집으로 배달하는 일이었다. 옥토는 손님들의 팁을 바라면서 아버지 심부름을 했다. 그런데 매번 팁을 챙겨 받는 데 실패했다. 옥토의 아버지는 '네가 가게 주인의 아들이기 때문에 손님들이 팁을 주지 않은 것'이라고 설명했다. 손님들 입장에서는 재단사에게 돈을 주면 그 가족 모두에게 이익이 돌아간다고 생각하기 때문에 그 집 아들에게는 추가로 돈을 주지 않았던 것이다.

– 억울했던 당시의 기억 때문에 나는 카페나 음식점에서 뭘 먹고 나오면 꼭 팁을 놓고 나오지.

그러고 나서 옥토는 마치 기억이나 생각을 헹궈내듯 물 한 모금을 마시며 말했다.

– 내가 고객에게서 받지 못한 팁은 항상 아버지가 대신 주셨어. 그런데 간혹, 자주는 아니지만 진짜 가끔 손님들이 팁을 챙겨주실 때가 있었거든. 지금이니까 말하는 건데, 나는 당시 아버지께 이 사실을 말하지 않고 팁을 이중으로 챙겼지.

그 말에 모두가 웃음을 터뜨렸다. 옥토는 그런 우리의 반응이 놀랍다는 눈치였다. 다 지난 옛날 일이고, 어린 시절 이 친구의 소소한 일탈이 그렇게 큰 죄도 아니다. 하지만 그의 기억 속에는 이 일이 일생의 오점으로 남았던가 보다.

나는 마리테레즈 게르미용의 이야기를 마지막으로 들은 뒤, 이어 내 얘기를 하고 옛 추억에 관한 이야기를 정리하겠다고 했다. 마리테레즈는 자기 앞에 있던 접시를 뒤로 밀어

정리하고 난 뒤 언제나처럼 활기차게 이야기를 시작했다.

— 샤랑트에 있던 고향 마을 학교에서의 일이었어요. 그때 내가 아마 열한 살인가 열두 살쯤 됐을 거야. 나는 학교 수업이 끝난 뒤 주위에서 어슬렁거렸고, 부모님은 그런 나를 못마땅해하셨죠. 한 번은 한 시간 이상 하교 시간이 늦어졌는데, 아마 여자애들이랑 과일 서리를 하거나 아니면 남자애들하고 어울려서 포도밭에 들어가 숨바꼭질을 하느라 그랬을 거예요. 부모님께는 물론 다른 핑곗거리를 찾아서 말해야 했죠. 나는 주로 부모님께 잘 먹힐 만한 이유를 만들어냈는데, 친구가 발목을 삐어서 집까지 데려다 주었다던가, 아니면 길 잃어버린 강아지를 발견해서 주인을 찾아주느라 늦었다던가, 혹은 학생들이 말을 잘 듣지 않아서 학급 전체가 붙잡혀 있었다던가 하는 핑계를 댔어요. 하루는 두 시간인가 집에 늦게 들어갔는데, 뭐하다 그랬는지는 기억도 안 나요. 그런데 그날 아버지가 엄청나게 화를 내셨던 것만큼은 똑똑히 기억나요. 나는 최대한 불쌍한 척을 하면서 아버지를 속였는데, "급식실 창문을 깼다고 의심을 받아서 학교에 계속 붙들려 있었어요. 하지만 전 아니에요, 진짜예요!" 이렇게 연기를 했죠. 그러자 아버지는 "그럼 누가 깬 건데?"라고 물으시기에 "몰라요, 그런

데 전 아니에요!" 이렇게 둘러댔는데, 다음날 학교에서 수업 중에 교장실에서 호출이 온 거예요! 그래서 가봤더니 거기 아버지가 계셨어요. 아버지는 전날 학교에서 깨진 유리창이 단 한 장도 없다는 걸 알게 됐고, 내가 범인 대신 학교에 붙들려 있던 게 아니라는 사실도 아셨죠. 사색이 된 아버지는 싸늘한 분위기로 아무 말이 없으셨고, 드디어 크게 사달이 났죠. 물론 나는 학교에서도 크게 혼쭐이 나고 아버지한테도 크게 야단을 맞았는데, 한참 후에 아버지가 그때 일을 말씀하시길, 내가 바보 같은 거짓말을 지어낸 것보다도 교장선생님 앞에서 당신을 웃음거리로 만든 게 더 화가 났었다고 하시더라고요. 자기 딸이 억울하게 범인으로 몰렸다고 생각하니 참을 수가 없어서 학교로 쫓아가 다짜고짜 화를 냈는데, 가만있던 교장선생님은 그런 아버지를 보고 얼마나 놀랐겠어요. 결과는 아버지의 완벽한 패배였고, 불쌍한 우리 아버지는 억울하고 창피했겠죠. 우리 아버지, 나 때문에 진짜 고생 많으셨어요.

마리테레즈는 슬쩍 눈물을 닦아내는 듯한 모습을 보였다. 남편 제라르 역시 조금 울컥한 것 같았다. 그는 술잔을 들어 입을 약간 축였는데, 술을 마시기 위해서라기보다는 그냥 멋쩍어서 한 행동으로 보였다. 겉으로는 거칠고 투박해 보이는 이 부부 사이에도 감정이라는 게 끼어들 자리는 있나 보다.

　이제 마지막으로 내 얘기를 할 차례였다. 나는 유년기의 재밌었던 경험담 하나를 꺼냈다. 당시 부모님은 무슨 생각이셨는지는 몰라도 내게 피아노 레슨을 끊어주셨는데, 감사하긴 했지만 사실 나는 악기에 대한 소질도 전혀 없고, 그저 클래식 음반만 계속 돌려 들을 뿐이었다. 피아노 선생님이 학생들과 자기 친구들을 위한 독주회를 연다고 해서 나는 어쩔 수 없이, 그렇지만 나름대로는 약간의 흥미를 갖고 독주회에 참석했다.

　- 연주회장에는 자리가 한 백여 개쯤 있었고, 내가 그중 제일 먼저 도착했던 것으로 기억해요. 그런데 가서 보니 무대에 피아노가 없더라고. 좀 이상하다고 생각했지. 그런데 사람들이 하나둘 오고 나서 보니까 나랑 같이 레슨 받던 애들이 아무도 안 보이는 거야! 전부 다 어른들밖에 없더라고! 다들 학부모였는지도 모르겠는데, 어쨌든 나는 그 자리에서 나오고 싶었지만 때는 이미 늦었고, 무대 위에선 한 남자가 놀라운 손놀림으로 카드쇼를 선보였죠. 사람들은 박수를 쳤고. 이후 남자 대신 어떤 여자가 나왔는데, 그 여자 모자에서 스카프랑 비둘기가 나오는 거예요. 당황스럽긴 했는데, 또 재미는 있더라고. 그 안에 유일

한 미성년자였던 나는 조금 이상하다 싶으면서도 나름대로 흥미롭게 무대를 지켜봤죠. 그리고 순간 한 가지 생각이 스치더군요. 내가 날짜를 잘못 안 거라고. 피아노 선생님의 독주회는 다음날이었어요. 내가 본 건 마술사들이 회의를 하고 나서 자기들끼리 모여 진행한 마술쇼였지. 그런데 거기 있던 어른들은 내가 그 자리에 잘못 들어온 걸 알면서도 재미로 너그럽게 봐주고는 나를 공연장 밖으로 쫓지 않았어요. 그리고 계속해서 이어지는 신기한 마술쇼를 놀란 눈으로 계속 지켜봤죠. 그러다 연단에서 어떤 마술사 하나가 날 부르더군요. "학생, 이름이 뭐지?" "기욤이요." "기욤, 새는 좋아하니?" "네, 뭐…… 조금……" 그랬더니 앵무새 한 마리와 비둘기 한 마리가 새장을 빠져나와 내 어깨 위로 와서 앉는 거예요. 회장의 모두가 다 같이 박수를 쳤죠. 그때 나는 뭔가 뿌듯하기도 하고 재밌기도 하면서도 살짝 겁을 먹기도 했던 것 같아. 그러다 앞에서 마술사가 신호를 보냈는데, 그랬더니 새들이 다시 자리로 돌아가 마술사의 어깨 위에 앉더라고. 나중에 또 다른 마술사가 나를 가리키더니 사람들에게 이렇게 말하는 거예요. "우리 친구 기욤이 알고 보니 소매치기의 달인이군요. 사람들의 출입이 금지된 이곳에 들어와서는 글쎄 제 지갑을 훔쳐

갔지 뭡니까?" 순간 나는 너무 놀라 얼굴이 홍당무가 돼서 어쩔 줄을 몰라 했죠. 주위에 날 도와줄 누군가를 막 찾았어요. 마술사는 이어 내게 "이 친구 재킷 우측 주머니를 잘 보세요"라더군요. 그랬더니 정말 거기 지갑이 있는 거예요! 그 자리에 있던 동료 마술사들은 다들 박수를 치며 웃었고, 나도 사람들을 따라 웃긴 했지만 나도 모르게 무대의 주인공이 돼서 약간 얼이 빠진 상태였어요. 내가 지갑을 다시 마술사에게 건네줬더니 이번엔 이렇게 말하더군요. "지갑은 돌려줘서 고맙지만, 내 시계도 함께 돌려받았으면 좋겠는데요." 그러고 보니 시계가 내 손목에 채워져 있었죠! 나는 훗날 이때의 놀라운 기억을 떠올리면서 마술 교본 하나랑 미국의 유명한 마술사 회고록을 출판했는데, 그 사람 이름이 뭐였더라……

– 데이비드 카퍼필드! 그 사람 책은 나도 몇 권 번역했지.

언제나처럼 장폴 블라지크가 구세주 역할을 해주었다.

다음날 알게 된 사실인데, 그날 우리 모임에서 어릴 적 얘기를 한 것이 다들 꽤 좋았던가 보다. 각자의 유년기를 공유한 그 자리가 유독 남다르게 느껴졌다고 했는데, 예전에 있었던 소소한 사건들을 서로 공유함으로써 우리가 서로에 대해 조금 더 알게 된 것 같은 기분이었다.

사소한 체념

파리 외곽 노플르샤토에 사는 친한 소설가 브뤼노 T. 집에서 같이 일요일 점심을 먹고 차로 집에 돌아오는 길이었다. 작은 도로를 지나며 축구장을 끼고 돌다 보니 여자아이들 두 팀이 경기하는 모습이 눈에 띄었다. 나는 본능적으로 차를 멈추고 잠시 경기를 지켜볼까 했다. 산책이든 외근이든 길을 지나다가 축구하는 모습을 보면 나는 으레 그렇게 발걸음을 멈추었다. 유소년 축구팀이든 실업팀이든 시니어나 여성 팀이든 소속은 별로 중요하지 않았고, 관중의 유무도 상관없었다. 워낙 축구를 좋아하기도 했거니와 호기심과 궁금증도 많아서 지나가다 축구 경기를 보면 나는 꼭 자동차를 세우고 경기를 지켜봤다. 그런데 이날만큼은 '저걸 봐서 뭐 하나?'란 생각이 들어 다시 가던 길을 갔다.

내 쌍둥이 자아는 밤마다 나의 이 '행동부전증'이라 명명한 증상을 추궁한다. 그날 내가 보인 '행동부전증'에 대해 녀석이 먼저 문제를 제기한 것인지, 아니면 내가 정직하게 이 문제를 언급한 것인지 그건 잘 모르겠다. 시작은 그날 낮 브뤼노 T의 집에서부터였는데, 브뤼노는 손주들을 위해 놀이방에 핀볼 게임기 두 대를 설치한 상태였다. 시끌벅적하게 열심히 게임하던 아이들을 지켜보던 중 브뤼노가 말했다. "자네도 한 번 해봐!" 나는 괜히 아이들 게임을 망치고 싶지 않다는 구실로 브뤼노의 제안을 거절했다. 그러자 아이들이 소리쳤다. "아니에요, 할아버지! 할아버지도 같이 해요! 이쪽으로 와서 기계 골라보세요!" 나는 아이들의 청을 따르지 않은 채 "그건 늬들 나이에나 하는 놀이지, 이 할아비가 할 놀이는 아니야"라며 탄식하듯 말했다.

그때 내 오랜 친구 브뤼노의 놀란 시선이 생생하게 기억난다. 브뤼노의 눈은 '이제 이 친구도 늙었군'이라고 말하는 듯했다. 그러니 내 쌍둥이 자아가 나를 바보 같은 늙은이 취급하는 것도 무리는 아니었다.

사실 나는 항상 핀볼 게임을 즐겼다. 그것 때문에 젊었을 때는 돈도 꽤 날렸다. 그동안 간간이 핀볼 게임을 할 기회가 있었고, 그때마다 젊었을 때의 기력으로 열심히 게임에 임했다. 핀볼 게임기가 있는 카페에서 한 젊은 작가와 그의 첫 원고에 대해 이야기하다가 핀볼 게임 내기를 한 일도 있었다. 내가 근소한 차로 졌던 걸로 기억한다.

그래도
오늘은
계속된다

그런데 왜 아까 브뤼노의 집에서는 그렇게 뒤로 뺐을까? 또 집에 오는 길에는 왜 잠시 차를 세워 축구 경기 구경을 하지 않은 걸까?

나이가 들면 예전에 늘 하던 행동이라도 귀찮음이 발동한다. 예나 지금이나 즐겨 하던 행동이라도 예외는 없다. 아무리 좋았던 것이라도 이미 이를 즐겨온 세월이 너무 길고 또 너무 익숙한 탓에 굳이 몸을 움직일 만큼의 동기 부여가 되질 않는다. 아무리 재미있다 한들 소용없다. 그 재미를 알고 지내온 지 너무 오랜 시간이 지나서 다시 움직일 마음이 생겨나질 않는 것이다.

게다가 우리 머릿속에는 인생의 소소한 재미들이 더는 우리 나이에 어울리지 않는다는 생각이 무의식중에 자리한다. 그런 건 예전에나 즐기던 일이고, 재미보다는 점잖게 위엄 있는 모습을 보이는 것이 바람직하다고 생각할 뿐이다. 단순한 오락거리를 멀리하고 보다 절제되고 차분한 삶을 산다고나 할까? 어릴 때 즐기던 사소한 심심풀이 오락거리에서는 손을 뗀 노후를 보내는 것이다.

예전 기억을 떠올려보다가 문득 최근의 내가 반사적으로 정신적인 쾌감을 느끼는 생활로부터 멀어졌음을 깨달았다. 이제는 래티시아 카스타 같은 육감적인 모델의 누드 사진이

수록된 표지 때문에 패션지를 사는 일도 없다. 밤늦은 시간 교양 채널 아르테에서 하는 필립 로스의 작품과 생애에 관한 다큐멘터리 같은 걸 보기보다는 차라리 잠을 자는 게 더 좋고, 마카롱 몇 개 사겠다고 보나파르트 거리에 있는 제과점 라 뒤레까지 찾아가는 유혹도 뿌리친다. 언젠가는 마농이 레 알 지구에 새로 문을 연 비스트로 추천을 받아왔는데, 내가 같이 저녁을 먹으러 가지 않자 마농의 심기가 불편해진 적도 있었다. 내가 모험을 하기보다 안전하게 늘 가던 집을 선호한 탓이었다. 그때 마농은 이렇게 말했다. "자기 발자국이 찍힌 곳 외에는 발을 내딛지 않는 늙은 곰탱이 같다"고.

예전에는 곧잘 즐겼던 소소한 즐거움을 포기하고 '행동 부전증'이 이어지는 것이 한편으론 속상하고 한편으론 마음에 걸렸다. 대체 그동안 내게는 무슨 일이 생긴 걸까? 이제 나는 흥미진진한 서프라이즈의 묘미도 잃어버리고 내 손으로 움켜쥐는 기회의 맛도 모르고 일상의 소소한 행복이 주는 묘미도 상실한 걸까? 나도 모르는 사이 모든 욕구를 잊은 채 세상과 단절된 고리타분한 늙은이가 되어가는 걸까? 불평불만만 잔뜩 늘어놓고 투덜대는 늙은이들은 그만큼 탄식만 늘어갈 뿐이다. 나이가 들수록 호기심과 패기, 감흥이 점점 줄어드는데, 그에 대한 대처보다 그저 잔말만 늘어놓기 바빴을 테니까. 그러니 나도 그런 노인이 되지 않으려면 정신을 똑바로 차려야 한다.

이 소소한 체념은 두뇌 체중과는 전혀 관련이 없다. 앞에 선 두뇌에 과부하가 걸려 고민 끝에 관심사를 줄이고 머리를 쉬게 해주려는 것이었다. 복잡하게 밀려드는 시사상식이나 반복적인 주제에 관한 정보 습득의 압박에서 벗어나고, 필요나 흥미도가 떨어진 분야의 관심을 줄여 머리에 숨통을 틔워주는 것이다. 이는 정신 건강을 위해서도 필요한 작업이다. 그리고 효과도 보고 있다. 하지만 뭐든 귀찮아하면서 잘 움직이지 않으려는 습성이 앞으로도 지속되면 나는 점점 기분이 가라앉고 성미도 고약한 늙은이가 될 수 있다.

나는 80대에 접어들면서 스스로 (옳든 그르든) 거추장스럽다고 판단하는 부분을 걷어냈다. 때문에 나는 얼마 남지 않은 일말의 욕구와 의지가 그로 인해 떨어져 나가는 건 아닌지 잘 지켜봐야 한다. 서양 속담에 "악마는 디테일에 있다"고 하는데, 사소한 부분을 간과해서는 안 된다는 뜻이다. 내 삶에도 아직 재미를 찾을 만한 부분이 있다고 생각하니 기분이 좋다.

그래서 공언하건대 나는 앞으로 래티시아 카스타가 표지 모델로 벗고 나오면 패션지를 사볼 것이고, 라 뒤레까지 걸어가서 마카롱도 사 먹을 것이다. 마농에게 전화해서는 전에 가고 싶다던 레 알 지구의 그 비스트로에서 밥을 사준다고 해야지. 아르테에서 방영되던 필립 로스에 관한 다큐멘터리는 아직 시청할 수 있을지 모르겠다. 단언컨대 앞으로는 불빛이 번쩍이는 핀볼 기기도 그냥 지나치지 않을 것이고, 지나가다가 축구를 하는 사람이 있으면 잠깐 차를 세우고 몇 분이라도 구경할 것이다.

앞으로 나는 뜻하지 않게 얻을 수 있는 즐거움의 기회를 절대 놓치지 않을 것이다. 앞으로 나는 늘 인생의 재미와 짓궂은 장난을 추구하는 사람이 될 것이다. 그동안의 내 모습을 앞으로도 지켜가는 것, 이게 바로 나이 든 할아버지 하나가 마음먹은 훈훈한 목표다.

부족함에 대한 두려움

아내의 친정집 거실에는 그림과 자질구레한 옛날 물건들이 너무 많았다. 모두 장모님 이본 여사 취향의 물건들이었다. 장모님이 돌아가신 후 아내와 나는 아파트 안의 골방과 옷장, 벽장을 열어보고 놀라 기절하는 줄 알았다. 바구니와 종이가방, 에코백 같은 게 정말 수십 개가 나왔고, 옷솔과 구둣솔, 솔빗, 칫솔은 물론 다수의 상자와 항아리도 '출토'됐다. 보관함들은 그 크기와 용도도 제각각이었는데, 단추와 압정, 클립, 지우개, 깃털 펜, 고무줄, 수백 개의 연필과 볼펜, 펠트지, 면포, 티슈, 목욕 장갑 등이 들어있는가 하면 비누와 치약, 빗, 스펀지, 휴대용 티슈, 주방 장갑 등도 난잡하게 섞여 있었다.

장모님은 무엇이든 잘 버리지 못할 뿐 아니라 물건을 계속 쌓아두는 저장 강박증까지 있었다. 버리지 않고 쌓아두어야 부자라고 느끼는 걸까? 그래야 힘이 생긴다고 여기는 걸까? 아니면 죽음에 맞서 자기만의 방어 장벽을 쌓고 있었던 건가? 그도 아니라면 무엇이든 주워 모으는 수집벽이라도 있었나?

장모님은 물자의 부족에 대한 우려가 컸다. 주방에는 어마어마하게 많은 양의 쌀과 커피, 설탕, 소금, 머스터드 소스, 식용유, 식초 등을 비축하고 있었는데, 언제 무슨 일이 닥칠지 모르기 때문이었다. 전쟁이 발생하면 그에 대비할 시간이 부족하고, 파업이 터지면 언제 끝날지 알 수 없으며, 언제 어떻게 소요 사태가 일어날지도 예측 불가능하지 않은가.

프랑스에서 대대적으로 소요 사태가 발생한 1968년 5월 혁명 때를 떠올려보면 앞일을 내다보고 행동해야 하는 게 맞다. 특히 나이 든 노인이라면 밖에서 한참 줄을 설 여력도, 인내심도 없다. 그래서 장모님도 늘 무슨 일이 생길지 모르니 항상 대비하고 계셨던 거다. 그리고 만에 하나 큰일이 닥치면 아마 자식들까지 구할 생각이셨을 거다. 팔자 좋게 아무것도 준비하지 않는 자식들을 나무라며 스스로 미래에 대한 대비의 본보기를 보였을 테지.

장모님의 경우는 다소 병적인 측면이 있긴 했다. 장모님이 우리를 집으로 초대하기보다는 우리 집에 와서 머무는 걸 더 좋아하셨던 이유도 우린 너무 늦게 알았다. 나이 든 사람 중에는 이렇듯 물자 부족에 대한 두려움이 큰 경우가 많다. 우리 모임에선 게르미용 부부만 이에 해당하는데, 두 사람은 먹을 게 어느 정도 비축되어 있어야만 안심이 된다고 했다. 그래서 파스타도, 쌀도 몇 킬로그램씩 미리 사다 놓는다. 둘 다 어린 시절 전쟁 때문에 배곯던 시절이 있었다며, 끼니 걱정을 한 번도 내려놓은 적이 없다고 했다. 그래서 모임 회원 가운데 두 사람이 돈 계산에 제일 민감하기도 하다. 경제적 여유가 있건(나나 옥토) 없건(블라지크 부부) 모임 멤버들은 대체로 경제 상황에 둔감한데, 두 사람만 돈 문제에 눈이 밝은 편이다.

나이가 들면 노화와 죽음에 대한 두려움도 크지만 무언가 부족해지는 상황에 대한 걱정도 앞선다. 먹을 것이 부족해지면 어쩌나, 공기가 부족해 숨이 가빠지면 어쩌나, 근육이나 신경이 부족해지면 어쩌나, 반사 신경이 둔해지고 기력이 달리면 어쩌나 우려되는 상황이 한둘이 아니다. 상황에 대한 통제력과 체력이 점점 떨어지는 것과 관련한 두려움도 크다. 하지만 스스로의 부진이나 체념을 미화하는 능력도 뛰어나서 목표치를 적절히 수정하는 선에서 만족하고 만다.

자주는 아니고 가끔 드는 생각이지만, 언젠가 큰일이 닥치면 용기가 부족할까 걱정된다. 내 몸에 큰 문제가 생기면 과연 누군가에게 웃으면서 말할 수 있을까? 오랜 기간 병치레로 생활이 무너지고 정신적으로도 피폐해진 상황에서 나는 과연 웃음을 잃지 않을 수 있을까? 안 그래도 성격이 점점 더 예민해져 가는데, 더욱 각박해지는 사람들에게 상처받는다는 생각이 들더라도 차분하고 냉정하게 그들을 대할 수 있을까?

이렇게 암울한 생각에 빠져드는 가운데 포마르가 무릎 위로 올라왔다. 녀석이 진작부터 가르랑거리고 있었는데 내가 미처 쓰다듬어주지 않은 탓이다. 만약 내가 한밤중에 세상을 떠나면 녀석은 누가 거둬주지? 주인이 죽고 나면 오갈 데 없는 반려동물은 어떻게 되는 건가? (여기까지 생각이 뻗어나간 걸 보면 이날 내가 정말로 기분이 바닥이었던 것 같긴 하다.) 동물보호협회에서 데려가나? 아님 동물구호단체 브리지트 바르도 재단에서 받아줄까? 만약 코코의 새 아내 라파엘이 고양이를 좋아한다면 포마르를 코코 집에서 키워줄 수 있을까? 아니면 블라지크 집으로 가게 될까? 하지만 블라지크 부부에게는 이미 고양이가 두 마리나 있다. 옥토 집 쪽은 정신 사나운 개 빅토리아가 있어서 얌전한 우리 포마르가 함께 지내기 어려울 것 같다. 게르미용 부부네도 마찬가지고. 시도 때도 없이 싸울 텐데 그 안에서 살아갈 포마르의 모습이 그려지질 않는다.

그러다 문득 이스탄불 생각이 났다. 부모님께서 기르시던 고양이 중 한 마리다. 녀석은 성격이 좋지 않았다. 밥을 조금만 늦게 줘도 날카롭게 화를 냈고, 녀석을 의자에서 떼어놓으면 사납게 할퀴었다. 이스탄불은 우리 아버지밖에 좋아하질 않았다. 서로 좋아하는 둘의 관계가 부럽기도 했는데, 은근히 부아가 나 가벼운 발길질로 녀석을 밀어냈더니 화를 내며 울더라. 내가 지금 포마르에게 잘해주는 것은 어쩌면 이스탄불에게 진 빚을 갚고 있는 게 아닐까?

떳떳하진 않지만 대수롭지도 않았던 이 기억으로부터 시야를 넓혀 고해성사 시간을 가져보았다. 사춘기 무렵 부모님은 나를 몇 년간 교회 기숙학교에 보내셨는데, 거기서는 그렇게 주기적으로 고해성사를 하는 게 의무화되어 있었다. 여기서도 나는 남들보다 잘해보겠다고 악을 썼는데, 내가 지은 죄를 피하지 않고 당당히 밝히던 모습은 스스로의 잘못을 회피하며 우물쭈물하던 친구들에 비해 확실히 좋은 인상을 남겼다. 하지만 여든두 살이란 나이에 이르고 보니 주변에 코를 납작하게 만들 사람도 없을뿐더러 '전보다 부족해져서 문제인 것'을 주제로 자기 고백을 해보려니 마음이 편치만은 않다.

우선 부모님에 대한 애정과 감사의 마음이 부족해진 것이 아쉽다.

그 옛날 털털한 숙모님들이 꽃무늬 앞치마를 두르고 맛있는 요리와 디저트를 만들어주셨는데, 70년이 지난 지금까지도 그 맛이 기억에 남아 있다. 하지만 그때 숙모님들에 대한 고마움을 점점 잊고 살아 아쉽다.

훌륭한 조언을 해준 선배와 선생님들께, 얼굴 못 본 지 오래된 친구들에게, 잊힌 옛 연인들에게 내가 해야 했던 말들을 다 하지 못해 아쉽다.

무심한 시간이 흘러 아내에 대한 애정이 부족해진 것도 아쉽다. 물론 부부 사이의 정은 계속 남아 있었지만, 결혼 후 시간이 흐르면서 아내를 존중하고 사랑하던 마음은 점점 사라졌다. 인내심과 관심도 줄었으며, 신혼 때보다 웃는 일도 적었다. 부부 사이에 번아웃이 오면서 서로를 귀찮아했던 게 아쉽다.

아들과 함께하는 시간이 부족해 아쉽다.

'이게 다야? 속죄할 게 이것밖에 없다고? 뭐 빼먹은 것 없어? 태만하게 소홀히 했다거나 무언의 거짓말을 했다거나 말없이 배신한 걸 몇 개 숨긴 건 아니지? 아니면 진심으로 뉘우치는 고해성사는 이제 영영 할 수 없게 된 건가? 80대는 그냥 적당히 자기 마음 아픈 선에서 끝나고 마는 거야? 노인네가 쓰레기 같은 옛 기억을 뒤져서 침울해졌으니 그걸로 됐다는 거야?' (다들 예상했다시피 내 안의 또 다른 나는 이번에도 가만있질 못하고 잔소리를 퍼부었다.)

부모님은 겉으로 살갑게 애정 표현을 하는 분이 아니셨어. 두 분이 널 사랑한다고 한 번이라도 말한 적 있어?

숙모님들의 핀잔이 얼마나 끔찍했는지, 다 잊은 거야? 그 맛난 요리와 디저트를 먹기 전후로 쏟아지는 잔소리를 꾹 참고 들어야 했잖아.

몇몇 교수들은 끔찍이도 싫어하지 않았어? 선배든 친구든 여자친구든 애인이든 같이 이야기 나누는 게 지긋지긋했던 사람도 있었잖아. 이 사람들의 잘못된 조언으로 일을 망친 적도 있었지.

그리고 아내도 마찬가지야. 처음부터 끝까지 네게 한결같이 변함없는 사랑을 주었다고 생각해? 꿈 깨라고, 네 아내의 감정은 닳아빠진 원피스보다도 더 낡고 너덜너덜해졌다고. 시간을 당해내는 건 아무것도 없어.

게다가 네 아들놈은 또 어떻고? 뉴질랜드 얼간이가 다 된 네 아들 녀석은 자기 아버지하고 꼴랑 무료 영상통화 한 걸 가지고 모차르트가 부친에게 쓴 편지만큼 대단한 일을 했다고 착각하지 않았으면 좋겠네.

포마르는 내 무릎 위로 올라와 꼬무락거리더니 몸을 틀어 나를 바라봤다. 모순된 내 삶을 정리하며 마음이 불편해졌다는 사실을 아는 걸까? 그 누구도 자기 삶에 대한 평가를 공정하게 내릴 수는 없다. 스스로가 깊숙이 개입해 있기에 거리를 두고 자기 자신의 삶을 판단할 수 없는 거다. 검사와 변호사 역할을 어떻게 동시에 할 수 있겠나? 떠올려야 할 기억도 너무 많고, 잊어버린 일도 너무 많으며, 무수한 말들과 수많은 침묵이 공존하는 과거다. 그래서 공평무사한 판단을 내리지 못해 탈이다.

고령화 시대의 변화

지난번 내 생일 때는 아들과 손주 녀석들이 샹베르탱 클로 드베주 와인을 열두 병이나 선물해주었다. 모임 친구들은 샹젤리제 극장의 공연 표를 끊어주었고. 40~50년 전 나의 조부모 세대가 받던 선물과는 꽤 차이가 크다. 내 기억에 우리 아버지는 크리스마스 선물로 으레 샤워코롱이나 슬리퍼, '포근한' 수면 가운, 혹은 잠옷 같은 걸 받으셨다. 어머니도 자수가 곱게 들어간 잠옷이나 슬리퍼, 숄 같은 걸 받는 게 보통이었다. 외출복이나 목도리 같은 걸 선물로 받으면 노인들은 아주 질색을 했다. 노인들은 특히 감기에 걸리지 않는 게 무엇보다도 중요했기 때문이다. 따라서 피레네 지역에서 만든 천연 모직 제품이나 더블칼라의 양모 제품, 따뜻함이 생명인 테르모락틸 브랜드의 옷을 입고 집안에서 칩거하는 게 기본이었다.

요새는 할아버지나 할머니를 '조부', '조모'라는 말로 부르지 않는다. 학술적인 맥락이나 특정 분야에서만 사용될 뿐이다. 할미, 할아비는 물론 할망, 할아방 같은 표현도 잘 쓰이지 않는다. 프랑스 남부 프로방스 지방에서는 '파페(Papé 혹은 Papet)'라는 표현도 썼지만 이 또한 남부 프랑스를 대표하는 작가 마르셀 파뇰과 함께 세상에서 사라졌다. 예전 프랑스에서는 애들이 할머니를 부를 때 '본마망Bonne-Maman'이란 말도 썼고, 지금은 할머니를 '그랑메르Gran-mère'라고 하지만 옛날에는 어순을 뒤집어 친근하게 '메르그랑Mère-grand'이라 부르기도 했다. 그러나 두 표현 모두 이제는 사어死語가 된지 오래다. 할아버지 할머니만큼 나이 든 이 호칭들은 세월과 함께 다 사라졌다. 하지만 손주들의 입에서 하루에도 수십 번씩 튀어나오던 이 호칭들은 할머니 할아버지의 나이를 일깨워주는 표현이자 인생의 출구가 머지않았음을 끊임없이 짚어주지만 듣기 좋은 표현이었다.

할머니와 할아버지를 '할미', '할비'의 '이' 발음으로 연결하면 더 친근하고 듣기도 좋다. 공손한 표현은 아니어도 아이들은 대개 스스럼없이 이런 표현을 사용한다. 그런데 예순도 되기 전에 손주를 본 사람들은 이런 식의 '할미', '할비' 소리를 듣기 싫어한다. 나이 든 느낌을 주기 때문이다. 그래서 호칭보다는 스스로의 이름으로 불리기를 더 선호한다. 블라지크 부부는 손주들이 장성했음에도 여전히 '마틸드'와 '장폴'

이라는 본인들의 이름으로 불리고 있다. 하지만 장성한 손주들이 또 자식을 낳으면 그때에도 두 사람은 본인들의 이름으로 불릴 수 있을까?

뉴질랜드에 있는 내 손녀들은 프랑스에서 할아버지를 친근하게 일컫던 '파피', '페페', '파페' 가운데 그 어떤 표현도 정확하게 발음하지 못한다. 뉴질랜드 억양이 있기 때문이다. 그래서 아이들은 날 부를 때 −적어도 내 귀에 들리는 소리로는− '뽀뻬Popey'라고 하는데, '뽀빠이Popeye'와 비슷한 느낌이 나 기분 좋다. 내가 뽀빠이처럼 애꾸눈도, 시금치를 좋아하는 것도 아니지만.

노인의 건강과 관련한 영양학자들의 조언은 지난 50년간 굉장히 많이 달라졌다. 우리 부모님 세대는 '영양학자'라는 단어의 존재조차 몰랐을 것이다. 예전에는 노인들에게 자신이 좋아하는 음식을 먹으라고 조언했다. 생선과 육류, 채소, 과일을 균형 있게 섭취하되 과식하지만 않으면 된다고 했다. 하지만 요즘 영양학자들의 잔소리는 도를 넘는다. 설탕도 안 돼, 소금도 안 돼, 지방도 안 돼, 알코올 섭취는 더더욱 안 돼, 그럼 대체 뭘 먹으란 소린가? 몸뚱이가 성하려면 섭취하는 음식의 열량까지 체크해야 한단다. 비타민도 충분히 섭취해야 두 다리가 성하고 안색이 좋아지며, 체내 순환이 강물 흐르듯 순조롭게 이뤄지려면 물도 하루 1.5리터씩 마셔야 한단다.

우리 모임 사람들 가운데 딱히 식단 관리를 하는 사람은 없다. 나를 비롯한 몇몇 정도만 빵과 전분, 돼지고기 가공육, 소스 간을 한 고기류를 많이 먹지 않도록 조심하고 있다. 케이크 같은 제과류를 일절 먹지 않는 건 마틸드뿐이다. 우리는 식도락을 즐기는 시니어 모임으로서, 식이요법에 관한 한 이성적인 관점을 견지한다.

사실 노나부터가 자유로운 식습관을 권장하는 편이다. 노나는 자기가 좋아하는 음식, 그리고 경험적으로 자신의 몸에 이로운 음식 위주로 먹는다. 아침에는 버터와 잼을 바른 빵조각을 밀크커피에 적셔 먹고, 몇몇 음식에는 소금을 추가로 뿌려 먹는다. 물은 그리 많이 마시지 않는다. 병원 처방이나 철학적 조언을 모두 초월한 노나는 음식과 관련한 주의사항 역시 초월하며 살아간다.

시니어 세대의 의약품 소비는 몇십 년 사이 크게 늘었다. 식탁 옆에 크고 작은 각종 정제, 트로키제, 연질 캡슐 등 여러 제형의 다채로운 알약이 수북하게 쌓여 있는 모습도 이젠 그리 놀랍지 않다. 동화 속 엄지 왕자의 생명줄이었던 하얀 조약돌처럼 온종일 위장 곳곳에 비타민을 심어놓는 우리는 엄지 노인 세대다. 몇 주 전에는 B6와 D3을 꼬박꼬박 먹었고, 언젠가는 또 B9와 C를 열심히 챙겨 먹었다. 비타민을 챙겨먹다 보면 어린 시절 포탄과 폭격기를 쏘아대며 전쟁놀이 하던 때가 생각난다.

우리는 다들 약 케이스를 하나씩 챙겨들고 다닌다. 옥토와 게르미용 부부는 식사 중 모두가 보는 앞에서 케이스를 연 뒤 약을 입에 털어넣고 물과 함께 삼킨다. 블라지크 부부와 코코, 나는 몰래 뒤에서 챙겨먹는 타입이다. 사람들의 시선이 다른 곳을 향해 있을 때 얼른 약통에서 알약을 집어 후다닥 입에 넣는다. 그러다가 옥토에게 들키면 녀석은 약 먹는 걸 쉬쉬하는 나를 꼭 놀려먹고야 만다. 언젠가 하루는 옥토에게 이런 제안을 한 적이 있었다. 우리 여덟 명이 다 같이 약통을 펼쳐놓고 동시에 약을 먹어보면 꽤 재미있는 광경이 벌어지지 않겠느냐는 것이었다. 그럼 말 그대로 '웃픈' 상황이 되지 않을까?

지난 50년간 개선된 건 비단 기대수명만이 아니다. 건강 상태나 체격, 기력 등 모든 게 대체로 좋아졌다. 예전 노인들과 요즘 노인들을 사진이나 영화로만 비교해봐도 쉽게 확인할 수 있다. 용케 CI2A의 습격을 피하고 거동도 불편하지 않은 노인들로서는 고령화 시대의 변화에 따른 수혜를 입고 있다. 요새는 좋은 화장품이나 좋은 약도 많고, 헬스장 시설도 잘 되어 있다. 해수 요법이라는 것도 생겼고, 호텔에서 온천욕을 즐길 수도 있다. 게다가 필요하면 성형수술을 받을 수도 있고, 우울증을 이겨낼 수 있도록 도움을 주는 치료사도 많다. 덕분에 요새는 나이 든 사람이라도 제 나이로 보이지 않을 때가 있다. 은퇴 후의 우울함과 노화에 따른 주름쯤이야 얼마든지 이겨낼 수 있다.

패션 분야 또한 노인들의 나이를 걷어내는 데 일조한다. 예전에는 나이 많은 할머니 옷은 죄다 검은색이나 회색이었고, 그나마도 노쇠한 몸을 가리고 감추는 데에만 초점이 맞춰져 있었다. 늙은이의 몸은 보기 흉하니 감춰야 한다는 부정적 인식 때문이다. 점잖은 모자가 아니면 쓸 수도 없었다. 하지만 이제는 상황이 다르다. 요즘 시니어 세대의 여성들은 고상하게 차려입을 수도 있고, 각자 취향에 맞는 과감한 옷차림도 문제가 되지 않는다. 노인을 위한 패션도 구비되어 있을 뿐 아니라 유행에 합류하는 노인들도 많다. 중요한 건 노인들 스스로가 편하다고 느끼는 것이며, 아울러 노인 역시 청장년층의 옷 문화로부터 소외되지 않는 것이다.

몇 년 전부터 나는 빨간색이나 노란색 벨벳 소재의 바지를 봄가을에 입고 있다. 조금 늦긴 했지만 나 역시 노타이

운동에 동참 중이다. 옆에서 마농이 격려를 많이 해줬다. 칵테일 파티나 저녁 모임에도 티셔츠와 재킷 차림으로 조금은 '시크하게' 입고 갈 때도 있다.

블라지크 부부는 크루즈 여행을 굉장히 좋아한다. 물론 호화 객실을 잡을 만큼 예산이 많지는 않지만, 나름대로 크루즈 여행을 즐긴다. 나는 70대와 80대의 상당수가 크루즈 여행을 즐기는 것에 별다른 반감이 없지만, 마농은 이 유람선들이 바다 위의 조세 피난처라 생각한다. 이따금 내 여자 친구는 약간 왼쪽 성향을 보인다.

마농은 우리 모임의 다음 여행에 같이 가자는 나의 제안을 처음으로 수락했다. 이번에는 베를린으로 갈 예정인데, 코코 역시 근사한 피앙세 라파엘을 데려오면 좋겠다. 언제나처럼 우리 모임의 나들이 계획을 짜는 것은 내 몫이다. 이렇듯 황혼기에 관광을 다니는 것 또한 이전 세대와 달라진 점이다. 우리 부모님이나 조부모님 세대에는 어딘가로 돌아다니지 않은 채 집에서만 노년을 보냈으니까.

사랑과 고독

통통한 볼살에 매력적인 턱 보조개가 있는 라파엘은 굉장히 잘 웃는 상으로, 얼굴에 주름은 없어 보였다. 일흔 살의 나이에도 피부가 화사했고, 화장과 상관없이 그 자체로 얼굴에서 광채가 나는 듯했다. 눈은 짙은 파란색에 머리카락은 밝은 밤색으로 염색한 상태였다. 틈만 나면 여자에게 한눈팔던 '외눈박이' 코코가 라파엘에게 반한 것도 무리는 아니었다. 누가 봐도 라파엘은 확실히 매력적이었고, 예비 신랑도 그녀에게 온통 마음을 빼앗겨 정신을 못 차렸다. 정말이지 코코가 그렇게 행복해하며 들뜬 모습은 처음이었다.

　두 사람이 모임 멤버들 가운데 우리 집을 제일 먼저 찾아준 건 나로서도 영광이었다. 코코가 내게 두 사람의 결혼 증인으로 서달라고 부탁했을 땐 걱정이 앞섰으나, 라파엘의 싹싹한 외양을 보니 바로 호감이 느껴졌다. 덕분에 둘의 결혼에 대한 우려 역시 눈 녹듯 사라졌다. 라파엘이 잠깐 거실에 그림을 보러 간 사이, 나는 코코에게 양손의 엄지를 들어

보였다. 칭찬과 함께 두 사람의 미래에 대한 내 확신을 담은 제스처였다.

그런데 나보다는 두 사람의 제스처가 더 흥미로웠다. 부엌에서 커피나 마카롱, 냅킨 같은 것들을 깜빡해서 다시 찾으러 들어갔다가 물건을 가지고 나오면, 어김없이 연애 행각을 벌이던 두 사람이 번번이 나 때문에 깜짝깜짝 놀랐다. 둘은 마치 50년 전으로 돌아가 연애하는 느낌이었다. 코코는 라파엘에게 다가가 입맞춤을 하려 했고, 라파엘도 슬며시 코코의 얼굴을 쓰다듬었다. 코코는 라파엘의 무릎 위에 한 손을 올려놓았는데, 플랜 몽소에 살던 예의 그 부잣집 마나님에게는 언감생심 당치도 않은 과감한 행동이었다. 사랑의 제스처는 아무리 나이가 들어도 변하지 않는구나 싶었다.

시간이 흐르면서 나도 남들 보는 앞에서는 마농과의 애정 행각을 조금 덜 드러내는 편이다. 하지만 우리도 연애 초기에는 달랐다. 건널목 앞에서 신호등이 파란색으로 바뀌길 기다리는 동안 거리낌 없이 길 위에서 입맞춤을 나누었기 때문이다. 두세 번쯤 주위의 놀란 시선을 느낀 적은 있었지만, 나는 상대의 놀란 태도에 나 역시 당황스럽다는 눈짓으로 응수했다.

가만 보면 젊은 연인들보다 나이 든 연인들이 더 많이 손을 잡고 다니는 것 같다. 손을 잡는 행위는 불같은 사랑보다도 다정한 애정 표현에 가깝기 때문이 아닐까 싶다. 나는 마농이 내 팔짱을 끼는 게 좋다. 그런 내게 마농은 웃으면서 마초 같다고 했다. 그럼 반대로 내가 마농 팔짱을 끼는 건 어떤가? 그것도 마초란다.

맨 처음 마농에게 사랑 고백을 할 때, 문자를 보낼까 편지를 보낼까 상당히 고민했다. 문자를 보내면 젊은 사람처럼 가볍고 트렌디한 느낌이었고, 편지를 쓰면 전직 출판사 대표로서 그게 더 나다운 방식이라 기대할 것 같았다. 직업이 직업이니만큼 유명한 역사적 서신들은 다 읽어본 터였고, 종이에 직접 글씨 쓰는 걸 옹호하는 내가 아니던가. 나는 좌측 상단에 '몬테노테 출판사'란 상호가 찍힌 종이에 글을 쓰는 것에 대해 양해를 구한 뒤, 문학적 수사를 더해 열정적인 글로 고백을 했다. 수의사였던 마농 역시 처방전 용지를 사용해 서명인에게 애무와 입맞춤을 처방한다는 내용으로 화답했다. 다만 본인을 집에서 키우는 개나 고양이 취급해선 안 된다는 점을 분명히 했다. 그다음부터 우리는 서로 문자를 주고받았다.

혼자가 아닌 둘이서 함께 나이를 먹는다는 것은 확실히 위안이 된다. 부부나 연인으로 노년을 보낼 경우, 서로에게 용기와 웃음을 주는 가운데 안심하고 평온한 삶을 살 수 있다. 예전이나 지금이나 사랑의 힘은 확실히 대단하다. 우리 몸은 늙지만, 감정은 나이 들지 않는다. 심장이 약하거나 혈관이 막힌 경우, 관절이 부드럽지 못한 경우, 사랑이 특효약이라는 말이 있다. 사랑을 하면 약간 젊어지는 효과가 있어 피부에 혈색이 돌고 눈빛이 총명해진다.

내가 마농에게 사랑한단 말을 전할 때 내 몸에서도 특이한 화학 반응이 일어난다. 우선 마농을 향한 내 흥분 상태가 말 한 마디 한 마디에 실리는데 내가 어느 정도로 흥분해 있는지는 눈에 보이지 않지만, 단언컨대 그 수준은 젊었을 때와 마찬가지로 들끓는 상태다. 즉, 그 옛날 루이즈며 잔이며 하는 여자들이 내 평생의 반려자라 생각했을 때와 똑같이 끓어오르는 마음 상태가 사랑한단 말에 그대로 실려 마농에게 전해지는 것이다. 마농이 내게 편지를 써주거나, 혹은 내게 사랑한다고 말해주면 입안에선 달콤한 리큐어가 감도는 느낌이다. 그리고 속으로는 이런 생각까지 한다. 이렇게 매력적인 여자가, 아직 은퇴도 하지 않은 이 멋진 여자가, 여든두 살이나 먹은 나를 사랑해주다니 나는 정말 억세게 운 좋은 놈이라고. 나는 분명 신의 축복을 받은 자이자 하늘의 가호를 받는 행운아가 틀림없다고 말이다.

결혼하여 부부로 산 지 꽤 오래된 블라지크 부부의 경우처럼 불같은 사랑이 지나간 자리에는 서로에 대한 정이 자리잡는다. 보다 잔잔하고 은근하며 눈에 띄지 않는 감정이다. 마치 해변의 비치 의자에 앉아 있는 느낌이랄까? 마음 놓고 편히 몸을 누인 채 옆자리에서 건네는 손을 무심결에 받아 잡는 남녀 같다. 부부간의 정은 퇴직 자산이다. 오랜 기간 인내심을 갖고 쌓아 올린 재산으로, 부부간 삶의 노하우가 축적되어 있으며 함께 온갖 장애물을 극복했다는 자부심이 깔려 있다. 둘에게는 나란히 바라보는 황혼이 기다리는데, 사랑이 모양을 바꿔 서로에 대한 굳건한 애착으로 자리잡는다.

사랑이든, 부부간의 정이든 나이 든 사람이 짝을 이루어 함께 살면 고독에 대한 두려움을 면할 수 있다. 물론 남자나 여자나 나이 들어 혼자 사는 게 더 좋다는 사람들도 없진 않다. 지긋지긋한 부부생활을 이어가느니 차라리 외로움을 택하겠다는 것이다. 자식이나 다른 친척들과 자주 왕래하며 독자적으로 살아가는 사람도 있다. 성모 마리아만큼 찾는 사람이 많은 노나가 이에 해당한다.

하지만 대개의 경우, 나이 든 사람들은 한 침대를 같이 쓸 사람이 있어야 노년이 행복하다. 서로 이야기를 주고받고 조언을 건네며 어깨를 나란히 한 채 서로가 서로를 자극하고 위로하다 보면, 두 사람은 서로에게 없어서는 안 될 존재가 된다. 같이 악다구니를 쓰며 싸워도 금세 잊는다. 두 사람은 노화에 따른 여러 가지 병들을 함께 대처해 나아갈 수 있으며, 나이에 따른 고통과 환멸도 같이 이겨낼 수 있다. 두 사람 중 어느 한쪽이 세상을 떠나지 않는 한, 기운을 쏙 빼놓는 치명적인 고독감, 끝없는 지루함을 느끼지 않는다. 누군가의 말처럼 "고독이 아름다운 건 곁에 누군가 말 걸 상대가 있을 때"다.

줄곧 독신을 외치며 여자들에게 한눈만 팔던 '외눈박이' 코코가 한 여자에게 구속되어 사는 길을 택한 것도, 더욱이 이 여자를 잃을까 두려워 그녀의 요구대로 결혼을 결심한 것도, 모두 노년의 어두운 미로 속에서 혼자 방황하는 게 두려웠기 때문이다. 노년의 삶에 대한 불안감으로 마음이 약해진 코코를 보며 나 또한 적잖이 놀랐다. 마농이 늘 칭찬하듯 코코는 누구보다 강인한 마음의 소유자였기 때문이다.

뒤늦게 코코가 황혼의 동반자를 찾으려는 것을 보면서 둘이 사는 삶의 의미에 대해 곱씹어보았다. 처음에는 대부분 둘로 시작하는데, 이는 그저 아이를 낳아 기르기 위해서 뿐인 걸까? 하지만 최소한 인생의 끝에서도 둘이서 함께 위기를 극복해야 하지 않나?

- 언젠가 요양원에 들어가는 삶은 별로 살고 싶지 않았지. 휠체어 타고 축 늘어져 있는 여자들과 함께 한량 노릇을 할 수는 없잖아.

코코는 노년에 둘이 함께하는 삶을 살기로 한 자신의 선택을 이렇게 설명했다.

- 요양원에서의 삶이 그렇게 최악은 아닐 걸세. 뉴스 보면 요양원에서 결혼한 사람들도 있다고 하지 않나.

요양원에 대한 내 생각은 코코와 달랐다. 그러자 라파엘이 말했다.

- 언젠가는 백세 커플의 결혼식을 볼 날도 오겠죠.

- 그에 대한 세상 인식이 좀 더 좋아지면 가능하겠죠. 라파엘, 참. '라파엘'이라고 이름으로 불러도 괜찮죠? 굳이 결혼을 해야겠다고 생각한 이유는 뭐였어요?

- 삶에 대한 제 가치관이 확고해서요. 함께 자는 사이라면 결혼을 하는 게 당연하죠.

- 솔직히 그건 좀 보수적인 생각이 아닐까요?

- 그래도 제 할머니나 어머니 세대보다는 낫죠. 그 당시엔 결혼을 해야지만 같이 잠을 잤으니까요. 그래도 전 같이 잠을 자고 나서 그다음에 결혼을 이야기하잖아요, 반대로. 그러니 결혼할 사람에 대해 미리 알아볼 수 있어 좋죠.

그래도
오늘은
계속된다

이전의 두 반려자 역시 관계에 있어 서로 만족했기 때문에 자연스럽게 결혼으로 이어진 거였어요. 안타깝게도 첫 번째 결혼한 남자하고는 같이 20년을 살았지만, 이 사람은 내가 아닌 다른 데서 행복을 찾아 떠났죠. 두 번째로 결혼한 사람은 나랑 같이 22년을 살다가 결국 날 버리고 카르카손의 묘지로 가서 묻혔어요. 요즘에는 결혼이란 제도를 비판하는 사람들이 많지만, 나는 한 남자와 한 여자가 지속적으로 관계를 맺고 살아가기에 결혼만큼 좋은 제도는 없다고 생각해요. 물론 동성 간의 결혼도 가능하죠. 요즘 사람들 생각에는 나도 꽤 열려 있는 편이랍니다.

— 그럼 코코 이 친구가 라파엘의 세 번째 인생 반려자가 되겠네요. 반려자라…… 참 듣기 좋은 말이긴 한데, 왜 하필 이 친구를 택했어요?

— 기욤, 나도 이름으로 불러도 괜찮겠죠? 아무래도 내가 방금 한 설명을 제대로 이해하지 못한 것 같네요. 왜 이 친구를 택했냐니, 굳이 그런 질문을 할 필요가 있을까요? 조금 무례한 질문인 것 같기도 하고요.

— 그렇게 들렸다면 미안해요. 내가 또 정신없이 애먼 질문을 했나 보네요. 라파엘은 꽤 솔직한 성격인가 봐요. 우리끼리는 이 친구를 '한눈파는 귀스타브'라고 부르는 거 혹시

알아요?

‒ 그럼요. 처음 만났을 때 이미 다 얘기해줬는걸요.

라파엘은 예비 신랑과 눈을 맞추며 이렇게 얘기했다.

‒ 사랑한다는 말을 할 때도 이름보다는 별명을 부르는 게
더 정감 있고 좋지 않아요? 더 젊은 사람들 표현 같고 밝
은 느낌도 들고요.

그러자 코코의 얼굴이 발그레 달아올랐다. 코코는 아직
라파엘의 직설적인 화법에 적응되지 않은 듯했다. 성격이 센
예비 신부 때문에 앞으로 그가 힘들어지는 건 아닐지 걱정이
되기도 했다. 뭐, 앞으로 지켜보면 알겠지. 중요한 건 코코에
게서, 특히 그의 입가에서 행복의 기미가 보인다는 것이었다.
행복한 남자 코코가 내게 말했다.

‒ 나는 요즘 사오십 년은 더 젊어진 느낌이야. 젊은 사람들
이 하는 걸 이제야 하는 기분이랄까? 불같은 사랑과 약혼,
그리고 결혼을 이제야 하고 있지. 뭐, 공식적인 약혼식을
올리진 않지만. 요새는 그런 거 잘 안 하잖아. 하지만 결
혼을 약속하는 그 순간만큼은 정말 흥분되더라고. 생각의
전환과 함께 마음의 준비가 이뤄졌으니까. 결혼 준비에 앞
서 마음의 준비가 이뤄진 거지. 일 년 전만 해도 내가 결혼
을 감수할 줄 누가 알았겠어?

코코의 말이 끝난 후 나는 라파엘에게 마카롱 접시를 건네며 말했다.

- 이 친구 말이 파티시에라고 하던데……

- 말이 좋아 파티시에지 실제로는 아녜요. 이렇게 맛있는 마카롱은 만들 줄 모르거든요. 사실 두 번째 남편이 파티시에였죠. 정말 훌륭한 파티시에였는데, 나는 옆에서 계산대 업무 정도만 거들었어요. 첫 번째 남편은 치과 의사였는데, 그 사람하고 살 때는 영화관을 운영했죠.

- 영화든 케이크든 둘 다 구미가 당기는 것들이죠. 보상이 좀 됐겠어요.

그러자 라파엘이 말했다.

- 하지만 일요일이 늘 바빴으니 영화도, 케이크도 즐기는 입장이 아니었죠.

- 이젠 일요일마다 나랑 같이 영화도 보고 케이크도 먹고 하니 즐기는 입장이 됐지.

나는 옥토에게 Club13(대관 상영관이 있는 다목적 레스토랑 - 옮긴이)에 함께 가자고 했다. 중세 필사본의 채색 장식 관련 다큐멘터리를 상영 중이었기 때문이다. 볼거리도 많고 상당히 흥미로웠다고 이 작품을 먼저 본 친구들의 칭찬이 자자했다. 우리는 레스토랑 내부의 작은 상영관으로 이어지는 계단을 따라 내려갔다. 상영관 입구로 들어가면서 나는 좌석과 스크린을 둘러보았다. 그렇게 한눈을 팔며 가다가 앞에 있는 계단을 미처 보지 못했고, 옥토를 붙잡으려 허우적대다가 실패하고는 바닥에 자빠졌다.

바닥에 넘어진 나는 동작을 멈추고 어디 부러진 곳은 없는지 살폈다. 내 몸 구석구석을 빠르게 훑어보니 다행히 부러진 데는 없었다. 못 견딜 만큼 아픈 곳도 없었다. 무릎에 약간의 충격이 있었을 뿐이고, 꺼칠꺼칠한 바닥 타일에 손이 약간 쓸렸다.

"괜찮아?"

"괜찮으세요?"

옥토와 직원이 나를 보며 물었다.

"괜찮아요, 어디 부러진 곳은 없네요. 조금 놀랐을 뿐입니다. 나 좀 일으켜주시겠소?"

자리에서 일어나 옷을 툭툭 털고 나서 나는 발을 헛디뎠던 계단을 쏘아봤다. 그리고 멀쩡하다며 다시금 옥토를 안심시켰다. 그러자 옥토는 내 귀에 대고 나직이 말했다.

"이걸로 일대일 무승부네."

옥토는 신이 나서 말했다. 며칠 전 옥토도 전철역을 빠져나오다 넘어진 일이 있었기 때문이다. 생제르맹 데프레 역에서의 일이었는데, 바깥에 있던 계단을 급하게 오르다가 그만 마지막 계단 있는 데서 나자빠진 것이다. 그때의 옥토도 손과 발목이 조금 까졌을 뿐 어디가 부러지거나 하지는 않았다. 다만 나처럼 어딘가 크게 다쳤을까 봐 지레 겁을 먹었을 뿐이다. 물론 젊은 사람들도 팔이나 다리가 부러지긴 한다. 그래도 나이 든 우리보다는 회복이 빠르고, 우리처럼 그렇게 오랜 기간 심하게 고생하진 않는다.

노인들이 겪는 여러 가지 골절상 가운데 가장 무서운 건 대퇴골 경부 골절이다. 대퇴골 경부가 골절상을 입었다는 건 굉장히 좋지 않은 징조로, 단순한 실수로 다친 것일 수도 있지만 골다공증의 영향일 수도 있다. 어쨌든 대부분 예후가 좋지 않다. 심지어 죽음을 재촉할 수도 있다. 대퇴골 경부는 뷔상이나 르 포르티용의 험준한 협로만큼이나 죽음의 그림자와 가깝다.

나이가 들면 신체적으로나 정신적으로 쇠약해지는 것에 대한 두려움과 죽음에 대한 두려움, 이보다는 걱정이 좀 덜하지만 자꾸 까먹고 잊어버리는 것에 대한 두려움이 생긴다. 그리고 넘어지는 것에 대한 두려움도 커진다. 예전만큼 두 다리가 단단하지 못하고, 균형 감각이 떨어져 걷는 것도 약간 쭈뼛쭈뼛할 뿐 아니라 일자로 바로 걷지도 못한다. 한쪽으로 약간 치우쳐 걷는 것이다. 간혹 걸음걸이가 뜻대로 되지 않을 때도 있다. 그렇다고 두 다리로 걸어 나갈 용기까지 문제가 생기는 건 아니지만, 안심하고 성큼성큼 앞으로 나아가는 게 쉽지만은 않다. 마치 두 다리에 족쇄가 채워진 듯 발이 무겁게 느껴지기 때문이다. 그런데 간혹 다리를 대충 들어올리다 돌부리에 걸려 넘어지기도 한다. 격언과는 반대로 여든 살이 넘은 사람이라면 다리를 잘못 놀리기보다 입을 잘못 놀리는 편이 차라리 낫다.

물론 실력자들이라면 하프 마라톤을 뛸 수도 있다. 체력도 될뿐더러 다년간의 반복적인 훈련을 통해 작은 보폭으로 뛰는 데 익숙해진 덕분에 두 발과 두 다리 모두 마라톤을 뛰는 데 무리가 없다. 힘이 드는 건 오직 심장이나 호흡을 관리하는 정도뿐이다.

다리를 제대로 딛지 못하고 발목이 삐끗할 위험은 특히 예기치 못한 행동을 갑작스레 할 때 발생한다. 가령 버스를 놓치지 않기 위해 뛰어간다거나 문이 닫히려는 찰나의 전철로 뛰어들거나 목적지에 빨리 가고 싶은 마음에 발을 빨리 구르거나 늦지 않으려고 서두를 때 주로 문제가 생긴다. 넘어지는 것에 대한 두려움을 잠시 잊는 바로 그 순간, 고꾸라지고 마는 것이다.

넘어지지 않기 위해 조심하다 보면 전보다 더 열심히 바닥을 쳐다보며 다니는 수밖에 없다. 하늘로 올라갈 날은 점점 가까워져 오는데, 역설적이게도 우리는 하늘을 바라볼 기회가 점점 줄어든다. 지금껏 땅이 이렇게 위험하다고 느껴본 적이 없기 때문이다. 두 눈을 땅에 고정한 채 길을 가는 우리 모습은 흡사 1년 내내 버섯만 줍고 돌아다니는 사람 같다.

Club13을 나오면서 옥토는 "목을 축이고 나면 기분이 좀 나아질 것"이라면서 내게 루아얄 몽소 바에 가서 뭐라도 좀 마시자고 했다. 나는 착즙 오렌지 주스만 하나 시키고 말았다. 옥토는 자신의 건강과 관련해서 새로이 이야기할 것이 있는데, 3분 이상 이야기해도 괜찮은지 물었다. 나는 그냥 조심하자고 한 말이지 너무 꼭 지키려 애쓸 필요는 없다고 말하며 내 무한한 우정만큼 귀를 열고 이야기를 들어줄 것이라고 대답했다. 그제야 옥토는 마음을 놓으며 이야기했다.

– 드디어 전립선 수술을 받기로 결심했네. 2주 후면 생루이 병원에서 이 빌어먹을 선종을 떼어낼 거야. 이젠 정말 평범한 하루하루를 보내며 밤잠 좀 편히 자고 싶다고.

– 잘 생각했어. 그러게 내가 진작 수술받으라고 하지 않았나. 수술 마음먹기가 쉽지 않았을 텐데 용기를 내서 다행이네. 그렇게 위험한 수술은 아니니 걱정 말아.

– 위험하지 않은 수술은 없지. 제라르 필리프를 생각해보게. 전에 아비뇽에서 내 생일날 보았던 연극 〈마리안의 변덕〉에 출연해 좋아하게 된 배우인데, 그렇게 일찍 갈 줄 누가 알았나? 의사는 제라르 필리프에게 수술이 정말 아무것도 아니라고 단언했지만, 뚜껑을 열어보니 암이 이미 간으로 다 전이가 된 상태였지. 그의 말년에 대해 다룬 책에서 얼마 전에 읽은 내용이야. 정말 끔찍하지 않나? 나를 수술하는 의사도 같은 말을 할지 누가 알아?

– 간 때문에 죽는 사람은 많아도 전립선 때문에 죽는 사람은 많지 않지. 전에 수술받아본 적은 있나?

– 이번이 처음이야. 가장 겁이 나는 건 의사가 내 배를 연다는 게 아냐. 문제는 마취지. 우리 나이에는 마취 후에 깨어나지 않는 경우가 꼭 있다고.

– 왜 그런 걱정을 해? 마취에서 깨어났을 때 물론 개운하고 가뿐하진 않겠지. 하지만 귀찮은 혹 하나를 떼어버린 다음이니 그만큼 기쁘게 깨어나지 않겠나? 48시간 후면 퇴원해서 집에 있을 거고 말이지.

나는 맹장이랑 담석 때문에 수술을 받아본 적이 있어서 옥토가 왜 저렇게 걱정하는지 충분히 이해한다. 난생처음 의사에게 자기 몸을 내맡기고 알몸으로 수술대 위에 오르는 것인데, 심지어 나이 여든두 살에 이 생경한 경험을 처음으로 하게 된 것이다. 그동안 다소 심각한 병치레를 많이 하고 살아온 노인이라면 말년의 병치레 또한 보다 담대하게 받아들일 수 있다. 운 좋게도 그전까지 병원에 입원할 만큼 심각하게 아픈 적이 전혀 없던 사람과 비교하면 치료에 대한 의지도 더 높고 불안해하는 정도도 낮다.

한참을 그렇게 옥토와 전립선 수술 얘기를 나누고 난 뒤, 자기 얘기를 나름 실컷 했다고 생각한 옥토는 내게 대뜸 이렇게 물었다. "자네는 요즘 잘 지내나?" 우리 나이에는 이렇게 서로의 건강을 챙기는 게 상대에 대한 기본적인 예의다.

- 요즘은 그렇게 잘 지내는 것 같질 않아. 좀 전에도 봤다시
  피 영화관 들어가면서 나자빠지지 않았나. 다행히 크게 다
  치진 않았지만. 얼마 전에는 치과에서 임시로 임플란트 시
  술을 받았는데, 그게 또 잘못됐지. 발에 티눈까지 생겨서
  여간 아픈 게 아냐. 이것 때문에도 병원에 가봐야 한다네.
  하지만 그저께 밤에 비하면 이런 건 아무것도 아니지. 위
  산이 역류하는 걸 막으려고 등 뒤에 베개를 두 개나 대고
  밤새도록 침대에 앉아 있어야 했거든. 위가 타들어가는 느
  낌이 얼마나 끔찍했는지 아나? 통증이 길기도 하고 심하기
  도 했는데, 일정한 간격으로 올라오는 거야. 평생 안 끝날
  것 같은 고통이었다니까. 약도 아무 소용이 없었고, 정신
  은 완전히 나간 상태였지. 정말 끔찍한 밤이었어.
- 위가 발작을 한 이유가 있나?
- 아침에 약 먹는 걸 깜빡했거든. 그래도 만약 그날 내가 식
  사를 제대로 잘했으면 별문제 없었을 거야. 그런데 점심
  때 마농 집에 밥을 먹으러 갔다가 아들이 준 샹베르탱 와
  인을 땄지 뭔가? 맛이 아주 기가 막히더군. 그래서 둘이 한
  병을 다 마셨지. 이후 내내 속이 편치 않았는데 밤에 보기
  좋게 복수를 당한 거지.

물론 위의 통증에 더해 밤새도록 나를 괴롭혔던 내 쌍둥이

자아와 건강 자아의 끝없는 질책에 대해서는 옥토에게 말하지 않았다. 이번에는 둘이 아주 찰떡궁합이 돼서 분노의 잔소리를 퍼붓더만. 노인에 대한 배려도, 아픈 환자에 대한 일말의 고려도 없이 둘이서 아주 가차 없는 훈계를 늘어놨다.

포르투갈의 빨래하는 여인들

한 달 후, 우리는 노나의 생일 파티를 하기 위해 드루앙 레스토랑의 별실에 모였다. 매년 공쿠르 문학상이 발표되는 그곳이다. 우리는 노나에게 식사를 대접하는 한편 선물로 샤넬 브로치를 준비했다. 노나는 선물을 받자마자 검은색 재킷의 옷깃에 꽂았다. 이번에는 코코도 함께 참석했지만, 라파엘은 막판에 일이 생겨 같이 오지 못했다. 라파엘이 오지 못한 것에 대해 모두들 아쉬워했다. 전립선 선종을 말끔히 제거한 옥토도 참석했다. 옥토는 수술 후 몸이 완전히 회복된 상태였다. 다만 몇 주 동안은 웨이트 트레이닝을 받아야 했다. 약해진 회음부 근육을 발달시켜야 했기 때문이다. 옥토가 나에게만 털어놓은 이야기인데, 요실금이 생겨서 수술 전과 마찬가지로 밤이나 낮이나 수시로 화장실을 들락날락해야 해 여간 곤욕스러운 게 아니라고 했다.

매년 11월 초 공쿠르 아카데미 회원 열 명이 모여 공쿠르 문학상 설립자 에드몽 드 공쿠르의 초상화가 내려다보는 가운데 영예의 소설가를 선정하는 이곳에서 내가 제안한 그날의 대화 주제는 '사장된 옛 어휘나 표현'이었다. 지금은 쓰이지 않아 아쉬운 옛말이나 혹은 차라리 없어져서 다행이라 생각되는 옛말이 있는지 이야기하는 것이었다. 나는 사전에 주제를 공지하여 각자 이에 대해 생각해보고 오늘 모임에 와달라고 부탁해두었다.

우선 그날 96세 생일을 맞이한 최연장자 노나부터 이야기를 시작하기로 했다. 노나는 평온하고 다정한 표정을 만면에 지었지만, 첫 문장을 말하는 순간 분노를 표출했다.

－ 어릴 때 남자애들이 여자애들을 부를 때 '가시나'란 표현을 썼는데, 난 이 말이 참 싫었어. 모욕적이고 상스러운 표현이었으니까. 어디 어디 가시나, 고등학교 가시나들, 이렇게 말을 하는데 그게 너무 듣기 싫은 거야. 갈보니, 화냥년이니, 절구통이니 하는 역겨운 표현들도 있었지만 그건 대놓고 여자를 욕되게 이르는 속어였고, 가시나는 그게 상스러운 표현이라는 인식 없이 평범하게 쓰이는 말이었지. 여자애들은 다 가시나라고 불러도 된다고 생각하는 분위기였지. 남자애들은 '머시마'라고 불렀지만, 남자들끼리나 사용했지, 여자애들은 남자애들을 가리켜 '머시마'라고 부르는 걸 별로 내켜 하지 않았어. 나는 그런 남자애들 앞에서

"가시나가 아니라 여자애"라고 딱 잘라 내 의사를 표현하기로 유명했는데, 그렇게 하고 나면 몇몇 남자애들은 나를 보면서 "여기, 엉덩이를 씰룩거리는 가시나가 있네!"라고 아주 노래를 불러댔지. 그러니 나는 이 말이 요새 많이 사라진 것 같아서 다행이라고 생각해.

– 여자친구를 깔이나 깔따구, 깔치라 부르던 관행도 사라졌죠.

제라르 게르미용이 보탰다.

– 맞아! 그런 말도 있었지, 참!

노나가 맞장구를 쳤다. 제라르가 덧붙여 말했다.

– 사실 어릴 때는 나도 꽤 많이 썼었는데, '이 여자는 누구의 깔이다'라거나 '저 자식은 원하는 깔은 다 꿰어찼다'는 식으로 말했었죠. 분명 부정적인 뉘앙스의 표현임에도 당시에는 그런 것에 대한 개념이 없었어요. 그냥 다 그렇게 말하는 줄 알았으니까. 지금이라면 큰일 날 소리를 그때는 여자들에게 아무렇지도 않게 했죠.

모리스 슈발리에의 노래에서처럼 심지어 이런 비속어가 유행가 가사에 등장하는 경우도 있었다.

– 언어적 표현을 바로잡기 위한 싸움에서 여자들이 승리한 셈이죠. 여성에 대한 모욕적 표현이나 성적 비하의 표현 대

부분이 사라졌으니까요.

장폴 블라지크가 덧붙였다.

- 모르긴 몰라도 아직 살아남은 표현도 몇 개 있을 걸.

코코가 이렇게 지적하기에 내가 예를 추가했다.

- 음절을 뒤집어 말하는 프랑스 은어 중에 '팜므(Femme, 여자)'를 일컫는 '뫼프Meuf'가 있잖은가. 이 말은 요새 젊은 친구들도 쓰더라고. 여자들도 이 표현을 듣기 좋아라 하는지는 모르겠지만.

그때 마리테레즈 게르미용이 끼어들며 말했다.

- 지키고 싶은 사어들도 있어요. 여자들과 관련한 표현 가운데 듣기 좋은 표현들도 있었는데, '그리제트(grisette, 회색 작업복을 입은 요염한 젊은 여공을 일컫는 말)'도 그렇고 '죄네트(jeunette, '젊은 풋내기'를 가리키는 옛말)'도 그렇고, 단호하고 과감한 여자를 가리키는 '벨 뤼론belle luronne'이나 암사자를 가리키는 '리온lionne'도 없어지긴 아까운 말들이에요. 특히 일반적으로 여자를 뜻하는 '나나'라는 말은 진짜 예쁜 표현인데, 여자는 나나Nana, 남자는 멕Mec, 이렇게 각각의 성별을 지칭하는 표현은 참 듣기 좋은 것 같아요.

- 욕의 마지노선 같은 표현들이지.

남편 제라르가 말했다.

- 당신은 걸핏하면 마누라니 여편네니 하면서, 그건 욕이 아니고?

- 그러는 당신은? 남자들을 이 새끼, 저 새끼 하면서 그건 교양 있는 표현인가?

- 지금 나랑 해보자는 거야?

- 두 사람 다 그만해요! 사람들 다 있는 앞에서 이젠 안 싸우기로 약속했잖아요. 모두와 한 약속을 노나 생일날 깰 수야 없지 않습니까?

둘 사이의 언성이 높아지자 내가 끼어들며 말했다.

- 미안합니다. 내가 먼저 시비를 걸었네요.

제라르가 사과하며 말했다.

작은 바닷가재가 들어간 라비올리를 시작으로 물냉이 뇨끼, 버섯 크림을 곁들인 농어 요리로 식사가 이어졌다. 잠시 대화가 소강상태에 빠졌을 때쯤, 나는 그날 주제와 관련하여 아직 이야기를 하지 않은 마틸드에게 바통을 이어받아 달라고 부탁했다. 그러자 마틸드는 가방에서 종이 하나를 꺼내며 말했다.

- 요새는 잘 쓰이지 않아 아쉽다고 생각한 표현은 이런 거예요. 전부 다 사랑이나 연애 관련 표현이긴 한데, 개인적으로 제일 좋아하는 건 '는실난실 밀어를 속삭이다' 같은 표

현이에요. '는실난실'이란 표현의 어감이 꽤 좋지 않아요? '배 밑에 바람이 들었다'거나 '보리밭에서 나오다' 같은 관용구도 있었는데, 나름대로 매력적인 표현들이었죠. 요즘 젊은 사람들도 '수작을 걸다' 같은 말을 쓸지 모르겠는데, 지금은 아마 사용되더라도 다소 올드한 느낌으로 비아냥거릴 때 쓰지 않을까 싶어요. 대신 '추파를 던지다'는 말은 아직 곧잘 쓰는 것 같은데, 가령 "우파 지자체장들에게 추파를 던지는 대통령" 이런 식으로 언론에서도 쓰잖아요. 상대의 마음을 사려고 할 때, 예전에는 이렇게 다양한 표현을 썼는데 요즘은……

— '작업 건다'는 말로 통치고 있죠.

옥토가 말했다.

— 맞아요, 그렇게 격이 있는 표현 같지는 않지만.

이런 마틸드의 말에 나도 덧붙이며 말했다.

— 그렇게 교양 있는 표현은 아니지만 '작업 걸다'는 말과 비슷한 표현은 더 있죠. 상대의 환심을 사거나 유혹하기 위해 '능글대다'라거나 '알쫑거리다', '알찐알찐하다'라는 말을 쓰거나 '꾀승꾀승', '꾀음꾀음하다', '꼬리를 치다' 같은 말을 쓸 수도 있죠. 다만 마틸드가 맨 처음 말했던 '는실난실 밀어를 속삭이다' 같이 서정적인 어감의 표현과는 죄다 거

리가 머네요.

그러자 옥토가 질문을 던졌다.

- 작업과 관련한 표현이 나와서 말인데, 남자분들, 여자에게 접근하면서 예전에 어떤 표현을 썼는지 기억해요? 가령 왜 "부모님하고 함께 살아요?" 같은 질문 있잖아요.

이에 제라르가 맞장구를 쳤다.

- 맞아, 맞아! 그 말은 나도 여러 번 써먹었는데.

- 요즘 젊은 애들은 이렇게 평범한 말은 잘 안 쓰지 않나?

- 평범하긴 해도 가끔 쓰기는 하더라고.

옥토의 질문에 코코가 대답했다.

- 예전에는 이게 고단수로 작업 거는 말이라고 생각했었지. 남자로서는 나름대로 요령 있게 여자에게 다가가는 방식이었다고.

옥토가 이어 말했다.

- 사실 어떻게 보면 요즘 더 적절한 질문이기는 하죠. 지금은 60년 전보다 독립해서 분가하는 게 좀 늦은 편이잖아요.

장폴의 지적이었다.

- 나는 '사귀다'라는 표현이 좋은 것 같아. 겉으로는 멀쩡해 보이는 표현이지만 사실 속뜻은 둘이 같이 한집에 들어가서 함께 잠을 잔다는 의미까지 내포하고 있잖아.

코코의 말이었다. 이에 나도 비슷한 맥락에서 덧붙였다.

– 예전에는 '교제한다'는 말도 썼지. 지금은 그냥 '남친 있다'
정도로 이야기하지만 예전 표현에 비해서는 좀 더 삭막한
느낌이랄까.

그러자 장폴이 말했다.

– 각 시대별로 사랑과 관련한 은어나 속어는 다양한 것 같
아요. 동거한다는 의미로 '둘이 붙어산다'는 말도 쓰긴 하
는데, 그렇게 예쁜 표현은 아니죠.

그때 웨이터가 커다란 촛불을 밝힌 딸기 크림 케이크를
들고 별실 안으로 들어와 노나 앞에 케이크를 갖다 놓았다.
코코는 카메라를 꺼내서 우리의 사랑스러운 최고령자가 짓
는 모든 표정을 다 카메라에 담았다. 나머지 사람들은 모두
생일 축하 노래를 불렀다. 우리가 다 같이 박수 치는 가운데
노나가 촛불을 끄자 다들 자리에서 일어나 노나에게 다가가
포옹을 해주었다. 노나는 행복에 겨워 눈물을 훔치고 이어
언제나처럼 단호한 목소리로 말했다.

– 내가 어렸을 땐 부모님이 나에게 종종 '못된 계집애'라고
했었지. 다들 믿기 힘들겠지만 나는 사실 '못된 계집'이라
는 소리 듣는 걸 좋아했어. 그건 곧 내가 주위의 언니들이
나 내 친구들하고는 다르다는 뜻이었으니까.

- 어릴 때 대들고 비꼬는 성격이었어요?

마리테레즈가 놀라 물었다.

- 혹시 성격이 짓궂었나요? 농담하고 장난치는 걸 좋아했던
거 아녜요?

마틸드가 덧붙였다. 노나가 대답했다.

- 맞아. 소싯적에 장난 좀 쳤지. 프랑스어에서 '짓궂은 장난'
이라는 의미로 쓰던 '니슈niche'라는 말이 이제는 나 같은
옛말 사람이나 쓰는 말이 돼서 유감이야.

- '니슈'라는 말은 이제 세무 쪽에서나 쓰죠. '조세 예외 조항'
의 의미로 '니슈 피스칼niches fiscales'이란 표현을 쓰니까요.

옥토가 설명을 덧붙였다.

- 여기 별실이 아마 1914년 즈음 생겼을 텐데, 이 방에서 서
로 장난치는 못된 계집, 못된 사내 이야기 소리가 들리는
건 진짜 오랜만이 아닐까 싶네요.

나 역시 한 마디 더했다.

노나는 부스러기 하나 남김없이 자기 접시 위의 딸기 케이
크를 다 먹었다. 그러고는 잠시 망설이다 두 번째 접시는
거절했다. 체력도 머리도 여전히 쌩쌩한 노나는 옛날 말과
요즘 말에 대해 또다시 말을 이어갔다.

- 내 손주들이 돈을 가리키는 의미로 '푼'이라는 표현을 쓰는

걸 들을 때마다 사실 좀 놀랍기는 해. "돈이 한 푼도 없다"
거나 "몇 푼 좀 쥐어줘야 입을 연다"는 식으로 말을 하더라
고. 이 '푼'이라는 표현은 예전에 쓰던 돈의 단위를 말하는
건데, '프랑'이란 단어는 잊힌 지 오래지만 '푼'이라는 말은
아직도 곧잘 쓰대. 이유는 모르겠지만. 발음이 짧아서 좋
은 것일 수도 있고, 액수가 적다는 느낌을 살릴 수 있어 좋
은 것일 수도 있고…… 어쩌면 나이 많은 나 듣기 좋으라
고 옛날 말을 쓰는 건지도 모르겠어. 아이들이 쓰는 '푼'이
라는 표현이 성 빈첸시오 드 폴(1581~1660) 시절의 금화 같
은 것이라고 말해준 적이 있거든('푼'에 해당하는 원문 단어는
'수sou'로, 과거 프랑스에서 쓰이던 화폐 단위를 말한다. - 옮긴이).

- 속어 표현은 돈과 관련한 게 제일 많지 않을까 싶어요. 다
만 돈을 가리키는 은어의 쓰임이 예전만큼 활발하진 않아
요. 60년대에 돈을 가리켰던 '그리스비grisbi'란 어휘도 사라
졌고, 같은 뜻의 '종카유joncaille', '카르뷔르carbure', '프레슈
fraîche'란 말도 다 없어졌죠. 90년대에 '돈'이란 뜻으로 사용
했던 '파타트patates'란 용례도 이젠 찾아볼 수 없잖아요. 입
말로 돈을 가리키던 '페페트pépètes'란 표현도 이젠 잘 쓰지
않는 말이 됐고, 이젠 '땡전'이란 의미의 '땡땡tintins' 역시 잘
쓰지 않는 것 같아요.

장폴이 이렇게 이야기하자 제라르가 거들었다.

- 요새 유행하는 표현으로는 '튄$_{thune}$'이라는 말도 있잖나.
- 그건 젊은 친구들, 특히 서민층의 젊은 애들이 쓰는 말이죠. '돈'의 은어로 제일 많이 쓰는 건 아무래도 '프릭$_{fric}$'이겠네요. 그다음이 '포뇽$_{pognon}$'이겠고. 법무사들은 어떤 단어를 쓰나요?
- 우리는 뭐, 표준어인 '아르장$_{argent}$'을 주로 사용하지. 대신 우리끼리 있을 땐 '코펙$_{kopeck}$'이란 말도 쓰고.

옥토가 대답했다.

- 확실히 변두리의 젊은 친구들은 우리가 모르는 신조어를 사용하겠군.

내가 덧붙였다.

그때 옥토가 술잔에 술을 더 따르다가 잔을 떨어뜨려 깨 먹었다. 그러자 마리테레즈가 "풀을 녹여야겠네요!"라고 소리쳤다. 무언가 깨지는 소리가 나면 사용하던 재미난 옛 표현이었다. 전에는 접착제가 지금처럼 발달하지 않아서 무언가 깨진 걸 붙이려면 천연 접착제를 사용해야 했고, 이건 데워서 녹여야만 쓸 수 있었다. '풀을 녹여라'는 표현도 거기에서 유래한 것인데, 이제는 굳이 접착제를 미리 녹여야 할 필요도 없을뿐더러 깨진 그릇이나 잔을 붙여서 고쳐 쓰는 경우도 없다. 그런데 다들 이 표현에 착안하여 표면적인 뜻은 예전의 상황을 담고 있지만, 요즘에도 쓰이는 숙어나 관용구를 한두 가지씩 얘기했다.

될 대로 되라는 의미의 '갤리선을 저어 나가라', 유복하다는 뜻을 나타내는 '고급 마차를 굴리다', 무슨 말인지 모르겠다는 뜻의 '라틴어의 갈피를 잡지 못하다', 싸움이나 대결을 시작하다는 뜻으로 쓰이는 '원형경기장에 들어가다', 시간상으로 굉장히 오래됐다는 의미를 나타내는 '헤로데 시절만큼 오래된' 등의 표현이 예시로 언급됐는데, 참고로 '헤로데 시절만큼 오래된'이란 표현은 '내 드레스만큼 오래된'이라는 말로 변형된 형태가 더 자주 쓰인다.

이윽고 커피가 나와 다들 입가심으로 한 모금씩 마신 뒤 그날의 점심 식사가 어느 정도 마무리될 때쯤 내가 말했다.

– 프랑스에서는 모든 게 노래로 끝난다는 말이 있죠. 개인적
　으로 꽤 좋아하는 표현입니다. 노나, 괜찮다면 오늘 생일
　파티를 마무리하는 차원에서 노래 한 곡 부탁해도 될까요?

노나는 잠시 뜸을 들인 뒤, 곧 자리에서 일어나 노래 부를 준비를 했다.

– 아뇨, 그냥 자리에 앉아 불러도 돼요.

나는 자리에서 일어난 노나를 만류하려 했다.

－ 서서 해야 소리가 잘 나오지.

노나는 곧 자클린 프랑수아의 50년대 유행곡, 〈포르투갈의 빨래하는 여인들〉을 부르기 시작했다. 어디 하나 틀리지 않고 완벽하게 소화해냈고, 후렴구에서는 모두의 참여를 유도했다. "방망이로 두드리고 두드리고 또 두드리고, 그렇게 탁탁 탁탁 탁탁 두드리고 또 두드리고……" 모임의 최고 연장자가 그렇게 선창을 하면 나머지 회원들은 모두 빨랫방망이로 빨래 두드리는 시늉을 했다. 공쿠르 수상자가 발표되는 이 신성한 공간에서 그 누구도 보지 못했을 진풍경이었다. 아마 에드몽 드 공쿠르도 깜짝 놀라 무덤에서 벌떡 일어났을 것이다.

건강 5

2월의 어느 저녁, 마리테레즈 게르미용으로부터 이상한 전화 한 통을 받았다. 조만간 긴히 보건용 마스크를 쓸 일이 있을 텐데, 자기한테 40장 정도가 있다는 것이었다. 마리테레즈에게는 프랑스 동부 비트리르 프랑수아 지역에서 비품 창고를 관리하는 공무원 친구가 하나 있는데, 수백만 개의 마스크가 보관된 이곳 창고에서 일부를 빼낸 것이라는 설명이었다.

  – 내가 그 마스크를 써야 한다고요?

나는 의아해하며 마리테레즈에게 물었다.

  – 중국에서 코로나 바이러스로 난리 난 얘기 못 들었어요?

  – 듣긴 했지만 그건 중국 얘기고, 라디오나 TV에서 의사들
    이 하는 말 들어보면 그냥 거기서만 쭉 그럴 모양이던데.
    게다가 이 바이러스로 퍼지는 독감은 위험하지 않다고, 가
    벼운 유행성 독감 수준이라 하더라고.

그러자 전직 간호사였던 마리테레즈는 반발하며 말했다.

– 난 생각이 좀 달라요. 코로나 바이러스도 우리랑 똑같아
　　요. 비행기를 타고 이동할 수 있고, 세계 어디로든 갈 수
　　있죠. 이미 밀라노에서도 환자가 나왔다고요. 당장 내일
　　파리에서도 환자가 나올지 몰라요.

　나는 옥토에게 전화를 걸었다. 옥토 역시 나만큼이나 이
바이러스에 회의적이었다. 퇴직 후에도 간호사로서 유행병에
대처해야 한다는 사명감이 투철한 마리테레즈가 딱해 보일
정도였다. 하지만 이후에 벌어진 상황은 나와 옥토의 생각이
틀렸음을 보여주었다. 나는 바이러스에 대한 경고와 마스크
준비하라는 조언을 가볍게 넘긴 것에 대해 마리테레즈에게
사과했다. 마리테레즈는 내게 여섯 개 정도의 마스크를 가져
다주었다. 약국에 가도 마스크를 구할 수 없던 상황에서 나
는 마리테레즈가 준 마스크를 요긴하게 사용했다. 그때까지
만 해도 마스크는 코로나 바이러스에 대한 대비용이라기보
다는 패션용이라는 인식이 더 컸다.

　이동제한령이 내려지면서 우리도 더는 모임을 이어갈 수
없었다. 노나의 딸은 몽 뒤 리오네 산자락에 있는 집으로 노
나를 데려갔다. 코코는 카르카손에 있는 예비 처가에 가서
지내기로 했다. 두 사람의 결혼식은 나중에 코로나가 물러
나면 하는 것으로 연기됐다. 블라지크 부부는 프랑스에 이

동제한령이 내려지기 직전에 피니스테르 주에 있는 부부의 작은 오두막집으로 들어갔다. 이제 파리에 남은 건 게르미용 부부와 옥토, 그리고 나뿐이었다. 다른 사람들처럼 우리도 저녁마다 페이스타임이나 스카이프를 통해 서로의 안부를 확인했다. 서로 화상으로 마주 보며 위로하고 격려했다.

다들 매일같이 하는 얘기는 요양원에서 갇혀 지내지 않아 다행이라는 것이다. 뉴스를 통해 전해진 요양원 노인들의 상황은 참으로 안타까웠는데, 아예 호스피스 병원으로 전락한 요양원에서 매일같이 수많은 사람들이 관에 실려 나가는 모습이 보도됐다. 살아 있다 하더라도 현재의 고립된 상황이 너무 힘들다는 불만의 목소리가 높았다. 하지만 면역력이 취약한 노인들이 집단으로 거주하는 요양원으로 코로나 바이러스가 유입되는 상황을 막을 길이 없었다. 통계에서는 요양원 노인 사망자와 병원에서의 사망자 수를 따로 분리했다.

예전에 함께 일한 편집자가 요양원에서 목숨을 잃었다는 소식도 있었고, 우리 출판사 책을 내가 갖다주기도 전에 먼저 진열대에 올려주던 몽파르나스의 오래된 서점 주인 또한 요양원에서 사망했다. 노나의 조카딸 하나도 요양병원에서 죽었으며, 게르미용 부부의 친구 부부도, 블라지크 부부의 유일한 사촌 여동생도 요양원에서 임종을 맞이했다. 매번 누군가의 사망 소식을 접할 때마다, 그리고 요양원 사망자의 집계를 들을 때마다 우리는 복 받은 사람이라고, 쓸데없는 위험을 감수해서 하늘이 내린 이 행운을 낭비하지 말자고 다짐했다. 우리 중 누구도 코로나19에 걸리지 않았다. 가장 위험할 뻔했던 건 코코였는데, 로제 와인을 마시고 잔기침을 하면서 코와 혀의 감각이 마비됐었기 때문이다. 미각과 후각이 소실되는 건 코로나19의 가장 대표적인 증상이었다. 나는 코코에게 "아주아주 뜨거운 생선 수프 위에 코를 박아보게"라고 조언해주었고, 이후 코코에게서는 별다른 연락이 없었다.

처음에는 코로나19의 위험성을 부정적으로 바라보았던 나와 옥토는 이제 이 중국발 여행자에 대해 부정적인 입장이 됐다. 전 세계를 돌아다니는 이 중국발 여행자는 눈에 보이지 않지만 교활하고 영악하며 잔인한 존재였다. 그리고 그 행보를 예측할 수 없어 더더욱 두려웠다. 그러니 절대 받아들이지 말아야 했다. 우리가 생각하는 코로나19 바이러스는 어떤 모습이었을까? 먼저 옥토가 말했다.

　- 반자본주의자일세. 전 세계 주가가 죄다 폭락했어. 공장은
　　문을 닫았고, 실업이 확대됐지. 정부와 은행이 모든 사람
　　을 구할 수는 없을 걸세.

하지만 나는 이 바이러스가 친환경주의자라는 견해를 설파했다.

- 하늘에는 더 이상 비행기가 날지 않고, 바다에도 배가 뜨지 않네. 자동차들은 죄다 차고에 박혀 있지. 이동제한령이 내려진 중국 도시의 공기는 맑고 깨끗해졌어.

- 코로나19는 인간을 혐오하기도 해. 사람들이 모이는 걸 싫어하고, 가족끼리의 회합도 불가능하게 만들지. 축제도, 생일 파티도 못 하게 한다고. 심지어 장례식장에 부모와 친구도 못 오게 하잖나.

- 인간 혐오보다 더 심한 건 엄격한 윤리의식이네. 서로 만지지도 못 하게 하고, 악수도 못 하게 하고, 포옹도 못 하게 하지 않나. 애정 표시를 전혀 할 수가 없다고. 이 바이러스는 사랑도, 우정도 다 파괴하고 있어.

- 특히 노인 잡는 킬러이기도 하지. 사망자의 90퍼센트가 65세 이상 아닌가. 80세 이상의 치명률을 보면 아찔할 걸세. 통계치를 공개하지 않는 이유도 거기에 있을 거라고. 만약 코로나19로 인한 사망자가 주로 아이나 젊은 사람이었다면 모두가 느끼는 비참함의 정도가 지금보다 훨씬 더 심했겠지. 다들 극도의 공포를 느꼈을 걸세. 말이야 바른말이지. 나이 많은 우리 노인들이 이 국경 없는 괴물에게 가장

무거운 값을 치르는 것도 어찌 보면 당연한 일 아닌가.

─ 그러니 더더욱 피해야지. 걸리더라도 우린 살아남을 거야. 정체 모를 병으로 노인들이 죽어나가는 SF소설에서처럼 우린 마지막까지 살아남을 걸세.

─ 아마 세상 사람들이 코로나19로 다 죽어도 우리 모임 사람들만큼은 살아남지 않을까?

─ 이기적인 생각일 수 있네만 그래도 그럴 수 있다면 정말 좋지 않겠나?

나는 옥토의 생각에 동조하며 말했다.

페이스타임 대화는 이동제한령이 내려진 파리의 유일한 낙이었다. 나는 그래도 마농이 가끔 집을 찾아주어 상황이 좀 나은 편이었다. 수의사였던 마농은 응급 상황에 따른 방문이나 이동이 허용됐기 때문이다. 나는 마농에게 이런 식의 문자를 보냈다. "감옥에 갇힌 영장류, 입에서 거품 물고 창살에 머리를 기댄 채 아무런 미래 없이 강요된 고독에 대한 철학적 설명을 찾고 있음. 극심한 절망감에 자해 위험이 있으므로 응급처치를 요함." 우리가 함께 시간을 보내는 건 법의 테두리를 벗어나는 일이었기에 더더욱 짜릿했다. 우리 스스로 위험을 자처한 게 아닌가. 공공질서를 몰래 위반했을 때의 짜릿함과, 아울러 내 나이에 방역 수칙을 어기는 행동을 했을 때의 쾌감은 마치 내 면역력이 더 강화된 것 같은 느낌이었다.

사람과 동물을 포함한 모든 생명체의 이동제한령이 내려지고 3주가 지나자 마농을 찾는 전화가 부쩍 늘었다. 고양이가 이상 행동을 보인다는 것이다. 원래는 애교도 많고 사랑스러운 고양이였는데 날 선 모습을 보일 때가 많으며, 평소에 함께 잘 놀던 아이들을 사정없이 할퀴는 행동까지 서슴지 않았다고 했다. 마농은 아이들이 학교에 가서 고양이들이 주로 혼자 낮 시간을 보내는 집에서 이런 일이 발생한다는 걸 알게 되었다. 이동제한령이 내려지고 사람들이 모두 집에 머물자 고양이가 맘 편히 원할 때 잠을 자며 혼자만의 평온한 시간을 보낼 수 없어졌기 때문이다. 고양이는 아이들이 원할 때 아이들과 함께 놀아줘야 하는 상황이 되었으며, 집안에서 무료하고 예민해진 집사들의 부름에 응해줘야 할 때가 많았다. 온 가족이 함께 주거공간에서 갇혀 지내는 생활의 제일 큰 피해자가 된 것이다. 몇몇 고양이는 여럿이 함께 칩거해야 하는 이 새로운 환경에 공격적인 울음소리와 할퀴는 행동으로 적개심을 나타냈다.

사회성이 고양이보다 좋은 개들의 경우, 주인과 함께 있는 시간이 늘어난 것에 오히려 만족감을 보였다. 심지어 개를 키우면 -비록 말도 안 되는 확인증이 필요하긴 했지만-이동제한령이 내려진 현 상황에서도 산책할 명분이 제공됐다. 한 번은 마농이 죽어가는 개를 데리고 있던 한 노파의 집에 갔다가 떨리는 목소리로 당시 상황을 전해준 일이 있었다. 개의 고통은 마농의 주사 한 방으로 끝났다고 했다. 하지만 그로 인해 노파에겐 이동제한령에 따른 고독한 삶이 시작됐다. 마농은 참을 수 없는 고독이 자리 잡은 집의 대문을 닫고 나와야만 했다.

포마르는 다른 고양이에 비해 더 자기만족이 중요하고 이기적이지만, 내가 집에 틀어박혀 있는 상황을 그리 불편해하지 않았다. 온종일 나와 같이 있는 일이 흔했기 때문이다. 퇴직자는 돈을 받고 집에 갇혀 지내는 연금생활자다. 집에 머무는 대가로 돈을 받는 셈이다. 물론 기본적으로는 밖에 나갈 권리도 부여되고, 배나 비행기를 탈 수도 있다. 그러나 결국 집으로 돌아와 그 안에서 머무른다. 퇴직자는 집에 처박혀 지내는 것이 일이니, 우리 집 고양이는 내가 평소보다 더 오래 집에 있다고 해서 짜증을 내지는 않을 것이다. 내가 평소와는 다른 행동 몇 가지를 더 하고 있긴 하지만 포마르가 수용할 수 있는 수준이다. 내 삶의 본질적인 부분은 크게 달라지지 않았으니까.

이동제한령이 풀리고 열흘 후에 나는 생일을 맞았다. 음식점은 모두 문을 닫았다. 하여 파리로 돌아온 모든 모임 회원들과 함께 줌으로 샴페인 파티를 여는 데 그쳤다. 하지만 파티를 열어도 진심으로 기쁜 자리는 아니었다. 우리는 서로 예방 수칙을 주고받았다. 만약 우리 중 누군가 코로나19에 걸렸다면 맨 처음 이 병이 창궐했을 때만큼이나 충격이었을 것이다. 이 노인 킬러는 우리 곁에 항상 매복해 있었지만, 마리테레즈 게르미용을 굴복시키는 데는 실패했다. 마리테레즈는 온갖 위험을 무릅쓰고 퐁피두 병원에 가서 의료지원 인력으로 활동하며, 곤경에 처한 가정에 먹을 것 등을 나눠주었기 때문이다. 〈르 파리지앵〉에서는 이 '영웅적인 헌신'을 치하하는 내용의 반 페이지 기사까지 내보냈다. 우리도 마리테레즈의 용기 있는 행동에 박수를 보냈다.

한편으로 우리는 양심의 가책을 느꼈다. 옥토와 나는 사실 그동안 손가락 하나 까딱하지 않았기 때문이다. 우리가 한 거라곤 그저 8시 뉴스에서 보도되는 의료진의 노고에 박수를 보낸 것과 몇몇 단체에 성금을 보내고 인터넷 모금에 동참한 것뿐이었다. 우리가 할 수 있는 게 이것뿐이었을까? 우리가 할 수 있는 건 더 없었을까?

쓰라린 고통

코코가 세상을 떠났다. 전혀 생각지도 못한 억울한 죽음이었다. 참을 수 없을 만큼 화가 났고, 도저히 믿어지지 않는 소식이었다. 나는 끝없는 절망감에 빠져들었다.

라파엘과 코코는 팔짱을 끼고 세브르 거리를 걸어가던 중이었다. 그런데 코코의 팔이 스르륵 빠지더니 코코가 가던 걸음을 멈추고 무릎을 굽히며 쓰러졌다. 라파엘이 부축할 겨를도 없었다. 라파엘은 코코가 "윽, 으윽"하는 고통의 신음소리를 낸 것 같았다고 했다. 입을 벌린 채 바닥에 쓰러진 코코의 얼굴은 고통으로, 혹은 겁에 질려 일그러져 있었다. 그때까진 숨을 쉬고 있었을까? 라파엘은 그것까진 모른다고 했다. 라파엘은 주위에 모여든 행인들에게 구급차를 불러달라고 부탁했다. 곧 응급구조대가 도착했으나 이미 늦은 후였다. 코코의 숨을 되돌려놓으려던 구조대의 노력은 아무 소용이 없었다.

우리 친구를 불과 몇 초 만에 쓰러뜨린 원인은 심근경색이었다. 우리들 가운데 가장 어렸던 코코가 이토록 빨리 떠날 줄 누가 알았겠는가? 심지어 한창 유행 중인 망할 바이러스에게 당한 것도 아니었다.

나는 옥토를 기다렸다. 점심을 하러 오기로 되어 있었다. 나는 그냥 집에 있는 재료로 적당히 식사를 준비해두겠다고 말했다. 오전에는 코코의 집에 가서 라파엘이 사망 신고서를 작성하고 장례 준비하는 걸 도왔다. 다른 가족들도 손을 거들러 와 있었지만, 상황을 지휘하는 것은 예기치 못한 변을 당해 침통한 상황 속에서도 용기를 잃지 않은 예비 신부 라파엘이었다.

나는 JOP 회원들에게 전화를 걸어 친구의 사망 소식을 전했다. 가장 충격을 받은 건 노나였다. "내가 갔어야 하는데, 내가 죽었어야 하는데, 하필이면 왜 그 불쌍한 친구가 갔어……" 노나는 이 말을 계속 반복했다. 노나는 코코의 어머니뻘 되는 나이였다. 그래서 자기와 좀 더 비슷한 연배인 우리보다는 코코를 더 많이 챙겼다. 노나는 울면서 말했다. "코코를 위해 기도해야지……"

코코의 시신이 교회를 거치지 못할 것이란 이야기는 차마 노나에게 할 수 없었다. 시신은 퐁피두 병원 영안실에서 곧장 페르라셰즈 묘지의 화장터로 운구될 예정이었다.

의자에 마주 앉은 옥토와 나는 우리들 사이에서 '늘 여자에게 한눈파는 외눈박이'라고 불렸던 70대의 멋있는 친구, 귀스타브 조르당에 대해 한참을 회고했다. 나와 옥토는 그의 직업의식을 언제나 높이 샀다. 고독을 다스리기보다는 어중이떠중이로 여러 사람을 만나면서 외로워하던 생활에서 벗어나게 되었다는 소식을 전해주었을 땐 진심으로 기뻤다. 물론 대뜸 결혼을 한다고 했을 때는 걱정이 앞섰다. 결혼이라는 제도를 별로 좋아하지 않던 친구였으니까. 하지만 라파엘을 직접 만나고 나서는 우리 모두 안심했다.

그런데 그에게 결국 묻지 못한 게 있었다. 여러 여자에게 작업을 걸다가 결국은 마지막 순간 다 된 밥에 코 빠뜨린 이야기를 우리한테 전하는 걸 왜 그렇게 좋아했느냐는 것이다. 그가 결국 여자와 침대에 들어가지 않았던 건 관계의 실패에 대한 두려움은 아니었다. 이는 라파엘이 분명히 증명해주고 있기 때문이다. 결국 우리는 솔직하지 못했던 탓에 코코에게 물어보지 못했고, 앞으로도 그 답은 영영 들을 수 없게 됐다.

코코의 사망으로 우리 모임은 그만큼의 개성과 젊음을 잃어버리게 됐다. 요즘 문물을 전해줄 사람도 없어졌다. 그가 없는 세상에서 이제 누가 우리의 즐거웠던 한때를 사진으로 남겨주겠나? 우리는 모두 조금씩 젊음을 잃었다. 달리 말하면 우리 모두가 조금씩 더 늙어졌다는 뜻이다.

이후 대화는 갑작스러운 죽음에 관한 이야기로 흘러갔다. 코코의 죽음이 우리에겐 유독 충격이었기 때문이다. 이에 우리 대화에서는 죽는 건 운명이다, 부당하다, 모든 게 운이다, 다 불행하고 불운해서 생긴 일이다, 정해진 숙명이다, 누구에게나 닥치는 일이다, 우연의 잔인한 장난이다 같은 말들이 쏟아져 나왔다.

운 좋게 죽음의 신을 피한 나와 옥토는 우리보다 열 살이나 어린 친구의 죽음에 양심의 가책을 느꼈다. 심지어 코코는 새로운 인생을 막 시작하려는 찰나였다. 그런데 이제 나는 이 친구의 결혼식 증인이 아닌 장례식 참석자가 될 터였다.

― 유명인 가운데 코코처럼 길에서 객사한 사람이 있던가?

옥토가 내게 물었다.

― 사고라면 있지. 길에서 사고를 당했거나, 아니면 사고 후에 세상을 떠난 사람이라면 롤랑바르트나 루이 뉘세라 정도가 있을 텐데, 자연사로 객사한 사람은 잘 모르겠네.

― 혹시 소설가의 죽음에 대해 정리해놓은 선집 같은 게 있나? 아니면 유명 소설 속 주요 등장인물이 어떻게 죽었는지 정리한 선집이라든가.

― 글쎄, 잘 모르겠는데. 근데 그건 왜 묻나?

- 코코의 죽음이 너무 소설 같아서 말이야. 길 한복판에서 행인과 군중, 구급대원이 지켜보는 가운데 약혼녀의 품 안에서 세상을 떠나지 않았나……
- 침대에서 혼자 자다가 죽거나, 코로나 때문에 숨이 차서 호흡기를 끼고 병원에서 죽는 것보다야 극적이긴 하지.
- 내 말을 어떻게 생각할지 모르겠네만, 그래도 나는 우리 친구가 꽤 멋있는 죽음을 맞이했다고 생각해. 물론 그가 죽지 않고 살아 있다면 더 좋겠지만, 이렇게 떠나는 거라면 꽤 괜찮은 죽음 아닌가?
- 실은 나도 라파엘이 코코의 사망에 대한 이야기를 해주었을 땐 한편으로 가슴이 아프면서도 나 역시 마농 품 안에서 죽음을 맞이하면 좋겠다는 생각을 했거든. 세상을 떠난 건 안타깝네만, 한편으로는 운이 좋았지. 나도 이 친구의 죽음이 조금은 부러웠다네.

처음 이야기를 나눈 두 시간 동안은 비통함 속에서 대화가 진행됐지만, 계속 이야기를 하다 보니 마음이 아픈 것하고는 조금 거리를 두게 됐다. 중간중간 전화가 오기도 했고, 또 옥토가 화장실을 들락날락하는 바람에 이야기의 흐름이 계속 끊겼다. 우리의 대화는 언제쯤 아랫도리의 방해를 받지 않을까?

그 래 도
오 늘 은
계속된다

우리는 점심 먹는 걸 깜빡했다. 사실 집에 있는 음식이라 곤 해산물 스파게티 남은 것 정도밖에 없었는데, 요리를 만들고 싶은 마음도 아니었다. 나는 옥토에게 코코를 추억하는 의미에서 샹베르탱 와인을 함께 마시자고 권했다. (오늘 아침에는 분명히 모프랄을 챙겨먹었다.) 우리는 말 없이 잔을 들었고, 고인을 위한 묵상에 잠겼다. 그리고 머릿속으로 코코의 모습을 떠올리며 와인을 마셨다. 귓전에선 그의 목소리가 들리는 듯했다. 이어 옥토가 말했다.

- 간 사람이 자네라고 생각해보게. 그러면 코코와 나는 자네 집에서 이 샹베르탱 와인을 마시고 있었을 게야……
- 그랬겠지. 아마도 마농이 먼저 그러자고 제안했을 거고. 그리고 이게 내 아들의 마지막 선물이었다며 자기를 위해 건배를 해달라고 덧붙였겠지.
- 마농을 위해?
- 마농이 자주 하던 얘기야. 내가 마농만 두고 떠나서 피곤하게 만들면 마농은 자기가 제일 먼저 떠날 거라고 하더군.
- 그래서 자네는 뭐라고 얘기했나?
- 너무 그러지 말라고 했지. 세상에는 별일이 다 있으니 언제 무슨 일이 일어날지는 아무도 모른다고. 그리고 이렇게 덧붙였네. 내가 나이 어린 여자를 사랑해서 벌을 받을 가능

성보다는 당신이 나이 많은 남자를 사랑해서 고통받을 가

능성이 훨씬 더 크다고.

- 코코와 라파엘은 동갑내기였지.

- 왜 현재형이 아닌 과거형을 쓰나?

- 전직 출판사 대표 앞에서 말실수했구먼.

- 내겐 모든 게 아직 현재형이네.

- 확실한 건 장례식 치르고 마음을 좀 추스르고 난 뒤 라파

엘은 만남 사이트에 다시 등록한 다음 자기보다 더 어린

사람을 만날 것이란 사실이지.

우리의 대화는 슬픔과 유머가 혼재된 상태에서 길게 이어

졌다. 와인이 다 비어갈 무렵에는 크게 웃음소리가 터져 나

오기도 했다.

옥토가 가고 나서 생각해보니 오늘 옥토와 나눈 대화는

배우자를 잃은 남편, 혹은 아내가 장례식을 마친 뒤 부모나

친구들을 초대한 가벼운 식사 자리와 비슷한 것 같았다. 첫

잔은 침울한 상태에서 마셨고, 두 번째 잔은 화기애애한 분

위기 속에서 마셨으며, 마지막 세 번째 잔은 살아서 다시 모

인 기쁨으로 들이켰다.

둘 다 멋진 친구 하나를 잃었다는 고통 속에서 최고의 절

친과 함께 보낸 몇 시간은 서로에게 큰 위안이 돼주었다. 우

리 관계가 느슨해진 건 아니었지만, 그래도 함께 시련을 극복하며 좀 더 단단해질 필요는 있었다. 코코의 죽음은 우리의 나약함을 더욱 확실히 인지시켜주면서 우리를 전보다 더 솔직하게 만들어주었다. 그리고 우리가 전보다 더 취약해졌음을 깨달았다.

여전히 목숨이 붙어 있는 우리는 불행 속에서 서로에게 어깨를 기대고, 불안함 속에서 서로에게 마음의 위안이 돼주었다. 그리고 웃으면서 마음의 짐을 덜었으니 우리의 관계는 더할 나위 없이 단단해진 셈이다.

마지막 다짐

소중한 친구 하나를 잃고 난 뒤 자연스레 옥토와 나는 그 빈자리를 메우고자 사람들의 마음 추스르기에 나섰다. 회원들 모두 시간이 지나면 코코의 빈자리에 익숙해질 것이다. 코코 대신 라파엘을 모임에 받아들이자는 의견도 있었으나 무산됐다. 일부 회원은 라파엘을 장례식날 처음 봤기 때문이다. 원로들의 모임에 들어오기엔 라파엘이 아직 젊기도 하니 머지않아 라파엘은 곧 자신의 새 삶을 찾으리라 본다.

　독일로의 여행 계획은 내년으로 연기됐다. 서로 간에 전화를 할 때면 전에 없던 침묵이 감돌 때가 많았다. 사실 내 주변 지인들 가운데 이렇게 갑작스레 죽음을 맞이한 경우는 처음이었다. 코코 역시 그날 아침 눈을 뜨면서 그게 마지막 아침일 줄은 추호도 생각지 못했을 것이다. 자기도 모르는 사이 당일 사형선고를 받은 셈이니까. 미리 예상할 수 있었다면 더 좋았을까? 그건 잘 모르겠다. 그래도 갑작스러운 사형선고보다야 낫지 않을까?

그 래 도
오 늘 은
계속된다

코코의 장례식 이후 며칠간은 아침에 눈을 뜰 때마다 '오늘이 내 인생의 마지막 날이 될 수도 있겠구나' 하는 생각을 떨칠 수가 없었다. 옥토와 장폴 블라지크도 같은 증상을 겪었다. 물론 갑작스러운 죽음이 전염병처럼 확산될 가능성은 적다. 운명의 여신은 한꺼번에 소탕하기보다 무작위로 솎아내는 방식을 사용하니까.

그래도 한동안은 아침에 눈을 뜨면, 그날 하루가 마무리되는 걸 보지 못한 채 세상을 떠날 수도 있다는 생각에 사로잡혀 있었다. 그러자 나에 대한 생각에 더욱 몰두하게 됐다. 여든세 살의 기욤 쥐뤼스. 다른 노인들처럼 취약하고, 동시에 가메 포도 묘목처럼 생기가 넘친다. 나는 지금 내 인생의 좌표를 명확하게 측정해보고 싶었다. 건강검진 하듯 내 몸의 상태를 한 번 훑어보고 마는 게 아니라 내 정신적인 삶의 통계를 한번 내보고 싶었다. 알츠하이머나 그 밖의 신경정신질환이 없으면, 우리는 인생을 마무리하는 그 순간까지 스스로의 생각과 욕구, 충동, 의욕과 의지, 그리고 자신이 사랑하는 대상을 통제할 수 있다.

어떤 나이대든 그 나이에 해야 할 선택이라는 게 존재하며, 먼저 선택되지 않고 뒤로 미뤄져 있다고 해서 중요하지 않다는 뜻은 아니다. 물론 이전에 했던 선택의 영향을 받지만 어쨌든 우리는 적절한 이성적 논리에 따라, 그리고 행복의 지혜에 따라 선택을 한다. 젊음의 성배처럼 뇌 한쪽에 간직되어 있는 기발한 상상력에 따른 선택을 할 수도 있다.

하기 싫은 일을 억지로 감내하며 피곤해하기에는 내 남은 삶이 너무 짧다. 내가 회고록 집필을 중단하기로 한 이유다. 회고록을 쓰는 건 점점 흥미가 떨어져갔다. 내가 유년기와 청소년기에 대해 써놓은 것을 읽고 또 읽는 것도 지겨웠고, 꼬박꼬박 시간 연대순으로 나열하며 이야기를 써나가는 내 모습도 바보 같았다. 옛날 일을 기억하는 것도 힘들고 귀찮았다. 평이하고 따분한 내 문체는 앙꼬 없는 찐빵 같은 느낌이었다.

과거의 내 모습을 힘겹게 떠올리며 내 시간을 허비할 이유가 어디 있겠나. 더욱이 나라는 사람에 대해 글을 쓰면서 괜히 나를 더 좋게 포장하는 느낌도 들었다. 노년의 내 모습은 현재의 밝은 불빛 아래에서 분명하게 기록해나갈 수 있는데 안개가 자욱한 옛 기억 속에서 헤맬 필요는 없지 않은가. 예전 자료를 찾고, 과거의 편지를 읽고, 옛날에 찍은 사진을 살펴보고, 대개 내 편의에 따라 대충대충 예전 기억을 꿰어가는 이 모든 작업이 시간 낭비 같았다. 수십 년의 과거 속에서 허우적대며 기나긴 이야기를 구성하는 것보다는 지금의

그래도
오늘은
계속된다

삶에서 느끼는 즐거움을 더욱 만끽하고 남은 삶에 치중하는 게 낫지 않겠나.

그래서 내린 결론은 과거에 대한 회고보다 현재의 삶에 초점을 맞추자는 것이었다. 나이 든 나의 삶과 내 친구들의 삶을 이야기하는 것은 우리의 삶을 서사한다는 측면이 있다. 연쇄적으로 이어지는 삶의 시간을, 연쇄적으로 이어지는 단어로써 정리하는 것이다. 이야기는 거의 즉각적으로 이어지며, 매 순간의 사고와 행동에 관한 기술이 가능하다. 회고록의 재료가 쌓인 창고에서 이야기가 만들어지는 것은 아니기 때문이다. 물론 머릿속 생각이 글로 잘 정리되지 않을 때도 있지만, 최근에 일어난 일과 현재 상황을 기술하는 것이 확실히 재미있다.

더 좋은 것은 나이듦과 나에 대한 연구도 점점 진척된다는 점이다. 나는 매일 아침 스스로에게 물어본다. 나라는 사람에 대해 전날보다 더 많은 것을 알게 됐는지, 혹은 내일이면 내가 오늘보다 나에 대해 더 많은 것을 알게 될지 곰곰 생각해본다. 그렇게 하면 나이 드는 게 그리 싫지만은 않다.

다만 이 책의 작업은 더 미룰 수가 없었다. 물론 시간이 지날수록 이 책에 쓸 얘기는 더 많아지고, 소재가 될 만한 사람들의 이야기도 늘어날 것이다. 시간이 좀 더 흐르면 책의 내용은 그만큼 더 보강되겠지만, 책의 완성을 무한정 뒤로 미루다 보면 원고가 미완성인 채로 내가 눈을 감을 수도 있다. 물론 나이듦에 대한 책인 만큼 약간의 각색을 더해 저자가 마지막 문장을 쓰면서 마지막 숨을 거두었다고 한다면 더 극적인 마무리가 될 수는 있겠다. 하지만 나는 그러고 싶지 않다.

코코의 갑작스럽고 예기치 못한 죽음은 급격한 고통과 불안을 안겨주었지만, 그래도 한 가지 확실한 건 나름대로 바람직한 죽음이었다는 사실이다. 물론 길에서 사람들의 구경거리가 된 채 죽은 것은 좀 아쉬운 부분이었다. 죽을 때는 자기 집에서 조용히 죽는 게 더 좋을 것 같다. 그에 더해 사랑하는 사람의 품 안에서 생을 마칠 수 있다면 가는 길이 좀 더 푸근하고 마음 놓이지 않을까? 만약 내가 혼자 있는 상황에서 임종을 맞이한다면 편안한 의자에 앉아 내가 좋아하는 클래식 음악을 들으며 생을 마무리하면 좋겠다. 모차르트의 피아노 협주곡 23번 A장조의 2악장 아다지오 선율과 함께 눈을 감아도 좋겠고, 슈베르트나 라흐마니노프의 음악, 혹은 베를리오즈 환상교향곡의 경쾌한 왈츠 또한 인생의 마지막 호사가 될 수 있을 것 같다.

아울러 내 무릎 위에 볼테르나 보들레르, 콜레토, 혹은 장지오노의 책이 펼쳐져 있을 것이다. 다시 꺼내든 그 책들의 책장은 앞으로도 영원히 그 뒷장으로 넘어가지 못할 테지.

하지만 내 인생은 아직 다 끝난 게 아니다. 끝나려면 아직 멀었다. 내 앞에 남은 삶이 어느 정도일지에 연연하기보다는 다시 기운을 차리고 당장 내일을 준비하는 게 더 낫다. 인생의 마침표가 찍힐 날이 최대한 뒤로 미뤄지길 바라면서 잔소리 심한 내 쌍둥이 자아가 조언하는 대로 오늘과 내일을 살아가는 것이다. 요새는 친구를 잃고 상심한 나를 배려해서인지 녀석도 별말 없이 조용하다.

어쨌든 그래서 나는 내 남은 생을 지탱해줄 일곱 가지 다짐을 정했다. 물론 허술하고 빈틈이 많은 내 성격상 그대로 다 지키진 못하겠지만, 가급적 자주 머릿속에 떠올려 유념하며 살아갈까 한다. 굳이 일곱 가지를 정한 이유는 7이 내게 행운의 숫자이기 때문이다. 내 인생의 마지막 지침이 될 다짐이 일곱 개인 건 어쩌면 당연한 일 아닌가?

1. 불평불만 금지. 운 좋게도 나는 사랑하는 연인, 친구들과 함께 노년의 생을 살고 있다. 오로지 재미 하나만을 위해 글도 쓰고 있다. 나이 들어 근육은 다 빠져나가 버렸고, 키도 2센티미터나 줄었으며, 추위를 견디는 것도 점점 힘들

어진다. 하지만 내 몸은 암과 심근경색, 뇌혈관발작, 알츠하이머 4종의 습격을 받지 않은 채 여전히 굳건하다. 내 머리도 어깨 위에서 멀쩡하게 제 기능을 하고 있다. 이렇듯 바람직한 삶을 사는 나로서는 내 나이 또래 친구들처럼 소소한 건강 문제나 전자기기의 고장, 노후 인생의 좌절담만 줄줄이 늘어놓으며 불평불만을 토로할 이유가 전혀 없다.

2. 좋은 기분 유지. 키케로는 《노년에 관하여》라는 책에서 이런 말을 했다. "똑똑하고 쾌활한 노인은 나이 먹는 걸 좀 더 수월하게 견뎌낼 수 있다. 반면 까칠한 성격에 본래부터 우울함을 타고 나 신경질을 부리는 사람이라면 어떤 나이가 됐든 화를 내며 살아간다." 물론 화를 내지 않을 자신은 없다. 다만 항상 기분 좋게 살기 위해 노력하고 싶다. '자신을 낮추어 웃음의 소재로 삼는 것은 유쾌한 삶을 만들어가는 편리한 방식'이라는 점을 유념하며 계속 속으로 되뇔 것이다.

3. 호기심의 유지. 전보다 호기심의 범위가 줄어든 만큼 이제는 내가 관심을 둔 대상에 좀 더 많은 시간을 할애하며 효율성을 높일 수 있다. 주위에 대한 관심의 끈을 놓지 않으면 몰랐던 것도 더 많이 알게 되고, 감동이나 감흥도 계속해서 느낄 수 있으며, 오락거리도 유지할 수 있다. 즐거운 삶을

지속하는 것이다. 내게는 아직 문화적으로 즐길거리가 많다. 일을 그만둔 후로는 전보다 더 문화의 혜택을 받으며 살아간다. 고맙게도 문화는 한결같이 내 곁을 지켜준다.

4. 혼자 있지 않기. 나이가 들면 반드시 고독감이 찾아온다. 이는 나이듦의 어두운 한 일면이다. 따라서 나이가 들수록 사람과의 대화는 단순한 소통 수단 이상의 의미를 지닌다. 삶의 증거가 되기 때문이다. 일을 그만두고 사회에서도 뒤로 밀려난 퇴직자에겐 이야기할 상대가 필요하다. 마농과 옥토, 포마르는 언제라도 내 얘기를 들어줄 준비가 되어 있다. 주변 친구들, 우리 모임 회원들, 그 외에도 같이 늙어가는 나이 든 동료들은 결코 수다 떨 기회를 뒤로 미루지 않는다. 휴대폰 메시지앱은 나와 아들을 이어주는 연결 통로다. 나는 집안일을 도와주는 포파나 부인이나 건물 관리인, 이웃 주민과도 재미있게 이야기를 나눈다. 동네 상인들과 말하는 것도 좋아하고, 가끔 길모퉁이 걸인과 이야기하는 것도 재미있다. 소소하고 평범한 대화는 어찌 보면 별 대수롭지 않은 일로 보이기도 하겠지만, 세상과 단절된 채 홀로 살아가는 고독한 이들에겐 부러운 삶일 수도 있다.

5. 노인의 혜택 이용하기. 나이가 들면 존경과 공경의 대상이 되며, 사람들이 호의적으로 챙겨주고 연민의 마음으로

대해준다. 물론 노인에 대한 이런 감정이 항상 진심인 것은 아니다. 하지만 그건 별로 중요하지 않다. 사람들의 이 같은 배려를 유리하게 이용하면 그만이다. 지금이야말로 그 어느 때보다 현실적이 되어야 한다. 자기 힘만으로도 충분히 살아갈 수 있다고 여기는 사람도 있겠지만, 설령 그게 사실이라도 노년의 이점을 뻔뻔할 만큼 충분히 누리고 사는 게 좋다.

6. 변방에서 꿈꾸기. 나이 들기 전에는 사실 꿈이라는 게 허용되지 않았다. 어릴 때의 꿈이란 현실의 도피처에 불과했고, 커서는 꿈을 꾼다는 게 결국 시간 낭비에 지나지 않았다. 지금의 내게는 젊었을 때의 포부도, 책임감도 없다. 내가 하는 행동, 내가 하는 사고로부터 자유로우며, 앉아서든 누워서든 자유롭게 꿈을 꿀 수 있으니 이 얼마나 짜릿한가? 혹자는 차분하게 이성적으로 깊이 있는 생각을 해야 한다고, 성찰과 사색의 필요성을 말하기도 한다. 그러나 나는 변방에서 계속 꿈꾸는 사람이고 싶다.

7. 더하기. 늙었으니까 두 손 두 발 다 놓고 살아야 한다는 건 말이 되지 않는다. 우리는 계속해서 자기 삶에 무언가를 더해야 한다. 그래야 삶이 더욱 빛나고, 그래야 삶이 더욱 풍요로워진다. 오락거리를 늘릴 수도 있고, 기분 전환이 될 만한 충동적인 행동을 해볼 수도 있으며, 친구도 늘리고 또

다른 식도락을 찾아볼 수도 있다.

전에 해보지 못한 새로운 일이나 의식을 경험해볼 수도, 새로운 믿음과 관심사를 가져볼 수도 있다. 이제 우리에겐 시간도 차고 넘친다. 그러니 이들 중 하나를 골라서 새로이 시도해보는 건 어떨까?

사실 그동안 코코의 죽음으로 경황이 없었지만, 몇 주 전부터 해보고 싶었던 게 하나 있다. SNS를 본격적으로 시작하는 것이다. 칭찬보다 막말이 더 자주 오가는 이 어수선한 공간에 나도 한번 발을 들여 내 의사를 표현해보고 싶다. 만약 내가 있을 자리가 아니라고 생각되면 손 털고 나오면 그만이다. 그 안에서 노는 게 재미있다면 내 노후에 새로이 소소한 즐거움이 추가되어 자리 잡겠지.

그래서 나는 내일 트윗을 올려볼 생각이다.

변방에서 꿈꾸기

프랑스에서 한때 매주 금요일 저녁이면 라흐마니노프 피아노 협주곡 2번이 흘러나왔다. 그리고 사회자가 나타나 짧은 인사와 더불어 초대 손님을 소개하는 말을 이어갔다. 유명한 문학대담 프로 〈아포스트로프〉가 시작되는 것이었다. 대충 대여섯 명을 넘지 않은 작가가 출연하여 자신의 책을 설명하고 함께 출연한 다른 작가의 책을 평가하는 자유로운 대담이 이어지다가 간간이 사회자가 끼어들어 토론에 활기를 불어넣는 질문을 던지기도 했다. 사회자 곁에는 갈피마다 메모지가 끼어 있는 책들이 수북하게 쌓여 있었고 질문할 때마다 책을 펼쳐 멋진 구절을 인용했다. 주말이 지나면 서점 진열장에는 출연 작가의 작품이 진열되었고, 지하철이나 공원 벤치에 앉아 있는 사람들의 손에 책이 들려 있었다. 75분간 진행되는 이 프로는 15년간 이어졌고, 매번 수많은 프랑스 사람이 작가들의 생생한 말과 표정을 지켜보았다. 사회자 베르나르 피보는 '문단의 교황'이라 불릴 만큼 영향력을

가졌다는 비난도 없지 않았지만 푸근한 표정과 여유 있는
유머로 작가와 독자의 사랑을 두루 받았다. 나중에 공쿠르
심사위원장이 되었던 그는 몇 해 지나자 책을 읽는 일이 힘
들어지는 나이가 되었다며 종신직을 자진사퇴했다. 그가 평
생 읽은 책은 다섯 수레를 넘어 화물트럭 몇 대도 모자랄 텐
데, 그의 장점은 트럭을 혼자 탄 것이 아니라 다른 사람을
독서로 초대했다는 데 있다. 독자 없는 작가는 달을 보며 홀
로 짖는 늑대에 불과하다. 그가 행사했던 영향력은 소외된
작가를 발굴한 것보다 수많은 독자를 키웠다는 데 있음을
주목해야 한다. 노벨문학상은 외로운 늑대가 아니라 늑대를
작가로 만든 독자에게 돌아가는 상이다. 올해 하나를 또 보
탰으니 프랑스는 노벨문학상 최다 수상자를 낳은 나라라는
지위를 굳히게 되었다.

　여든다섯 살에 이른 그가 발표한《그래도 오늘은 계속된
다》는 전반적으로 소소한 노인의 일상을 그리고 있다. 몽테

뉴가 21세기에 되살아났다면 썼을 법한 내용이지만 고리타
분한 고전의 인용이나 고관대작의 일화는 빠져 있다. 그의
책은 제목처럼 노인이 빠지기 쉬운 "나 때는"보다 "오늘"에
방점이 찍혔다. 그가 평생 접하고 친분을 나눈 수많은 작가
에 대한 뒷이야기는 자제하고, 평범한 주변 사람과 나누는
삶이 뼈대를 이루는 것도 그의 이력을 염두에 둔다면 꽤나
이채롭다. 나이 들면 거추장스런 몸에 대한 근심과 임박한
죽음에 대한 불안도 빼놓을 수 없다. 그러나 노년의 지혜로
포장한 훈계보다는 솔직한 투정과 반성이 그다운 태도이다.
비록 노상객사지만 사랑하는 여인 품에서 숨을 거둔 친구에
대한 일화로 마무리되는 것은 잘 구성된 소설을 읽는 느낌이
들기도 한다. 그래서 산만한 신변잡기로 그치지 않고 독자
의 공감을 겨냥한 짜임새 있는 글이라 생각된다. 근엄한 문
어체를 버리고 대화하듯 써내려간 말투도 이 책의 온기를 더
한다.

그 래 도
오 늘 은
계속된다

사사로운 소회에 털어놓자면, 나는 외국어도 배우고 문학 소식도 귀동냥할 요량으로 그의 방송을 녹음해서 밤낮으로 이어폰을 귀에 꽂고 살았다. 나는 그의 책을 읽으며 옛 시절로 돌아가 글보다는 그의 말이 들리는 착각에 빠지기도 했다. 게다가 잘 다듬은 번역문도 베르나르 피보의 말투가 배어 있어 내게 행복한 시간을 선사했다. 노인의 말은 겨울 햇살과 같아서 환하지만 따스하지 않다는 잠언과는 달리 그의 언어는 밝고 따스하다. 그 밝고 따뜻한 마음에서 우러난 노년의 다짐을 그는 일곱 개로 요약했다. 그것은 훈계라기보다 자신에게 향한 다짐이리라. 일곱 개가 부담스럽다면 그의 여섯 번째 다짐인 "변방에서 꿈꾸기"가 누구에게나 적당할 듯싶다. 지하철을 무임승차하는 나이라면 성격과 체질에 따라 그중 하나쯤 골라보기를 권한다.

이재룡 (문학평론가)

그래도 오늘은 계속된다

초판 1쇄   2022년 11월 11일

지 은 이   베르나르 피보
옮 긴 이   배영란

책임편집   박병규
디 자 인   박경아

펴 낸 이   박병규
펴 낸 곳   생각의닻
등   록   2020년 11월 11일 제2020-40호
주   소   (01411) 서울시 도봉구 마들로13길 84
            창동아우르네 1층 신나
전   화   (070) 8702-8709
팩   스   (02) 6020-8715
이 메 일   doximza@gmail.com
I S B N   979-11-973552-3-3 (03860)